PROFESSION DU PÈRE

DU MÊME AUTEUR

LE PETIT BONZI, Grasset, 2005.
UNE PROMESSE, Grasset, 2006 (prix Médicis).
MON TRAÎTRE, Grasset, 2008.
LA LÉGENDE DE NOS PÈRES, Grasset, 2009.
RETOUR À KILLYBEGS, Grasset, 2011 (Grand prix du roman
   de l'Académie française).
LE QUATRIÈME MUR, Grasset, 2013 (prix Goncourt des Lycéens).

SORJ CHALANDON

PROFESSION DU PÈRE

roman

BERNARD GRASSET
PARIS

Photo : JF Paga © Grasset, 2015.

ISBN : 978-2246-85713-6

© *Éditions Grasset & Fasquelle*, 2015.

À Yves.

1.

Recueillement

(Samedi 23 avril 2011)

Nous n'étions que nous, ma mère et moi. Lorsque le cercueil de mon père est entré dans la pièce, posé sur un chariot, j'ai pensé à une desserte de restaurant. Les croque-morts étaient trois. Visages gris, vestes noires, cravates mal nouées, pantalons trop courts, chaussettes blanches et chaussures molles. Ni dignes, ni graves, ils ne savaient que faire de leur regard et de leurs mains. J'ai chassé un sourire. Mon père allait être congédié par des videurs de boîte de nuit.

Il pleuvait. Le crématorium, le parc, des arbres de circonstance, des fleurs tombales, un jardin de cimetière bordant une pièce d'eau. Tout empestait le souvenir.

— On va voir s'il y a un poisson ?
Ma mère m'a regardé. Elle a hoché la tête.
— Si tu veux.
Nous avons marché jusqu'au bassin. Elle s'appuyait sur mon bras, se déplaçait avec peine, regardait le sol pour ne pas faire un mauvais pas.

Il y avait un poisson. Une carpe dorée entre les nénuphars.

— Je ne le vois pas.

Elle ne voyait rien, ma mère. Jamais, elle n'avait vu. Elle plissait les yeux. Elle cherchait de son mieux. La carpe jouait avec l'eau du rocher transformé en fontaine, elle glissait sur le sable, fendait la surface, plongeait, remontait gueule ouverte, maraudait un peu d'air. Ma mère a secoué la tête.

— Non. Il n'y a rien.

Alors j'ai entouré ses épaules de mon bras. Je l'ai serrée contre moi. Je me suis penché, elle s'est penchée aussi. De la main, je suivais l'ondoiement paisible de l'animal. J'accompagnais son mouvement. Je montrais le poisson, elle regardait mon doigt. Elle était perdue. Elle avait le visage sans rien. Pas un éclat, pas une lumière. Ses yeux très bleus ne disaient que le silence. Ses lèvres tremblaient. Elle ouvrait une bouche de carpe.

Il y avait un mort avant le nôtre, des dizaines de voitures, un deuil en grand. Nous étions le chagrin suivant. Notre procession à nous tenait à l'arrière d'un taxi. Ma mère s'est assise sur un banc, dans le couloir de la salle de cérémonie. Je suis resté debout. Je voulais sortir. Attendre dehors que tout soit fini.

— Je t'ai accompagnée, mais je n'entre pas.

Ma mère m'a regardé.

— Tu vas rester sous la pluie ?

Je n'ai pas répondu. Ce n'était pas une question. Je suis allé au tableau de service. J'ai relu le nom de mon père. À voix basse. C'était étrange de le voir là. Il m'était familier sur le cuivre d'une porte ou le papier d'une enveloppe, mais pas sur une liste mortuaire.

André Choulans.

Trois crémations avaient eu lieu le matin du 23 avril. Trois autres étaient prévues dans l'après-midi. La fin de mon père était programmée entre celles d'Albert Blondel et de Jean Vial. Cercueil attendu à 14 h 45. Cela faisait panneau indicateur, relevé de passage des trains. J'étais en bout de quai, à consulter son heure de départ.

Une femme est arrivée dans le couloir, une feuille à la main.

— Vous venez pour un défunt ?

— Non, pour mon mari, a répondu ma mère.

J'ai donné le nom de mon père. L'autre a regardé son papier, hoché la tête et répété Choulans comme on tamponne un document. Puis elle a ouvert la double porte, s'effaçant pour nous laisser entrer. Elle semblait embarrassée.

— Vous attendez quelqu'un d'autre ?

Ma mère m'a regardé.

Fadila ne viendrait pas, Clément non plus.

Ce lieu n'était ni pour ma femme ni pour mon fils.

— Pas d'autre membre de la famille ?

— Nous deux, j'ai dit.

Je l'ai prise par le bras.

La salle de recueillement était immense. Il y avait des dizaines de chaises. Ma mère a hésité. Elle s'est assise devant, sans quitter des yeux la porte qui nous faisait face. Les morts entraient par là. J'ai pris place à sa droite, sorti mon carnet de croquis et un éclat de fusain.

Elle m'a regardé.

— Tu ne vas pas dessiner, quand même ?

Je n'ai pas levé la tête.

— Pourquoi ?

Elle n'a pas répondu.

Alors j'ai dessiné. Trois traits rapides, l'angle de la pièce, le plafond, le sol de carrelage gris. Puis la porte en cuir roux. Double battant, capitons en losanges boutonnés. J'ai ombré la plinthe écaillée. Esquissé le tableau accroché au mur, une nature morte.

Ma mère jetait des regards inquiets. La porte, mon dessin. Elle redressait son sac à main sur ses genoux. Elle remuait les lèvres.

— Tu es sûr qu'il y avait un poisson ?

Je crayonnais une moulure du plafond. J'ai hoché la tête.

— Une carpe, maman.

Je suis passé à elle. Ses souliers fatigués. Ses mains jointes, sa peau de veines bleues, ses cheveux raides et gris, sa robe du lundi. Dans son placard, ma mère avait un lourd manteau noir à boutons de nacre.

— C'est un manteau pour le cimetière, disait-elle toujours.

Son mari était mort. Elle ne l'avait pas mis. À la place, elle avait choisi une pelisse tabac clair, à galons rouges aux poches et au col.

— Je ne l'ai portée que deux fois, il faut bien que je la sorte du placard.

La porte s'est ouverte en grand. J'ai rangé mon carnet.

Je n'ai pas aimé le cercueil. C'était une simple caisse, un aggloméré de cellulose, un contre-plaqué à échardes, un emballage de carton.
Maman l'avait choisi.
— C'est pour le brûler, avait-elle dit.
Elle avait raison. Pourquoi jeter au feu du bois de frêne, avec côtés galbés et couvercle en dôme ? Pourquoi du satin blanc et une plaque d'identité dorée ? Pourquoi la croix ? Tout cela n'avait aucun sens. Alors poignées en résine et plaque de boîte aux lettres.

2.

Le putsch

(Dimanche 23 avril 1961)

— C'est la guerre !

Mon père a claqué la porte d'entrée. Il a crié ces mots sans enlever son manteau. Il a répété « la guerre » sur le seuil de chaque pièce. Le salon, la salle à manger. Nous étions dans la cuisine, ma mère et moi.

— C'est la guerre.

Mon père, immense, occupant tout le chambranle. J'épluchais trois carottes, ma mère préparait un poireau.

— Qu'est-ce que tu racontes ?

Il l'a regardée, sourcils froncés. Ma mère et ses légumes. Il était mécontent. Il annonçait la guerre, et nous n'avions qu'une pauvre soupe à dire.

— Ce que je raconte ?

Geste brusque. Le journal est tombé sur la table, au milieu des épluchures.

« Coup de force militaire à Alger » titrait *France-Soir*, publiant les photos de trois soldats. « Les militaires rebelles proclament l'état de siège. »

15

J'ai regardé le titre à l'encre noire, mon père, ma mère.

— C'est la guerre, maman ?

Ma mère a plié le journal et l'a posé sur l'évier.

— Finis tes carottes.

— C'est ça, finis tes carottes, s'est moqué mon père.

Elle grattait la terre du poireau, coupait ses racines à petits gestes secs, découpait le blanc en fines rondelles. Moi, je râpais les légumes avec un économe. Et lui nous observait.

— C'est tout ce que tu lui apprends à ton fils ? La cuisine ?

Ce dimanche 23 avril 1961, j'étais un enfant. Né douze ans, un mois et six jours plus tôt, je préparais la soupe de la semaine avec ma mère et baissais la tête devant mon père.

Elle lui a répondu que ce qui se passait à Alger ne me regardait pas. C'étaient des histoires politiques. Une affaire d'hommes.

Il a soupiré fort. Il a quitté la cuisine, mais pas l'appartement.

Il le faisait lorsqu'il était en rage. Marchait jusqu'à Saint-Irénée à grands pas de soldat. Puis il rentrait, plus tard et sans un mot. Claquait la porte. Allait dans la chambre pour trouver le repos. Mais ce soir, il était resté. Passait d'une pièce à l'autre, comme un prisonnier en cour de promenade. Et ma mère guettait la colère de son homme à travers ses pas.

— Ce salaud parle à 8 heures, a crié mon père.

16

Il est revenu à la cuisine, s'est servi un verre d'eau. Il a scruté la ville par la fenêtre. Il attendait quelque chose que je ne savais pas.

— Je veux que le gamin voie ça. C'est historique.

Il m'a enlevé la carotte de la main. S'est penché sur la table.

— Un serment, tu sais ce que c'est ?

Je ne comprenais pas. J'ai protégé mon visage de mon bras replié.

— Tu lui fais peur, a protesté ma mère.

Mon père, voix mauvaise.

— Eh bien cette grande ordure a renié son serment.

Puis il est retourné au salon. Et il a allumé la télévision.

— Denise, Picasso, venez ! Ça va commencer.

Dans le canapé, mon père prenait toute la place.

— C'est mon canapé, il disait.

Un jour, j'avais abîmé un mur de leur chambre en passant le balai. Un copeau de plâtre, arraché avec le bout du manche. Et il m'avait giflé, parce que c'était son mur et c'était son balai.

— Rien ici n'est à toi, tu m'entends ? Ni à ta mère ni à toi !

Dans le canapé, il s'asseyait jambes ouvertes, bras en croix, coudes posés sur le dossier, laissant à ma mère une niche près de l'accoudoir.

— Tu as ta chaise, lui disait-il.

Moi, j'étais assis par terre, adossé à la table basse.

Mais ce soir-là, il a tapoté de la main l'endroit du canapé où je devais m'asseoir. Il voulait sa famille. Les Choulans au complet pour entendre le traître.

« Un pouvoir insurrectionnel s'est établi en Algérie. » De Gaulle était habillé en soldat.

Je regardais mon père. Visage clos, du dégoût plein les lèvres.

— Je t'en foutrais du quarteron de généraux !

Le jour tombait. À chaque phrase du Général, il lui répondait en grondant.

« Leur entreprise ne peut conduire qu'à un désastre national. »

— C'est toi le désastre, connard !

« Au nom de la France, j'ordonne que tous les moyens, je dis tous les moyens, soient employés partout pour barrer la route à ces hommes-là, en attendant de les réduire. »

— C'est toi qu'on va réduire ! Tu es mort mon salaud !

Mon père s'est levé. « Partisans, ambitieux et fanatiques. » Il marchait dans le salon en faisant des gestes brusques. « L'aventure odieuse et stupide des insurgés. » Il se raclait la gorge, remontait son pantalon, claquait ses mules sur le parquet. « Le malheur qui plane sur la patrie. » Il ricanait.

— Non mais tu l'entends, cette ordure ! Tu l'entends ?

Ma mère hochait la tête. Elle avait le visage des soirs de bulletins scolaires. Lorsque nous attendions mon père, encombrés de mes mauvaises notes.

« Françaises, Français, aidez-moi ! »

— On va t'aider à crever, oui !

Il a éteint la télévision, quitté la pièce, allumé le transistor. Il marchait dans l'appartement, radio écrasée contre son oreille, en répétant que le salaud s'était donné les pleins pouvoirs. Il attendait les prochaines informations.

Édith Piaf chantait.

Balayés les amours
Avec tous leurs trémolos
Balayés pour toujours
Je repars à zéro...[1]

Ma mère m'a regardé. Assis par terre, je m'endormais.

— Allez viens. Je t'emmène au lit.

Elle m'a accompagné dans ma chambre. Elle a tiré les rideaux d'un geste las. Puis s'est penchée sur moi sans un baiser. Seul son regard. Il murmurait de ne pas m'en faire. Que papa était comme ça. Que c'était bien moins grave qu'il ne le disait. Que demain, tout serait fini.

La voix de Piaf avait suivi mon père sur le balcon.

Ma mère a fredonné, souriant dans l'obscurité.

— Non, rien de rien... Non, je ne regrette rien...

J'ai sursauté. J'ai mis brusquement ma main sur sa bouche. Je l'ai suppliée des yeux. Même du balcon,

---

1. Edith Piaf, *Non, je ne regrette rien*, 1960. Paroles : Michel Vaucaire. Musique : Charles Dumont.

mon père aurait pu l'entendre. Il détestait que maman chante. Les chanteurs lui avaient fait trop de mal.

*

Un soir de juin 1958, une amie de ma mère l'avait invitée à un récital des Compagnons de la Chanson, au théâtre romain. J'avais neuf ans. C'était la première fois qu'elle demandait à sortir seule le soir. Même avant ma naissance, mon père s'y était toujours opposé. Elle n'avait jamais vu un artiste sur scène. Sa copine s'appelait madame Labarrès. Elle avait gagné deux billets pour le gala en participant au jeu « Radio Théâtre » organisé par Radio Luxembourg. Elle vivait seule, sans enfant. Elle partageait le bureau de ma mère à la Société des Transports en Commun. Et avait réussi à la convaincre.

C'était un samedi. Ma mère avait demandé la permission, mais mon père ne lui avait rien répondu. Pas un mot, pas un geste. Elle pouvait bien s'absenter jusqu'à 9 heures, non ? Et puis il connaissait madame Labarrès. Elle accompagnerait maman et la ramènerait. Où était le risque ?

J'étais dans le salon. Il regardait par la fenêtre, sa femme debout derrière. Elle m'a demandé d'aller dans ma chambre et de fermer la porte. Je me suis réfugié dans mon carnet à dessin, que j'ouvrais dès que j'avais peur. Assis sur mon lit, j'ai colorié la moitié de la page avec application. Une plage, jaune et orange avec des reflets blancs. Et aussi le bleu marin, le mouvement des vagues et leur mousse d'écume. Ensuite, j'ai dessiné un enfant, très haut dans un ciel de pluie. Pantalon vert, chemise blanche, les cheveux en désordre, je lui ai offert un sourire et fermé les yeux. Il planait dans le vent, entre les nuages, un ballon rouge dans chaque main. Et puis j'ai attaché un fil à sa cheville, le transformant en cerf-volant. J'avais toujours rêvé d'un cerf-volant. Je m'en étais fabriqué un avec un sac plastique et des branches de cerisier. Il n'avait jamais volé. Parce qu'il n'y avait pas de vent, ni de sable, ni de mer, ni de bras autour de mon épaule pour guider ma main vers le ciel. Le dessin était terminé. J'ai signé Picasso.

Depuis la petite école, je signais Picasso. En maternelle, une maîtresse nous avait dit qu'il était le plus grand peintre du monde. Elle nous avait apporté une affiche représentant son fils en Arlequin. Picasso lui avait dessiné un chapeau de torero, un costume de losanges jaunes et bleus, une collerette et des dentelles aux poignets, mais il avait oublié de lui faire un sourire. Cheveux raides et les yeux tristes, il me ressemblait. Il n'avait pas fini de colorier le fauteuil. On voyait les hésitations du crayon, un brouillon de pompons et de franges. Et il n'avait pas non plus terminé les souliers d'Arlequin, chaussant son fils d'un simple trait.

J'ai posé mon carnet sur le lit, les crayons. J'ai mis les mains sur mes oreilles et fermé les yeux. J'attendais les cris de mon père, mais rien. Le silence dans la maison. Seul le bruit du vent dans mes paumes, comme le souffle d'un coquillage marin.

Ma mère est entrée. Elle souriait. Elle s'était changée. Sa jupe rouge, son chemisier blanc et sa veste légère. Elle sortait. Elle avait gagné. Elle laisserait du jambon et du fromage blanc. Cela me faisait plaisir de manger en tête à tête avec mon père ? Je ne savais pas. Jamais je ne m'étais trouvé seul à table avec lui.

— Tu débarrasseras ?

Oui, je débarrasserai. Elle ferait la vaisselle en rentrant. Deux assiettes et deux verres. Elle s'est penchée, m'a embrassé. Son geste m'a surpris. Dans notre famille, les peaux ne se touchaient pas. Rarement les lèvres de l'un rencontraient la joue de l'autre. Même nos regards s'évitaient. Mais ce soir, c'était l'été. Et le bonheur, presque. Ma mère aimait les Compagnons de la Chanson. Elle les entendait à la radio en s'occupant de son ménage. Une fois, je l'ai surprise qui pleurait en écoutant « Les trois cloches » et Jean-François Nicot, lorsque Piaf leur donnait la réplique en chantant « l'éternité de l'amour ».

— Tu pleures, maman ?

Elle m'avait souri. Juste un peu d'émotion. Cette chanson lui disait les trois choses les plus importantes de la vie : la naissance, le mariage et la mort.

Je suis entré dans la cuisine. Mon père était enfermé dans sa chambre. Sur la table, il y avait nos deux assiettes, nos verres d'eau et le jambon dans son papier gras. Je suis allé à sa porte, j'ai écouté. Je respirais mal. La radio ronchonnait. Il devait être couché tout habillé.

— Tu manges, papa ?

Ma voix de caverne. Animal aux aguets.

Il a monté le son. Un homme parlait de l'Algérie.

Je me suis assis dans la cuisine. J'ai enlevé la couenne, coupé mon jambon pour le plier dans un morceau de pain. J'ai bu. Les couverts faisaient un bruit de craie au tableau. J'ai débarrassé mon assiette, laissé la sienne. Je suis retourné dans ma chambre sans un bruit, sans un mot, effaçant chacun de mes pas.

La sonnette de l'entrée m'a réveillé. Forte, coups répétés. Puis des tapes contre la porte.

— Ouvre, André !

La voix de ma mère. Sa main heurtait le bois.

Je me suis assis dans mon lit. L'air manquait. Je frissonnais, bouche ouverte.

— Tu as laissé la clef dans la serrure. Ouvre, s'il te plaît.

J'ai cru que mon père dormait. Qu'il n'entendait pas. Je me suis levé. Le couloir était éteint. Il était là, en pyjama dans l'obscurité.

— Papa ?

Il m'a regardé, visage mauvais. J'ai regretté. Il a levé le menton, bouche méprisante, m'a montré la sortie du doigt.

— Tu veux dormir dehors avec cette pute ?

Il a hurlé.

— C'est ça que tu veux ?

23

— J'arrête de faire du bruit, mais laisse le petit tranquille, s'il te plaît.

La voix de ma mère. Il s'est retourné vers la porte close.

— Toi, je te conseille de ne pas le prendre sur ce ton !

— Je te demande simplement de ne pas toucher à Émile.

— Vous êtes tous les deux contre moi, c'est ça ?

— Personne n'est contre toi. Va te coucher, Émile !

Elle chuchotait à travers le bois. Elle craignait les voisins, les regards, les oreilles, les langues méchantes.

— Tu vas dormir sur le paillasson, salope !

— D'accord, d'accord. Calme-toi. Je vais dormir ici, mais laisse-le.

Mon père a bondi. J'ai crié. Il m'a giflé. Ma tête a heurté le mur, je suis tombé sur l'épaule, les mains protégeant mon visage.

— Laisse-le ! Je t'en prie ! Je dors dehors, comme tu voulais, mais laisse-le ! Il n'a rien fait, lui !

— Tout ça pour un concert minable, tu te rends compte ?

— Je me rends compte. Pardon, a soufflé ma mère.

— Tu es en train de tuer ton fils, il a dit.

— Pardon, elle a répété.

Il a craché sur la porte, m'a regardé, tassé à terre et les bras sur les yeux. Il s'est penché sur moi.

— Si tu lui ouvres, je la tue.

Et puis il s'est enfermé dans sa chambre. Sans radio. Raclement de gorge, bruit sec de l'interrupteur de lampe de chevet, grincement de sommier. Silence.

Je suis resté sur le carrelage. J'ai attendu qu'il dorme, qu'il ronfle fort. Puis je me suis levé, je suis allé à la porte d'entrée.

J'ai griffé le bois. Maman l'a caressé. Nos mains, de part et d'autre.

— Ça va ? elle a murmuré.

J'ai hoché la tête, comme si elle me voyait.

— Va vite te coucher.

— Tu vas dormir où ?

— Ici.

— Sur le paillasson ?

— Il fait chaud. Et puis j'ai ma veste, ça fera un coussin.

— Je n'ai pas le droit de t'ouvrir, maman.

— Je le sais, mon fils. Allez, profite de ton lit.

— Je saigne du nez.

— Essuie-toi avec un mouchoir. Je verrai ça demain.

— Et puis j'ai une crise.

— Prends ton sirop. Mais juste une cuillère, d'accord ?

Je ne répondais pas.

— D'accord, Émile ? C'est un médicament.

— D'accord, maman.

— Bonne nuit, mon fils.

— Bonne nuit, maman.

— Tu connais ton père ? Alors ne t'inquiète pas.

J'ai tourné le dos à la porte. À ma mère qui s'adossait au mur pour trouver le sommeil. Je suis rentré dans ma chambre. Je me suis couché, tête en arrière, un mouchoir sur le nez. J'ai débouché ma bouteille de sirop. Un mélange sucré de feuille de thé et d'eucalyptus que la pharmacienne préparait pour moi. Une gorgée, une deuxième. J'ai retenu mon souffle, compté dix secondes, puis expiré longtemps.

J'avais de l'asthme depuis ma naissance. Deux mains m'étranglaient. Ma respiration se transformait en voix rocailleuse, en plaintes, en gémissements douloureux. Dans ma poitrine, une foule inquiète se lamentait. Les nuits sans sommeil, je pensais à un cortège qui avançait à la lueur de torches. Une procession de damnés qui cherchaient à sortir de ma gorge en appelant à l'aide. Ce n'était pas un asthme d'effort, mais un asthme d'effroi. L'air de cet appartement me tourmentait. Il heurtait mes lèvres sèches, ma gorge close, il labourait mes bronches. Un jour qu'elle avait posé son oreille sur mon torse, ma mère avait parlé de « voix lointaines ».

Mes joues brûlaient. J'avais mal à l'épaule. Je sentais encore la main de mon père. J'espérais qu'il laisserait rentrer ma mère au matin. J'ai respiré mieux. À petites gorgées discrètes. Dans mes poumons, la cohue se calmait.

Je me suis endormi.

Ma mère m'a réveillé. Elle a posé la main sur mon épaule, je me suis débattu.

— C'est moi. C'est maman.

Je me suis retourné. Elle était penchée, tout habillée d'hier. Il lui avait ouvert la porte avant que les voisins ne la surprennent. Elle me souriait. Oui, ça allait. Oui, elle avait dormi. Que je lui montre mon nez ? Rien. Une éraflure. Ma respiration ? C'était fini. Mais mon épaule gauche remuait mal. Mon bras était broyé. Si je pouvais le bouger ? Voilà. Comme ça. Non, maman, pas plus.

Il est entré.

— Je suis prêt à pardonner, mais je ne veux pas que ça recommence.

Il m'a regardé en souriant.

— Ce n'est pas en se plaignant qu'on devient un homme.

Puis il a réclamé son petit déjeuner, sans élever la voix.

— J'ai faim, a-t-il dit simplement.

Ma mère s'est levée. Elle a trotté jusqu'à la cuisine. Mon père m'a demandé d'enlever ma veste de pyjama. Il a fait la moue. Une large tache brune marquait mon omoplate. Il a inspecté ma joue, mon nez.

— Tu es comme moi, tu as le cuir épais.

Il s'est levé, a ouvert les rideaux de ma chambre.

— Tu veux savoir ce qui m'a mis en colère, hier soir ?

Je n'ai pas répondu.

— Tu veux savoir ou tu t'en fous, de ton père ?

J'ai vite hoché la tête.

Il s'est rapproché de moi. M'a regardé.

— Je t'explique.

Et il m'a expliqué. Le problème n'était pas que maman sorte seule le soir, avec cette conne de madame Labarrès, mais qu'elle aille écouter les Compagnons de la Chanson. C'était ça, le problème. Lorsque le groupe avait été fondé, en 1941, mon père avait vingt et un ans. Ses copains s'appelaient Fred, Jo, Jean, Guy, ils venaient de l'Ain, d'Ardèche, de Corrèze, ou de Lyon. Et c'était lui, André Choulans, qui avait eu l'idée de cet ensemble vocal. Mon père était ténor, comme trois de ses copains. Il y avait aussi trois basses et trois barytons. Et c'est encore lui, mon père, qui avait trouvé le local du Point du Jour, dans lequel les Compagnons de la Chanson s'étaient réunis pour la première fois.

Seulement voilà. En ces temps de guerre, la guerre des ténors a eu lieu. Mon père était de trop. Une voix bien supérieure aux autres. Il attirait seul la lumière.

— Tu nous écrases, m'ont dit les copains.

Alors il a quitté le groupe, et brisé sa vie.

— Je suis parti pour que les Compagnons existent, a expliqué mon père.

Il s'est assis sur mon lit. Sans qu'ils le sachent, c'est encore lui qui avait conseillé à Piaf d'assister à l'un de leurs galas, en 1946. Il a regardé la môme dans son coin de salle, bouleversée par ce qu'elle entendait. La fille et les garçons feraient route ensemble. Il avait gagné. Mais il leur en voulait pour toujours. Et refusait que sa femme applaudisse ceux qui l'avaient trahi.

Et alors il a pleuré. Une larme sur sa joue.

— Tu comprends ?

Je comprenais. Bien sûr, je comprenais. À neuf ans, on comprend tout.

— Tu l'as raconté à maman ?

Il a haussé les épaules.

— Ta mère ? Pauvre femme. Moins elle en sait...

J'étais bouleversé. Je n'avais plus mal. Mon père était un Compagnon de la Chanson. Sans lui, jamais le groupe n'aurait pu naître. Et c'est pourtant sans lui qu'il a vécu. Ils lui avaient volé sa part de lumière. Son nom n'a jamais été sur les affiches, ni sa photo dans les journaux. Il en souffrait. Ceux qui ne le savaient pas étaient condamnés à dormir sur son palier.

C'était il y a trois ans. Depuis, maman n'a plus allumé la radio. Et plus jamais chanté.

*

J'avais mal dormi. La guerre, le putsch, les cris de mon père contre de Gaulle. Toute la nuit, le Général m'avait menacé avec un tournevis. Je prenais mon petit déjeuner. Du pain tartiné de margarine et un bol de lait. La voix de ma mère, dans le couloir.

— Il va partir au collège. Laisse-le, s'il te plaît !

— Fous-moi le camp !

Il l'a poussée. Il est entré dans la cuisine. Voix forte.

— Debout rebelle !

Je suis descendu de mon tabouret. J'étais encore en pyjama. Maman est restée à la porte, en peignoir, pâle, le visage mangé par ses cheveux de nuit. Elle me faisait signe de ne pas m'en faire. Mon père a jeté mon cartable sur la table.

— Du papier et un crayon !

Je tremblais. J'ai ouvert ma trousse, arraché une feuille de mon classeur d'anglais. Et lui me regardait, bras croisés. Il a attendu que je sois prêt, papier près de mon bol et stylo à la main.

— Tu vas écrire.

Je me suis penché, lui dans mon dos.

— Raoul Salan.

J'ai levé la tête.

— Quoi ?

— Raoul Salan.

Il a épelé.

— Un seul « l », Salan. C'est un ami, un frère.

J'écrivais sans comprendre.

— Écris : Maurice Challe, avec deux « l » cette fois.

J'avais peur.

— Écris : Edmond Jouhaud.

C'était le mot le plus difficile, avec un « h » au milieu.

Je m'appliquais. Je faisais au mieux. Je relevais les yeux entre deux noms. Ma mère m'encourageait de son coin de couloir. Elle souriait. Comme quand je m'asseyais dans le fauteuil du dentiste. Ne pas m'en faire. Tout irait bien.

Et puis elle a quitté la pièce.

— Écris : André Zeller.

Je connaissais un Zeller au collège. François Zeller. C'était facile à retenir.

J'avais fini.

— Lis ! a commandé mon père.

Je l'ai regardé. J'ai récité ces noms d'hommes avec ma voix d'enfant.

Il m'a arraché la feuille des mains, et lu à voix haute.

— Salan, Challe, Jouhaud, Zeller.

Il était satisfait de ma copie. Il s'est redressé.

— Écoute-moi bien, Émile.

J'écoutais.

— Ces noms, je veux que tu les apprennes par cœur. Tu m'entends ? Par cœur. Tu as toute la journée. Demain matin, je te donnerai de la craie. En allant en classe, tu écriras Salan sur tous les murs. Tu m'entends ? Salan, pas Picasso !

Je hochais la tête.

— Tu trouveras une corniche, tu monteras sur un poteau ou sur un rebord de fenêtre. Il ne faut pas qu'on voie que c'est un enfant qui a fait ça. Tu me suis ?

Oui, encore. Il ne me frapperait pas. Il était avec moi. Il me parlait secrètement. Même ma mère ne pouvait entendre. Il m'a expliqué que ces noms étaient ceux de militaires français qui aimaient leur pays. Et que de Gaulle, lui, ne l'aimait pas. Qu'il le bradait, le vendait en morceaux aux Russes et aux cochons. Mais je devais faire attention avec la craie, à cause de la police, des communistes et des Arabes. Regarder autour de moi avant d'écrire, pour ne pas être pris. Et choisir un mur bien sombre pour qu'on voie la craie blanche. Est-ce que je comprenais ? Oui ? Vraiment ? Tiens, est-ce que je me souvenais des films de Résistants que j'avais vus au cinéma ? Eh

31

bien c'était ça, résister. Hier, j'ai demandé à ma mère ce qu'était un rebelle. C'était ça, un rebelle. C'était Salan, Challe, Jouhaud, Zeller, André Choulans, mon père. Et Émile Choulans à partir d'aujourd'hui, lundi 24 avril 1961. Si je le voulais bien.

— Tu le veux ?

Il était ému. Les yeux humides, il m'a encore demandé si je serais un soldat comme lui. Un Salan collégien. J'ai dit oui, peut-être. Je ne savais pas quoi répondre. De toute ma vie, nous n'avions jamais été plus proches, mon père et moi. J'étais heureux et fier de lui appartenir.

Ma mère s'habillait dans leur chambre. Le couloir était désert. Comme notre immeuble, notre rue. Dans la ville entière, il n'y avait que mon père et moi.

— Garde à vous !

Je me suis redressé, la veste de pyjama ouverte.

— Reboutonne-toi.

J'étais face à lui, pieds nus, mains le long du corps.

— Genou droit à terre !

J'allais mettre mes mains derrière la nuque, comme lorsque j'étais puni.

— Sans les mains, a ordonné mon père.

De sa poche arrière, il a sorti le béret rouge qu'il portait au 1er régiment de chasseurs parachutistes.

Je l'avais déjà vu, ce béret. Plié dans la boîte à gants de la voiture, oublié contre la vitre arrière. Un jour, il l'a rangé dans l'armoire de leur chambre, caché dans une boîte à chaussures. Je l'avais fouillée. Sous le béret amarante, l'insigne avec la main ailée brandissant un glaive, il y avait des médailles et un pistolet. Il était rangé dans un vieil étui de cuir brun, patiné, écorché, fermé par une patte sur un bouton en laiton. Je n'ai rien touché. J'ai tout remis en place. Mon cœur frappait. C'était la première fois que je voyais une arme.

Il a mis le béret. Il était trop petit, décousu à l'arrière, le ruban déchiré.

Il était général, et j'étais à ses pieds.

— Émile Choulans, veux-tu rejoindre le camp de la France ?

Je l'ai regardé.

— Réponds par oui ou par non.

J'ai dit oui. D'abord avec les yeux, puis avec la tête.

— C'est la parole qui compte. Dis-le !

— Oui.

Couinement de souris.

— Sauras-tu garder ce secret, en toutes circonstances ?

— Oui.

Il regardait le plafond, ou le ciel, je ne sais pas. Entre deux questions, c'était comme s'il priait. Il avait fermé les yeux, ouvert les mains. Il les a posées sur ma tête. Il murmurait pour lui seul. Je connaissais ce rituel.

*

Mon père avait été pasteur pentecôtiste. Le 20 mai 1957, à Clermont-Ferrand, il avait reçu l'autorisation de prêcher, délivrée par les ministres du Miracle Revival Fellowship. Un jour, il avait fait encadrer son certificat, frappé d'un timbre doré, indiquant que Dieu lui avait donné « droit à la prière et à l'imposition des mains », et l'avait accroché au mur de notre salle à manger. Ma mère était catholique. Il se moquait d'elle. La Vierge, les saints, les reliques, les hymnes, le pape. Il détestait la foi qu'elle m'avait léguée.

— Pauvre femme, disait-il.

Lui l'évangéliste, le croisé charismatique, se disait bien au-dessus de Jésus. Dieu lui parlait. Mon père et Dieu, sans personne pour traduire. Il n'avait que faire d'une bouchée de pain sans levain, de prières en commun ou de genoux à terre. D'ailleurs, c'était lui qui me confessait. Il refusait que j'avoue mes fautes à un curé. Il s'en chargeait lui-même, en secret, dans le salon, avant que ma mère ne rentre du travail. Il mettait une robe pastorale noire à rabat blanc, et une étole violette, brodée d'une terre porteuse de croix.

Il me faisait mettre à genoux, bras écartés, paumes vers le haut. Il promenait la flamme d'une bougie devant mes paupières closes puis posait ses mains sur ma tête. Ensuite, il me demandait de tenir la Bible avec lui et de lui avouer mes mauvaises actions, mes mauvaises pensées. Puis il me punissait au martinet.

Il m'avait demandé de l'acheter moi-même, avec mon argent de poche, au bazar de la place Commer.

— Dieu souhaite que tu m'aides à corriger tes fautes.

En lui offrant ce martinet, j'acceptais de payer le prix de mes péchés.

Une autre fois, il avait voulu chasser mon asthme. Il n'aimait pas ma respiration de crise. Lui aussi, il entendait mes voix lointaines. Les gémissements, les plaintes effrayantes qui montaient de ma poitrine.

— Le Diable vit en toi, m'avait-il dit.

Dans une église, il avait volé des cierges et de l'eau consacrée. Une fiole entière, plongée dans un bénitier. Il m'avait fait mettre à genoux, dans l'obscurité. Ma gorge s'était contractée, mes bronches refusaient l'odeur de la cire brûlée. J'avais voulu prendre mon sirop, mais il avait refusé.

— Il faut combattre le mal, pas pactiser avec lui.

Il m'a demandé d'écarter les bras et de respirer fort, bouche ouverte. Rien ne rentrait. L'air refusait. Dans le silence, mon souffle empêché faisait vacarme. Mon asthme ne gémissait plus, il hurlait de peur. Mon père avait fermé les yeux. Il a placé ses mains sur mes oreilles pour les boucher.

— Diable, dieu rusé, j'entends la nuée de tes serviteurs !

J'avais la tête en arrière. Je respirais de plus en plus mal.

— Tu t'es emparé de mon fils pour en faire le valet d'Abaddôn !

Il a frappé mes oreilles comme un joueur de cymbales.

— Mais je veille, ange déchu ! Et les plaintes de tes démons me renforcent.

J'ai pleuré. Il me fallait mon sirop. Double claque sur mes tempes.

— Sors de ce corps, Lucifer !

Une autre gifle, brisant mes oreilles comme un passage brusque sous un tunnel de train. J'ai remué. À peine. Baissé la tête sous la douleur.

— Petit con ! a crié mon père.

Il a enlevé son étole en disant que j'avais tout gâché. Pendant un exorcisme, il ne fallait pas bouger, pas cligner un cil. J'étais toujours à genoux, plié en deux. Je râlais. Lorsque mon père a quitté la pièce, j'ai bu ma théophylline au goulot, retenu mon souffle, expiré comme au sortir de l'eau. Tout s'ouvrait lentement. J'ai caché le flacon dans ma poche, repris la pose, mains jointes.

Mon père est revenu.

— Lève-toi, conneau, ça ne sert plus à rien.

J'ai ouvert la bouche et inspiré doucement.

— Ça va mieux, j'ai dit.

Il a eu l'air surpris.

— Ça a marché ?

— Oui, je crois.

Il m'a regardé. Il a souri. Il était fier, presque heureux. Il a remis son étole et ouvert la Bible. Au moment de lire, il a repris son visage de soldat.

« Satan lui-même se transforme continuellement en ange de lumière et nous trompe avec des signes et des présages mensongers. »

Puis il a crié :

36

— À Dieu la Gloire par Jésus-Christ pour l'éternité. Alléluia !

— Alléluia, j'ai répondu.

J'avais sept ans.

Après un an de ministère – il exposait sa robe noire et son étole violette sur la plage arrière de la voiture – tout s'est arrêté. Je n'ai jamais su pourquoi. Il a décroché son diplôme de notre salon, l'a roulé, rangé dans un tiroir. Il ne m'a plus confessé. N'a plus protesté à cause de mon sirop. Nous n'avons plus dit de grâces avant de prendre nos repas. Il n'a plus jamais prié.

Mais le martinet est resté bien en place, pendu par son manche jaune dans le placard à balais de la cuisine. Et il a servi sans l'aide de Dieu.

*

— Jamais tu ne parleras, ni ne donneras le nom de tes chefs !

Mon père devant moi, jambes écartées et béret para sur la tête. J'étais toujours à genoux. Mes chefs ? Quels chefs ? J'étais terrifié. Je voulais rester à la maison, ne pas aller en prison, retourner en classe, aider ma mère pour la soupe du dimanche. J'ai revu la mort de Bara, le petit tambour de mon âge, presque. Je ne voulais pas qu'on me fasse du mal.

Comme il avait demandé à ma mère de ne plus acheter d'eau d'Évian, ville souillée par les accords de paix en Algérie, il m'a ordonné de cracher sur un bulletin « oui », rapporté de l'isoloir le 8 janvier, lors du référendum.

Ce jour-là, en allant voter contre l'autodétermination, il avait écrit « Non » sur les murs. Le soir, il avait perdu. Il a hurlé par la fenêtre que la France avait trahi l'Algérie. Et aussi lui, André Choulans. Il est ressorti à la nuit tombée. Il est rentré plus tard, avec du sang sur son imperméable kaki et les mains abîmées.

Le regard épouvanté de ma mère, visage caché entre ses doigts. Elle a geint.

— Mon Dieu, ta gabardine !

— T'inquiète pas la vieille, c'est du sang de bicot.

Elle a secoué la tête.

— Le sang c'est comme le vin, c'est dur à ravoir, a-t-elle dit simplement.

Il a posé ses mains sur ma tête, les yeux fermés.

— Répète après moi : jamais je n'abandonnerai mes frères algériens.

J'ai répété.

— La métropole va devenir un champ de bataille.

J'ai répété.

Il a pesé mes mots, le son de ma voix. Il semblait satisfait.

— En vertu des pouvoirs qui me sont conférés par Salan, par Challe, par Jouhaud et par Zeller, je te fais soldat de l'Organisation.

Les noms de sa dictée.

— Notre commando s'appelle Charles Martel.

Il a appuyé fort sur mon crâne. Une douleur dans le cou. Il a reculé.

— Lève-toi.

Mes genoux faisaient mal. Il a ouvert les bras, m'a étreint comme un vieux compagnon. Puis il m'a repoussé. M'a regardé. A levé la main. Une gifle brusque. Partie comme ça, sans raison. Une marque d'estime. Un geste d'amour.

— C'est un avant-goût de ce qui attend les patriotes.

Puis il m'a salué comme un soldat, doigts à la tempe.

— Allez, habille-toi, maintenant. Les jours qui viennent vont être rudes.

Je me suis glissé dans mon pantalon, ma chemise. Ma joue brûlait.

— Ted sera fier de toi, a dit mon père.

3.

Ted

Ted est entré dans ma vie le mardi 25 avril 1961, à l'heure du dîner.

Mon père avait fermé la porte à clef. Comme chaque soir depuis le putsch, il était sorti sur le palier avant de pousser le verrou. Il examinait la porte en face, se penchait au-dessus de la rampe, inspectait l'étage au-dessus, les trois étages en dessous. Il surveillait le silence. Il attendait que la minuterie s'éteigne, et restait dans le noir, comme ça, guettant le moindre bruit. Il me demandait aussi de contrôler le cinquième étage avec sa lampe de poche.

Je ne devais l'allumer qu'une fois en haut des marches.

— La lumière peut les alerter.

— Alerter qui ? j'ai demandé.

— Chaque chose en son temps, avait-il chuchoté.

Alors je n'ai plus posé la question.

Je promenais le faisceau sur l'armoire électrique, le recoin, le plafond. La trappe de toit était fermée, l'échelle posée sur ses crochets. Jamais je ne l'ai vue ouverte. Un rai de lumière sous la porte du voisin. La radio, une toux, des voix sourdes. Murmures d'escalier. Je montais toujours en chaussettes pour ne pas faire de bruit. Et redescendais sur la pointe des pieds.

— Le communiste est rentré ?

Il était rentré, oui. Un menuisier. Il vivait au-dessus de chez nous. La nuit, nous entendions ses pas racler notre plafond.

Mon père m'attendait sur le palier, dans l'obscurité. Avant d'ouvrir la porte, il avait tout éteint dans notre appartement, même la cuisine. C'était la règle. Ma mère s'asseyait sur son tabouret à laver les carreaux. Elle attendait que ça passe, sans un mot, dans le noir, en lissant son tablier. Elle surveillait les flammes sous la casserole. Elle attendait l'ordre de rallumer.

Une fois l'inspection terminée, je me glissais chez nous. Lui fermait la marche, restait un instant sur le paillasson, en sentinelle. Ensuite, il rentrait, repoussait la porte doucement, s'aidait de la clef pour que le pêne ne claque pas. Puis il allumait notre couloir, se raclait la gorge et tournait le verrou. Un dernier regard à l'œilleton. Et nous pouvions passer à table.

— Ted rentre en France pour rejoindre l'Organisation, a dit mon père.

Je me souviens de cette phrase. Et de tout ce qui l'a précédée. Le geste de mon père déroulant sa serviette puis la faisant claquer sur sa cuisse. Ma mère plongeant la louche dans le plat de lentilles. Et moi, observant avec crainte une tache blanche sous l'ongle de mon pouce.

— Les taches blanches, c'est lorsqu'on a menti.

Une tache, un mensonge, m'avait expliqué ma grand-mère.

Ma mère servait toujours son mari en premier. Œuf, lentilles, fromage blanc, lui d'abord. Il mangeait en faisant du bruit.

— J'ai demandé à Ted de venir nous aider. Et il n'a pas hésité.

Ma mère n'avait pas entendu. Elle écoutait le lait sur le feu, l'eau de sa vaisselle, le choc en porcelaine des assiettes qu'on empile, mais rarement ce que mon père disait.

— Tu en penses quoi ?

Elle a levé la tête, sa cuillère en arrêt.

— De quoi ?

— Que Ted reprenne du service.

Elle était revenue parmi nous. Il ne fallait pas qu'elle s'éloigne trop lorsque son mari parlait.

— Ted ?

Mon père a levé les yeux. Il lapait son assiette. Haussement d'épaules.

— Ben oui, Ted.

Ma mère, sans mode d'emploi. Son visage de chiffon blanc. Les yeux, la bouche, le front, plus rien ne bougeait.

— Explique donc à Picasso.

Il a levé son assiette à deux mains, l'a portée à ses lèvres pour boire le reste de lentilles, comme un potage

43

froid. Ma mère me regardait, regardait son mari, allait du moineau à la brute, sans répondre. Mon père a insisté.

— Ted, mon ami américain. Ton fils a l'âge de savoir maintenant, non ?

Ma mère a soupiré. Elle semblait soulagée. Elle venait de comprendre.

— Ton ami américain, a répété ma mère.

— Oui, mon meilleur ami ! Eh bien vas-y ! Dis-lui !

Elle n'osait plus manger.

— Mais qu'est-ce que tu veux que je lui dise ?

Mon père, excédé.

— Ben Ted ! Son bras, la guerre, tout quoi !

Elle a secoué la tête. A avalé une cuillère, deux. Mon père l'observait. Il me regardait. Lui aussi passait de l'un à l'autre. La vieille, comme il disait. Et puis son Picasso, serrés de l'autre côté de sa table.

— C'est une histoire de politique. Ça ne me regarde pas, a répondu ma mère.

Mon père a hoché la tête. Il a eu son sourire de mépris.

— Tu as raison. C'est entre hommes, ça. Les femmes, à part leurs lentilles…

Il a jeté son bras par-dessus tête, mimant ce qui échappe à l'entendement.

Il a ri. Je crois que j'ai ri aussi. Ma mère a regardé son assiette, la mienne, celle de son mari, vide. Elle était vexée.

— Elles ne sont pas bonnes, mes lentilles ?

44

*

Mon père a connu Ted au camp américain de Châteauroux. Après avoir vécu à la base aérienne, son meilleur ami s'était installé cité de Brassioux, un ensemble de pavillons avec jardins construits par l'OTAN pour les officiers et leur famille. Ted n'avait pas de famille.

— Mais il a le bras long, a souri mon père.

Le bras droit, il a raconté.

Il y a neuf ans, ils étaient déjà ensemble, Ted et lui. Ted conduisait une Jeep, mon père était à ses côtés.

— Mon vieux Frenchie, il m'appelait.

Mon père a levé le doigt.

— C'est de l'anglais. C'est affectueux, tu vois ?

J'ai hoché la tête.

— Il pleuvait.

Maman avait quitté la table. J'entendais ses bruits, dans la cuisine. Mon père avait baissé la voix. C'était un secret pour son fils. Ted roulait, bras gauche sorti du véhicule. Il tapotait la portière de l'extérieur en chantonnant. Mon père chantait aussi. Ils faisaient du slalom entre les avions.

— Vous aviez le droit d'être sur les pistes ?

Le regard rieur de mon père. Le droit ? Ted, capitaine de l'armée américaine et André Choulans, fils d'un as de la Grande Guerre ? Tous les droits !

Il a eu son raclement de gorge.

— Et puis, le drame.

45

— Le drame ?

Un camion en face, un semi-remorque, transport de matériel, qui dérape sur la piste et ne contrôle plus rien. Il glisse, crisse, déporté sur le flanc. Le visage stupéfait du chauffeur. Son regard, sa bouche. Mon père qui serre les dents. Le choc. Gerbe d'étincelles. Le côté gauche de la Jeep enfoncé, écorché, râpé dans un sifflement de ferraille. Ted se dégage d'un coup de volant pour ne pas être happé. Le camion verse. Verre brisé, acier déchiré, hurlement du métal. La Jeep cahote, continue, tangue, se gare au milieu de la piste. Ambulance, pompiers. Mon père est jeté en avant. Il saigne de la bouche et du front. Rien, une égratignure. Je le regarde. Il mime. Essuie ses lèvres avec sa serviette, inspecte le tissu en faisant la moue.

— Ce n'est pas trop moche, dit-il.

Il est vivant. Ted aussi, main droite restée sur le volant, tête rejetée en arrière. Les deux hommes se sont regardés. Ils respiraient fort. Ted a souri. Mon père a dit qu'ils avaient eu chaud. Qu'il y avait sûrement un dieu pour les buveurs de whisky. Avant de conduire, Ted avait bu. Mon père aussi.

— Le whisky, c'est une boisson écossaise, américaine, quoi. C'est une boisson d'homme, pas comme le vin, le pastis, toutes ces conneries françaises.

Il m'a observé.

— Et tu sais quoi ?

Non. Je ne savais pas. Pas encore. Bientôt. Et ce que mon père allait me raconter ce jour-là allait changer ma vie entière.

Après avoir arrêté la Jeep, Ted a coupé le contact. Sa portière était enfoncée. Il est passé par-dessus, d'un bond.

— Mon vieux Frenchie, j'ai perdu un truc, m'a dit Ted.

J'ai regardé mon père. Il m'interrogeait du menton.

— Tu devines ce que c'était ?

Deviner quoi ? Il m'examinait. Mauvais sourire. Dans la cuisine, le bruit de la vaisselle. Mon père s'est penché par-dessus la table. Ted était au milieu de la piste. Il cherchait quelque chose sous la carcasse du camion.

— Et il a ramassé son bras.

— Son bras ?

— Son bras, a répété mon père.

L'accident lui avait arraché le bras à hauteur de l'humérus. L'os avait été brisé, les chairs sciées par une langue de métal. L'omoplate avait éclaté. La clavicule était brisée en trois. Et pas un pleur, pas un cri. Rien. Ted a sauté par-dessus la porte en disant qu'il avait perdu quelque chose. Ensuite ? Il est monté dans l'ambulance avec son bras. Et il a salué mon père d'un signe de tête. C'est tout. Les médecins n'ont rien pu faire. Ted est resté comme ça, amputé. Mais il a changé de travail à la base. Et il a eu une maison à la cité de Brassioux.

Ted était retourné dans le Tennessee en janvier 1960, et voilà qu'il revenait en France pour la première fois. Parce que l'heure était grave, à cause de l'Algérie, de la guerre froide et des communistes.

Jamais mes parents ne m'avaient parlé de lui. Mais je connaissais bien le mot « communiste ».

— Ted se bat contre les communistes, a expliqué mon père.

Des gens qui veulent qu'on soit tous habillés pareil. Et qui disent avoir envoyé un homme dans l'espace, alors qu'on sait que ce n'est pas possible. Dix jours plus tôt, Ted avait même attaqué Cuba pour les chasser. Mais il avait échoué. La radio en avait parlé. Mon père avait frappé le plafond avec le balai, pour se venger du menuisier.

On entendait aussi beaucoup le mot « guerre froide » à la maison. J'ai demandé à mon père si c'était comme la guerre d'Algérie. Il a répondu non. Pas tout à fait. La guerre froide était une guerre plus lente à démarrer.

Ce soir-là, il ne m'en a pas dit plus. Avant de se coucher, il est allé vérifier l'œilleton de la porte, la nuit dans notre escalier, le silence. Il était content de m'avoir parlé de son ami américain. Il a annoncé à ma mère que je savais tout. L'Organisation, Ted et le reste. J'étais un homme, maintenant. Il n'aurait plus à se cacher de son fils. L'heure était venue de tout partager avec moi.

Je suis allé dans ma chambre. Ma mère m'a observé en soupirant. De ma vie, jamais, jusqu'à ce jour, je n'avais vu autant de tristesse dans un regard vivant.

Son petit ébouriffé se couchait avec de lourds secrets au cœur. Mais elle n'a rien dit. Ni à son fils, ni à son mari. Elle s'est contentée de vérifier que le gaz était bien fermé. Mon père, c'était la porte. Ma mère, c'était le gaz.

Mon lit était froid d'avril. L'appartement était froid d'habitude. J'ai passé mon enfance à cacher mes pieds dans la glace des draps. Ce soir-là, je n'ai pas été battu. J'ai espéré que Ted et l'Organisation veilleraient sur moi. Et qu'ils me protégeraient de mon père lors de mon prochain bulletin scolaire.

Depuis le début de l'année, mes notes n'étaient pas bonnes. Je peinais en français, en grammaire, je ne comprenais rien à la physique. Les mathématiques étaient une langue étrangère. La géométrie me terrorisait. Je mélangeais les rois et les pays. Je ne courais pas assez vite. Je détestais la corde à nœuds. Et ma professeur d'anglais. Ma sixième avait été « honorable », c'est le mot que le principal avait écrit sur mon carnet. Mon père y avait vu une marque d'honneur. Ma mère ne l'a pas contrarié. Mais elle savait que mon travail était à la peine. Au premier trimestre de cinquième, ma moyenne s'était effondrée. À peine 8 sur 20. J'avais été privé de dîner pendant une semaine.

— Pas dans la figure ! criait ma mère.

J'ai eu le dos, les épaules et les cuisses couvertes de bleus.

Mais ce soir, rien. Pour la troisième nuit depuis le putsch rebelle, mon père n'a pas levé la main sur moi.

Je suis entré dans mes draps rêches. Avant le sommeil, je me suis imaginé avec mon père et Ted, au moment de l'accident. J'ai couru sur la piste pour ramasser le bras sanglant.

— Émile, a dit mon père pour me présenter.

J'ai rendu son bras à l'ami américain de papa. Il souriait. M'a tendu l'autre main. Il serrait fort. Il m'a demandé si je connaissais le Tennessee. J'ai répondu oui, Davy Crockett. Il a ri. Mon père m'a donné une bourrade d'épaule.

— Mon fils, il a répété.

Il était fier de moi.

Quand l'ambulance est arrivée, Ted m'a fait un geste. Un clin d'œil, un signe de sa main morte, brandie en sceptre au-dessus de sa tête. J'ai levé le pouce, comme le pilote d'un film de guerre, avant que le cockpit ne soit refermé.

Puis je me suis endormi. Pas tout de suite. Les phares des voitures balayaient le plafond. En haut, le communiste traînait du pied. Le parquet grinçait.

— Si le rouge prépare un mauvais coup, je serai là, disait mon père.

Il m'avait interdit de lui parler dans l'escalier.

— Bonjour, mon petit.

Je descendais en courant, il montait lentement. Je crois qu'il boitait. Il m'a souri. J'ai baissé les yeux, serré mon cartable. Je n'ai rien répondu. Pas un mot. Surtout pas. Pas un geste non plus. L'indifférence. La guerre froide.

*

Le mercredi 26 avril 1961, mon père m'a glissé trois craies dans la main.

— Tu sais ce que tu as à faire, soldat Picasso.

Ma mère a protesté.

— Mais ça l'amuse, a répondu mon père.

Non. Ça ne m'amusait pas. Je préférais aller au collège les mains dans les poches. Mais il m'a fait un clin d'œil, et alors j'ai compris. C'était un code entre lui et moi. Personne ne devait savoir. Pas même ma mère. Alors j'ai fait comme si cela m'amusait. Mon père le disait souvent : l'héroïsme ne s'explique pas.

Rue Mourguet, une montée sinueuse qui menait à l'école, j'ai résisté pour la première fois. Un cageot était abandonné, contre un haut mur couvert de lierre. En montant dessus, je faisais homme. J'ai écrit Salan. Pas Raoul « Salan », juste Salan. Mon père disait que certains hommes n'ont plus besoin de prénom. J'étais en avance pour le collège. Il n'y avait personne, nulle part. J'ai hésité. Je ne savais plus si je devais écrire en attaché ou en majuscules. Alors j'ai fait les deux, transportant ma caisse du haut au bas de la rue. Deux fois, Salan. C'était tout, et c'était immense. J'ai couru jusqu'au collège en serrant la craie dans ma main. En arrivant à la grille, j'ai sorti mon sirop. J'étais énervé. J'ai bu trois gorgées. Dans les toilettes de l'école, j'ai recopié SALAN, en grand. Et j'ai été déçu que personne ne m'en parle.

Le soir, un seul « Salan » restait lisible dans la rue Mourguet. L'autre avait été recouvert par les mots « Paix en Algérie ». J'étais triste, en colère et inquiet. Je ne savais pas comment mon père allait prendre cet échec. Il voulait que je lui rapporte l'emplacement de chaque mur rebelle, pour inspection le lendemain.

Mais il ne m'a rien demandé. Il était enfermé dans sa chambre, en pyjama. Ma mère m'a barbouillé une tartine d'huile d'olive et de sel avant que je reparte. J'avais rendez-vous chez le dentiste. Jamais mes parents ne m'ont payé un ticket de bus. J'étais un enfant à pied. L'école ? Un kilomètre. Le dentiste ? Près de trois. Et plus encore pour le judo, cinquante minutes en marchant vite. Entre la maison et le dentiste, j'ai écrit « Salan » trois fois.

À table, le soir, mon père a lapé sa soupe et ses pâtes. Je regardais mon assiette. Une pomme de terre et deux carottes flottaient dans de l'eau salée. Nous ne parlions pas. Un animal et deux silences. J'ai posé ma craie usée à côté de ma fourchette. J'espérais qu'il la voie.

— Tu lui as dit ?

Ma mère a regardé mon père.

— Dis quoi ?

— Pour le putsch.

Elle a ramassé mon assiette en faisant la moue.

Non. Elle ne m'avait pas dit. Alors mon père l'a fait.

Les rebelles étaient perdus. Challe s'était rendu, Jouhaud et Zeller en fuite.

— Et Salan ? j'ai demandé.

— Tais-toi, Émile !

Le regard de ma mère.

Mon père a haussé les épaules.

— Salan leur a échappé.

J'ai respiré en grand. Mon chef n'avait pas été pris.

Mon père a regardé la craie.

— Tu as fait ce que je t'ai demandé ?

Oui, j'ai répondu. Salan partout. Rue Mourguet, à l'école et près du dentiste.

Il a hoché la tête en croquant sa pomme.

— Alors il faut que tu continues.

Avec le manche de sa fourchette, il a tracé le sigle « OAS » dans la sauce tomate de mes pâtes.

— Mais maintenant, c'est ça qu'il faut écrire.

Les lettres disparaissaient, recouvertes par le jus.

— Ça veut dire quoi ?

— C'est comme la CIA pour Ted, ce sont des codes secrets.

Je regardais mon père, ma mère qui débarrassait la table.

OAS. C'était plus facile à écrire que Salan.

Il a jeté sa serviette sur la table.

— Répète le mot.

— OAS, j'ai dit.

— C'est bien. Je voulais l'entendre.

Il a pointé son couteau sur moi.

— Tu veux que je t'explique ?

Des yeux, j'ai dit oui.

— C'est une armée secrète qui veut que l'Algérie reste française.

Je ne savais pas où était l'Algérie.

— Moi aussi, je le veux, comme toi, j'ai dit.

Il était satisfait.

Toute la journée, j'avais appris les noms d'hommes qui allaient être jetés en prison. Les copains de mon père. Et j'ai compris. L'inspection du soir, les étages, le communiste du dessus. Nous étions en danger, nous aussi.

— On va aller en prison ?

Ma mère a haussé les épaules. Elle avait enlevé les assiettes et balayait les miettes du revers de la main.

— Personne n'ira en prison, elle a dit.

Mon père a souri.

— La prison, pour un rebelle, c'est trois murs de trop.

Il était content de sa phrase.

— Tu comprends ce que ça veut dire ?

4.

L'agent secret

À la maison, nous n'avions pas le droit de parler du métier de papa.

— Ça ne regarde personne, disait-il.

Le père de Pécousse était aiguilleur du ciel. Monsieur Legris était carrossier. Il y avait des pères ouvriers, employés, serveurs de restaurant comme celui du rouquin. Roman allait voir le sien à la scierie du lac. Celui de Chavanay était postier. Mais le mien, je ne savais pas. Je ne l'avais jamais vu avec un cartable ou une blouse. Il n'était ni dans une vitrine ni derrière un bureau.

Quand je partais le matin, il dormait. Le soir, il était parfois en pyjama.

— Il est fatigué, disait ma mère.

Pour ne pas le réveiller, nous nous déplacions sur la pointe des pieds. Elle et moi avancions dans l'appartement comme des danseuses. Nous ne marchions pas, nous murmurions. Chacun de nos pas était une excuse.

Au CM2, il a fallu briser le secret. L'institutrice nous avait donné une feuille à remplir, avec notre nom, prénom, âge. Et profession du père.

— Tu as qu'à répondre « *parachutiste* », m'avait-il dit.

J'avais écrit « Parachute ».

La maîtresse avait lu ma réponse à voix haute. Les copains avaient ri.

Ce n'était pas drôle, parachutiste.

Un soir, mon père avait appelé le journal pour dire qu'il y avait une faute dans un article historique sur Diên Biên Phu. Il était en colère. Non, la colline Huguette n'était pas tombée en dernier. C'est Éliane qui avait résisté jusqu'au bout. Et ce n'était pas un merdeux de journaliste qui allait prétendre le contraire.

— J'y étais, jeune homme, a répondu mon père avant de raccrocher.

Au CM1 et au CM2, j'avais un père parachutiste. Il oubliait souvent son béret rouge contre la lunette arrière de la voiture, mais je ne l'avais jamais vu en uniforme. Lorsque je suis entré en sixième, tout s'est compliqué.

— Choulans, vous n'avez pas rempli la case « profession du père » ?

Le professeur principal tenait ma feuille en main. Il avait dit ça mollement, sans se douter du coup qu'il portait. Il était ailleurs, le professeur. Bien loin de mon père et de son secret. Il ne se doutait de rien.

Profession du père ? Pour lui, c'était une case vide, un oubli, une étourderie.

En août, le Dahomey était devenu indépendant, puis la Haute-Volta, la Côte-d'Ivoire, le Congo et le Gabon. Mon père y était opposé. Chaque fois que la radio parlait d'Afrique, il tournait le bouton.

— Je rendrai tout ça à la France, disait-il en sauçant son assiette.

En septembre, cette année-là, lorsque je suis rentré avec la feuille de renseignements, il était tendu. Profession du père ? Ma mère n'avait pas osé remplir le formulaire. Mon père avait grondé.

— Écris la vérité : « Agent secret. » Ce sera dit. Et je les emmerde.

Agent secret.

J'ai regardé mon père. Depuis toujours, je me demandais ce qui n'allait pas dans notre vie. Nous ne recevions personne à la maison, jamais. Mon père l'interdisait. Lorsque quelqu'un sonnait à la porte, il levait la main pour nous faire taire. Il attendait que l'autre renonce, écoutait ses pas dans l'escalier. Puis il allait à la fenêtre, dissimulé derrière le rideau, et le regardait victorieusement s'éloigner dans la rue. Aucun de mes amis n'a jamais été autorisé à passer notre porte. Aucune des collègues de maman. Il n'y a toujours eu que nous trois dans notre appartement. Même mes grands-parents n'y sont jamais venus.

*

57

Je n'ai pas connu les parents de ma mère, mais ceux de mon père vivaient près de chez nous. J'ai déjeuné chez eux chaque jeudi, jusqu'à l'âge de neuf ans. Après le dessert, j'avais droit à une pastille Vichy. Je la choisissais moi-même, dans une boîte en fer posée sous la radio. Avant que mon père ne se fâche avec lui, il m'avait raconté que mon grand-père avait été pilote de chasse pendant la Grande Guerre. Il en était très fier.

— Un as, disait-il.

Sur une vieille photo dentelée, il portait un manteau de cuir et une écharpe blanche. Mon père m'avait expliqué que seuls les pilotes avaient droit à ce blouson et à cette écharpe. Mon grand-père avait un ami qui s'appelait Georges Guynemer. Guynemer et Choulans étaient capitaines. Ils avaient reçu la médaille militaire et la croix de guerre. Dans les nuages, la mitrailleuse de leur SPAD terrorisait les Boches. Mon grand-père et Guynemer avaient peint le même cheval sur leurs biplans. Un noir pour Guynemer, un blanc pour mon grand-père. Lorsque Guynemer n'est pas rentré, en septembre 1917, mon grand-père est ressorti seul, sans ordre, et a abattu cinq Fokker allemands dans le ciel des Flandres pour le venger.

Mon père m'avait raconté tout ça un jeudi. Et m'avait fait promettre de ne jamais en parler. Mon grand-père était tellement triste d'avoir survécu qu'il n'avait raconté cette histoire à personne. Pas même à ma grand-mère. Guynemer, ses médailles, la guerre, à personne. Il ne voulait pas que cela se sache. Jamais.

Il l'avait seulement dit à son fils. Parce que mon père était plus intelligent que les autres. Lui pouvait comprendre. Et garder un secret.

Mais un jour, mon père n'est plus monté chez ses parents. Je n'ai jamais su pourquoi.

— Ça ne te regarde pas, avait dit ma mère.

Alors il venait me chercher après le repas du jeudi. Il restait dehors, sur le trottoir d'en face. À l'heure du départ, mon grand-père ouvrait la fenêtre, se penchait et me disait simplement :

— Ton père est là.

Avant de partir, ma grand-mère me donnait une banane pour le soir. Une fois que nous avions tourné le coin de la rue, mon père m'arrachait le fruit des mains, le jetait sur le trottoir et l'écrasait d'un coup de talon.

— On n'a pas besoin d'eux pour manger, disait-il.

Je n'ai jamais osé avouer la banane à mes grands-parents. Je la prenais chaque jeudi, en les embrassant. Ils n'ont jamais su non plus qu'il me fouillait dans la rue, bras levés, pour être certain que je ne rapportais rien de chez eux. Un jour, pour mon anniversaire, ils m'avaient donné 5 francs. Mon père avait trouvé la pièce cachée dans mon poing. Et l'a mise dans sa poche, sans un mot.

Un jeudi, après avoir jeté la banane, il m'a demandé si mes grands-parents m'avaient parlé de lui pendant la guerre. Oui, j'ai répondu. Mon grand-père l'avait fait. Une fois peut-être, presque rien, il y avait longtemps. De ces phrases qu'on lâche le dos tourné, pour ne pas embêter les enfants.

Mon père s'est figé au milieu du trottoir.

— Il t'a dit quoi ?

Je ne me souvenais pas de tout, seulement d'une phrase. Entre le déjeuner et la pastille, mon grand-père avait murmuré que son fils avait été du mauvais côté. Du mauvais côté, c'est ça. Je me souvenais de l'expression, pas de sa signification. Et ma grand-mère lui avait tout de suite demandé de se taire.

Alors au moment du dîner mon père était entré dans une rage immense. Il m'a expliqué que ces gens n'étaient pas mes vrais grands-parents, mais des imbéciles qu'il avait eu le tort de cacher pendant l'Occupation, au péril de sa vie. Et que c'était fini. Que je ne reverrais plus jamais ces salauds. Il m'a dit ça comme ça, entre deux bouchées d'omelette. Et il a fait jurer à ma mère de ne plus les revoir.

— Ce sont tes parents quand même, elle a répondu.

— Une bande de cons, oui ! a hurlé son mari.

De ce jour, je n'ai plus eu de menthe, ni de banane. Bien plus tard, j'ai appris qu'ils étaient morts. Ma grand-mère d'abord, en mars 1970. Rejointe dans sa tombe par mon grand-père, un mois après. Lorsque je lui ai demandé où ils étaient enterrés, ma mère a eu un geste brusque. Elle m'a supplié de ne jamais poser cette question à mon père. Et de laisser mes jeudis reposer en paix.

*

Mon père, agent secret. C'était donc ça.

Il buvait son bol de lait debout, en regardant par la fenêtre. Il regardait toujours par les fenêtres. Comme les agents secrets. Ma mère débarrassait.

— Ou alors tu écris « fonctionnaire », elle m'a suggéré.

Mon père a posé son bol.

— Et puis quoi, encore ? Manœuvre sur un chantier ?

Il tournait en rond dans l'appartement. Raclait sa gorge.

— Mais de quel droit ils demandent ça ?

Bruit d'eau dans la salle de bains.

— Qu'est-ce que ça peut bien leur foutre, ma profession ?

— Et si tu disais « sans profession » ? a encore hasardé ma mère.

Eau coupée. Silence. Voix de mon père.

— Sans ?

Visage de ma mère. L'angoisse d'avoir mal fait.

— Ben oui. Sans profession et on n'en parle plus.

Mon père est revenu à nous. Il souriait.

— Tu sais que tu es loin d'être conne, la vieille ?

Ma mère a relevé une mèche de cheveux sur sa tempe.

— Sans profession, répétait mon père.

Dans la case, c'est le mot que j'ai écrit. Sans. Personne ne m'a plus jamais posé de questions.

Et moi, je devais me taire. Sur l'Organisation, sur Salan, sur le vrai travail de mon père agent secret. Une petite tombe.

*

— Debout, rebelle !

Le chef du commando Charles Martel, en pleine nuit. Lumière brusque. J'ai cru que la police venait m'arrêter. Il a refermé doucement la porte derrière lui.

— Enlève ton pyjama. En slip ! Je veux voir tes muscles.

Il m'a passé les haltères.

— Vingt fois dans un sens, vingt fois dans l'autre, bras croisés devant !

Il comptait.

— En cercle, maintenant.

J'ai regardé mon réveil. Trois heures et demie. Mes yeux se fermaient.

— À terre. Série de pompes !

Mes bras étaient faibles. Je montais difficilement, je me laissais abattre sur le ventre. J'avais froid.

— Du nerf ! Ted veut un rebelle au cou de taureau, pas un intellectuel.

Une demi-heure de gymnastique.

— Soldat Choulans, à moi !

Je battais des jambes, couché sur le dos. Je me suis relevé et placé face à lui.

— Réponds « présent ».

— Présent, j'ai murmuré.

— Plus fort.

— Présent !

— Soldat Choulans, garde à vous !

Mon père m'a observé.

— Tête droite, menton haut.

J'ai relevé la tête.

— Ne me regarde pas. Regarde au loin !

J'ai posé les yeux sur ma fenêtre, les lumières de la ville.

— Gonfle ta poitrine. On n'est pas dans un cours de danse !

L'air commençait à manquer.

— N'écarte pas les doigts. Le pouce avec ses copains, sur la couture !

Main tremblante sur ma cuisse nue.

— Serre les jambes et écarte légèrement les pieds, talons collés.

Je ne comprenais pas.

— En canard, comme ça.

Il a reculé de quelques pas, m'a inspecté.

— Fixe !

Puis il s'est déplacé, il a tourné autour de moi, sans un mot.

— Parfait.

Il m'a salué, main ouverte, doigts tendus, le majeur et l'index à la tempe, la main dans le prolongement de l'avant-bras.

Je l'ai regardé sans bouger. Son air agacé.

— Salue-moi, conneau.

Le père, le fils, au milieu de la nuit. Moi torse nu et pieds glacés, lui en savates. Soldats d'appartement, face à face au milieu des livres d'école.

Il a claqué sa cuisse de la main.

— Repos !

Je l'ai interrogé des yeux.

— Mains dans le dos, jambes légèrement écartées.

Il a regardé mon petit réveil. Presque quatre heures.

— Rompez les rangs !

Il a frotté ma tête avec son poing. Un savon de tendresse.

— Allez, au lit ! Et pas un mot à ta mère, surtout.

Il allait partir, il a repassé la tête.

— Pas de petit déjeuner ce matin. Tu files à l'école le ventre vide, et en courant. Ça aiguise la volonté.

Je me suis glissé dans mon lit. Je frissonnais. Avant de m'endormir, j'ai inspiré mon air à deux mains.

*

Le dimanche suivant, je suis entré en service actif.

Nous allions passer à table. Il a dit à ma mère qu'elle déjeunerait seule. Que nous partions en mission. Elle n'a pas protesté. Elle a glissé deux sucres dans la poche de ma veste.

Nous sommes partis à pied en direction de la rivière. Mon père marchait vite. Il portait son magnétophone Uher à l'épaule, comme une grosse sacoche.

— Qualité allemande, disait-il.

Il observait à droite, à gauche, surveillait les rues désertes.

— Regarde toujours si tu n'es pas suivi.

— Suivi par qui ?

— Je t'expliquerai.

En chemin, il m'a appris comment me cacher contre un arbre, dos au tronc, en tournant peu à peu pour ne pas être vu. Il s'est recoiffé dans le rétroviseur d'une 403 à l'arrêt, pour regarder derrière lui sans se retourner. Alors que nous allions croiser un groupe de promeneurs, il a mis le casque du magnétophone sur ses oreilles et sorti le micro. Le fil était branché. Mais sans prise électrique, les bandes ne tournaient pas.

— Ils vont croire que ça marche à piles. Ça existe en Amérique.

Il m'a fait un clin d'œil.

— C'est des cons, les gens.

Il faisait souvent ça, en promenade. Il s'asseyait dans un square, l'appareil sur les genoux, et parlait fort en anglais, observant tout autour si on le regardait.

Lorsque la petite troupe est arrivée à notre hauteur, il a ouvert le couvercle, et appuyé sur le bouton gris, en cachant les bobines à l'arrêt. Il a porté le micro à ses lèvres, comme soucieux. Nous avons fendu la famille du dimanche.

— Rien à signaler. La ville est calme, a dit mon père avec un fort accent américain.

Les enfants se sont retournés. Leurs parents aussi. J'étais fier.

Nous sommes arrivés Quai des Soyeux.

Mon père m'a emmené derrière un banc de pierre, sous les arbres, entre la rivière et le trottoir. Nous n'étions pas cachés. Mais assis, comme si nous regardions l'eau. Il a posé son magnétophone. Sorti de sa poche une paire de jumelles. Je ne disais rien. Je regardais chacun de ses gestes avec respect. Il s'est retourné, a inspecté la rue, les voitures, puis les façades des immeubles ocre.

— Tu vois les fenêtres, au deuxième étage ?

J'ai hoché la tête.

— Et la porte marron ? Le numéro 27 ?

Oui, encore.

— Salan va sortir par là.

J'ai été soufflé. Salan ! Tout le monde le croyait à Alger, et il était chez nous, dans notre ville, au bord de l'eau.

— Il est avec Ted, ton parrain.

— Ted est mon parrain ?

— Chaque chose en son temps petit Frenchie, a répondu mon père.

Il a plongé la main dans sa veste, ressorti une enveloppe.

— Dès qu'ils sortent, tu traverses la rue et tu donnes ça à Salan.

— Comment je le reconnaîtrais ?

— Il s'est laissé pousser une moustache.

— Et je lui dis quoi ?

— Tu lui donnes la lettre en disant : « OAS veille. »

Il scrutait toujours la façade. Il est revenu à moi.

— Répète.

— OAS veille.

— C'est bien.

— Et après ?

— Après ? Tu cours jusqu'à la maison.

Nous avons attendu. Une heure, et puis deux.

La veille, il était rentré très en colère du cinéma. Les actualités avaient parlé du putsch comme d'un feu de paille. Alors il avait crié très fort dans le cinéma, et essayé de mettre le feu à son fauteuil avec un briquet. La séance avait été interrompue. Ted et lui avaient fait le coup de poing contre les rouges.

Un jeune homme est sorti de l'immeuble. Une femme, son enfant dans les bras. Nous étions debout derrière le banc. J'avais faim, mal aux jambes. J'ai croqué un sucre, le deuxième. Il était 5 heures de l'après-midi. Un type a tourné le coin, un chien en laisse. Une voiture noire s'est arrêtée à sa hauteur. Le conducteur a baissé sa vitre. Le type au chien s'est penché. Il avait une casquette, comme les marins, et un caban.

— Les barbouzes, a soufflé mon père.

Je l'ai regardé sans comprendre.

Il a ramassé le magnéto. Il était agité.

— On se sépare. Remonte par Trion, je prends par Saint-Irénée. Ne t'arrête pas en route. Déchire la lettre en quatre et jette-la dans quatre poubelles différentes.

Il ne bougeait pas. J'ai hésité.

— Cours !

J'ai couru. J'ai croisé des enfants, des parents, des gens qui riaient. Personne ne s'en doutait. J'avais la police aux trousses. J'avais presque vu Salan. Sa lettre était serrée dans ma main. Je devais la déchirer. J'avais douze ans et je transportais un courrier pour le chef de l'OAS. Je courais en zigzag, pour éviter les balles. Je dribblais le danger. Moi, Émile Choulans, je rentrais à la base après ma première mission.

Et puis je me suis arrêté. Je ne respirais plus. Dans la montée, je me suis plaqué contre le mur. Derrière moi, il n'y avait rien. Ni policier, ni balle, ni menace, rien que le dimanche désert. J'avais réussi à les semer. Et puis j'ai eu un frisson. Et s'ils m'attendaient à la maison ? S'ils avaient déjà arrêté mon père, ma mère ? J'ai décidé de prendre mon trajet à rebours. Je voulais être certain que mon père aussi avait réussi à leur échapper.

Il était attablé à la terrasse d'un café, un bock de bière sur la table, devant lui. Il expliquait le fonctionnement de son magnétophone à une jeune serveuse.

Je me suis caché. Caché de lui. Je n'avais rien à faire là. J'avais désobéi. J'ai eu peur de me faire prendre. Pas par la police, par mon père. Je suis reparti en sens inverse. J'ai ouvert la lettre en marchant. Je ne sais pas pourquoi. L'enveloppe contenait une coupure de papier journal. Elle annonçait que le Racing avait battu Monaco en football, et reprenait la tête. Que Rennes avait écrasé Lyon, et assuré sa place en 1re division. C'était tout. De l'autre côté, il y avait un morceau de publicité et la mort de Gary Cooper.

J'ai fait comme je devais. J'ai déchiré l'enveloppe et la coupure de journal en quatre. J'ai jeté les morceaux dans quatre poubelles différentes, éloignées les unes des autres et loin de chez moi. J'avais lu, dans un livre d'espionnage, que les agents glissaient des messages dans les journaux. Cela pouvait être un mot sur cinq, une lettre sur dix. Il suffisait de connaître le code pour décrypter le secret. J'avais tenu l'un de ces messages en main. Moi, Émile Choulans.

J'ai dîné seul avec ma mère. Mon père est rentré avant que je m'endorme. Il est venu dans ma chambre.

— Je leur ai échappé, mais ç'a a été juste, il a dit.

Ses paroles patinaient. Je l'avais déjà vu comme ça, en sortant de table.

— Quand tu es parti, ils t'ont couru après. Ils étaient deux. Alors j'ai été obligé de faire diversion.

Il avait les yeux vagues.

— Je me suis lancé à leur poursuite.

Je ne bougeais pas, ne disais rien. Je revoyais mon père en terrasse, riant avec la fille qui jouait à la chanteuse, micro à la main.

— Tu ne me demandes pas ce qu'il s'est passé ?

J'ai secoué la tête.

— Qu'est-ce qui s'est passé ?

— J'ai envoyé le premier au tapis. Et je n'ai pas pu rattraper l'autre.

Mon père a ri.

— Ce salaud courait plus vite que toi.

— Tu t'es battu à mains nues ?

— Rien ne résiste à une ceinture noire de judo.

Mon père avait été professeur de judo. Longtemps, il a laissé son kimono et sa ceinture contre la vitre arrière de la voiture.

— Allez, dors, maintenant.

Il a éteint la lumière. Son visage, faiblement éclairé par le couloir.

— Ted est très fier de toi.

Je me suis levé sur un coude.

— Et Salan a cru que tu avais quinze ans.

— Ils m'ont vu ?

Il a souri.

— Ils te surveillaient par la fenêtre. C'est grâce à toi qu'ils n'ont pas été pris.

Il a fermé la porte, raclé sa gorge. Traînement de savates dans le couloir. J'ai respiré normalement. Nous étions ensemble, papa, maman et moi. Ceux qui nous voulaient du mal n'arrivaient jamais à nous séparer. Grâce à Ted mon parrain. Et à Salan mon chef. Dans l'obscurité, je le sentais, l'OAS veillait sur notre maison et sur la voiture de papa.

*

Mon père avait une Simca Vedette, une Trianon grise.

— C'est comme une Ford, disait-il.

Phares ronds, gueule dentée de requin, ailerons agressifs, pare-chocs de char d'assaut, il la trouvait américaine. Son carrossier s'appelait Legris. Un gars énorme, toujours en bleu de travail, qui tenait un garage à deux rues de chez nous. Lorsqu'il n'était pas dans sa chambre, mon père était chez Legris, occupant le pas de sa porte. L'été, le garagiste lui installait un tabouret pour regarder passer les voitures. Legris ne parlait pas. Il écoutait mon père comme on écoute la télévision. Il était toujours d'accord avec lui. Il hochait la tête, en s'essuyant les mains avec le chiffon sale passé dans sa ceinture.

— Ce con de Legris ! comme disait mon père.

Avant le putsch, de Gaulle et mon père étaient très amis. Je me souviens de lui, penché sur la table de la cuisine, qui lui écrivait de longues lettres. En fait, mon père conseillait le Général. Comme ça, dans l'ombre et sans être payé. Il lui écrivait presque chaque semaine.

— Je lui donne des idées, disait-il à ma mère.

Et c'est moi, son fils, qui mettais les lettres à la boîte.

« *Charles de Gaulle, président de la République, Palais de l'Élysée, Paris.* »

Il écrivait « *Confidentiel Défense* » sur l'enveloppe, et la tamponnait au dos avec ses initiales : André C. Ensuite, il attendait.

Un peu après Noël 1958, le Conseil des ministres avait annoncé l'adoption du nouveau franc. Nous l'avions appris par la radio. Ma mère avait osé une grimace. Elle a dit qu'on n'allait plus rien comprendre à rien. Mais mon père l'avait fait taire d'un geste. Il écoutait le speaker les yeux fermés, en souriant, jouant du doigt en l'air, comme s'il battait la mesure d'une partition intime.

« Cette disposition vise à assainir le budget national, avec vocation à assurer notre intégration économique au sein du défi européen. »

— Une leçon bien retenue, avait lâché mon père.

L'été précédent, il avait incité de Gaulle à passer au franc nouveau. Mon père avait même eu l'idée de l'appeler « franc lourd ». Et aussi de dévaluer, pour la septième fois depuis la Libération. J'avais posté la lettre à la fin du mois d'août. Je ne savais pas ce qu'elle contenait. Je l'ai appris ce soir-là.

Antoine Pinay s'était mis en avant. Mon père a souri. Il en avait l'habitude.

En 1933, il avait treize ans. Après la mort de son ami Guynemer, mon grand-père avait servi dans une unité de chars Schneider. Mon père avait passé sa jeunesse à l'entendre dire que les blindés à chenilles avaient été mal employés. Qu'une force mécanique supérieure était l'avenir des futurs combats. Pourquoi avoir écrit à un lieutenant-colonel du secrétariat général de la Défense nationale ? Mon père ne s'en souvenait pas.

— Le nom, peut-être, de Gaulle.

Il l'avait relevé dans un bulletin d'anciens combattants. Et c'est à lui, Charles de Gaulle, qu'il a envoyé sa première lettre politique. Il y avait des fautes d'orthographe, de l'emphase, de la boursouflure, mais mon père lui a dit ce qu'il avait à lui dire. La guerre moderne serait une alliance entre le choc et le feu. Seules les armées cuirassées pourraient en être le glaive. Mon grand-père l'avait aidé pour la rédaction. Il avait aussi payé l'enveloppe et le timbre.

Un an plus tard, Charles de Gaulle publiait *Vers une armée de métier*. Les blindés de mon père, mot pour mot. Et pas un remerciement, pas un signe de reconnaissance. Le député Paul Reynaud s'est mis en avant. Il a rendu grâces au visionnaire, sans savoir que mon père en était l'inspirateur.

Une fois, de Gaulle a répondu à la maison. Pas lui directement mais Olivier Guichard, son chef de cabinet. J'avais six ans, peut-être. Un matin, dans notre boîte aux lettres, il y avait une enveloppe à en-tête de la Présidence de la République. Mon père l'avait brandie dans l'escalier, dans le salon.

— Incroyable ! Incroyable ! il disait.

Il l'avait montrée à ma mère, à la voisine du dessous. Il me l'avait lue dix fois sans que je comprenne rien. Il l'avait longtemps gardée dans son portefeuille. Il la sortait dans les cafés, les restaurants. Un jour, il l'avait montrée à un contrôleur de bus qui lui demandait son billet. Puis il l'avait encadrée.

« *La correspondance que vous avez adressée au président de la République lui est bien parvenue. Il m'a confié le soin de vous répondre.* »

Le courrier avait été transmis « *à qui de droit* » pour « *un examen approfondi* », et son auteur « *serait tenu directement informé de la suite susceptible d'être réservée* » à sa démarche.

— Ce con de Guichard, comme disait mon père.

En fait, cette lettre était un leurre, de Gaulle lui écrivait directement et depuis des années, mais pas à la maison. Ce n'était pas assez discret, trop dangereux. Comme dans les films d'espionnage, le Général et lui étaient convenus d'une adresse postale secrète, que même ma mère ne connaissait pas. Je l'ai appris plus tard, chez Legris le carrossier. Le fils Legris était dans ma classe. Gros comme son père, et muet comme lui. Nous rentrions de l'école ensemble et je le déposais au garage. Un jour que notre Simca était en réparation, j'ai découvert la lettre du Général. Elle avait été écrite bien avant l'Algérie, avant sa trahison. Et mon père a longtemps été fier de cette amitié ancienne.

— Je vais te montrer quelque chose, m'avait-il dit.

Il avait traversé la réception, l'atelier. Accroché au milieu des carcasses, des tôles froissées, des roues empilées et des huiles grasses, le message était là, sous verre, tableau de maître au faîte d'un musée. Mon père s'était planté devant le cadre noir, main sur les hanches, comme devant l'objectif d'un photographe.

LE GÉNÉRAL DE GAULLE

Paris, le 7 septembre 1954

> CHOULANS, mon cher compagnon

Une fois de plus, vous avez trouvé le mot juste : « Traversée du désert ». Je reprends cette image à mon compte, si vous le voulez bien.

Espérons toutefois qu'une oasis est proche. Et que vous et moi, de nouveau réunis, pourrons nous atteler à la tâche exaltante de redresser la France.

Croyez, mon cher ANDRÉ, à mes sentiments les plus cordiaux.

C. de Gaulle

— Tu as lu ?

La signature du général de Gaulle. De sa main, à l'encre noire.

J'étais gêné. Il se comportait chez Legris comme chez lui. Il se servait un verre d'eau au robinet, il entrait dans le bureau des ouvriers. Une fois, il est même descendu sans permission dans la fosse à vidange, pour regarder la mécanique d'une Pontiac Star Chief, qui appartenait à un notaire stéphanois.

— Ton père ne paye jamais le mien, m'avait dit le fils Legris.

Au début, il réglait ses factures de garage en retard. Il s'excusait, demandait au carrossier d'attendre le début du mois suivant. Un jour qu'il avait fait réparer ses essieux arrière, brisés net par un trottoir, il avait proposé la lettre du Général en paiement. C'était pour lui un crève-cœur, mais il la récupérerait un jour. Lorsqu'il pourrait rembourser. Sept ans plus tard, la lettre était toujours au mur, et mon père ne payait plus rien. Lorsque Legris haussait le ton, mon père le menaçait. D'abord, il pouvait reprendre le document, qui était devenu une attraction touristique. Ensuite, il avait des amis. Pas des voisins. Pas les gens qu'on croise à Saint-Just avec leur pain. Mais des méchants, des Américains, des Allemands. Mon père avait le bras long. Même la police pouvait débarquer et lui faire des ennuis, au carrossier. L'électricité dangereuse, avec ces fils en désordre, la ventilation défectueuse, le billet de cent francs passé au noir, les deux Arabes de la tôlerie payés de la main à la main. Cela suffisait ?

Legris ne voulait pas d'ennuis. Mon père ne lui voulait pas de mal. Il était son ami. De Gaulle, Legris, que demander de plus ? Simplement, ne plus parler de ces histoires de factures, de réparations, de pneus ou d'huile de vidange. Le garage marchait bien, non ? Alors vraiment. Une bielle ici, une valve là, une jante ailleurs, qui ferait la différence ? Legris était son propre patron. Il ne craignait personne au-dessus de lui. Et puis quoi ? Comment ne pas aider celui qui avait aidé de Gaulle à redresser la France ?

Legris avait serré la main de mon père. Conviction patriotique ou lâcheté de carrossier, je n'ai jamais su. André Choulans avait fait du garage sa base arrière. Son quartier général, un lieu de commandement, entre son lit et notre cuisine. D'autant qu'une nouvelle lettre décorait l'atelier. Celle du général de Gaulle avait été retournée contre le mur. Celle du général Salan était encadrée d'or.

« Choulans, mon vieux complice... », lui avait écrit le rebelle.

5.

Le danseur

Une faute d'inattention.

« De distraction », avait écrit le professeur sur ma copie.

La distance à zéro d'un nombre relatif est la distance entre ce nombre et zéro sur une droite graduée. C'était simple, appris, retenu. Mais lorsqu'il m'a fallu donner la distance de 3 à zéro, j'ai écrit zéro. Et pareil, pour la distance de – 5 à zéro. Deux nombres sont opposés quand leur somme est égale à zéro, je le savais. Je l'avais écrit sur mon cahier de devoirs. Je l'avais répété avec maman, qui avait dessiné une droite en degrés sur un coin de journal. Moi-même, sur mon carnet, j'avais tracé une échelle, avec des barreaux de couleurs différentes. Mais en classe, entre Pecousse et Legris, ma tête était déserte.

Tous les autres écrivaient. Le professeur cherchait quelque chose dans son sac en reniflant fort. Mais moi, je ne savais plus.

Mon père m'avait mobilisé la veille. Je révisais ma leçon lorsqu'il est entré.

— Tu auras bien le temps pour ces conneries de devoirs.

Maman avait protesté, à peine. Il m'avait entraîné dehors, devant l'entrée de notre immeuble.

— Est-ce que vous avez une cachette ?

Il m'avait demandé ça comme ça. Une cachette ?

— Quand tu joues dans la cité avec les autres, vous avez un endroit à vous ? Une planque que les parents ne connaissent pas ?

Il y avait une cave, dans l'immeuble à côté. Sans serrure, sans cadenas. Nous y avions mis une ampoule électrique, un matelas et un fauteuil trouvés sur le trottoir. C'était notre secret. Mais les secrets de mon père, de Ted et de Salan étaient plus importants que les nôtres.

— Montre-moi, il m'a dit.

Je l'ai emmené. Je ne voulais pas que les copains me voient.

Dans le couloir de la cave, mon père a enlevé deux lampes du plafond. Puis il a inspecté la pièce minuscule.

— Il faudrait une table et une chaise.

Je pouvais trouver ça.

— Pas maintenant, je te donnerai le feu vert.

Nous sommes retournés au soleil de juin. Mes copains jouaient dans le bac à sable. Des mères rentraient à la maison, leurs cabas dans la saignée du coude.

— Tu révisais quoi, avec maman ?

Les nombres relatifs. Il m'a observé. Moue impressionnée.

— Un petit Einstein, il a rigolé.

Dans les escaliers, il m'a arrêté. Il chuchotait. Il s'est penché, a regardé vers le haut des marches. Personne. Un dimanche silencieux.

— Écoute-moi bien.

Je l'écoutais.

— Vendredi, un danseur s'est sauvé d'Union soviétique. Il a profité d'un voyage à Paris pour s'échapper.

Ses yeux dans les miens.

— Tu comprends ?

Je comprenais. Bien sûr, je comprenais.

— On va le cacher en ville, avec Ted. On cherche un endroit où personne ne pourra le retrouver.

J'étais mal à l'aise. Cette cave n'était pas à moi, mais au Club des vampires. Nous mettions une bougie sur le sol. Dans la lumière tremblante, nous faisions des grimaces de monstres. Et nous laissions la minuterie s'éteindre, dans le couloir. Le noir total. Nous étions quatre dans le club, avec Legris, Roman et Gandil. Quand nous retournions à la rue, nous marchions comme des morts-vivants, à pas lents, bras tendus, en heurtant les arbres du square et les coins des immeubles. Les petits de la cité se sauvaient en criant.

Mon père voulait acheter une chaîne et un cadenas, pour que le Russe soit en sécurité. Mais je ne savais pas comment expliquer ça aux autres.

— Tu iras lui apporter à manger, m'a-t-il dit.

Si je pouvais en parler aux copains ?

Il m'a regardé. Les yeux immenses.

— Jamais ! Tu m'entends ?

Nous étions arrivés à notre étage. Il m'a pris par le col, m'a soulevé à deux mains. Mes pieds ne touchaient plus terre. J'ai caché mon visage d'un bras.

— Mais tu ne comprends rien ou quoi ?

Je tremblais.

— Tout ce que je te dis. Tout ce qui touche l'Organisation, la CIA, Salan, de Gaulle, tout ça, c'est entre toi et moi. Personne d'autre. Compris ?

Il m'a reposé sur le sol, m'a giflé. De quoi faire tomber un enfant.

Il m'a tendu la main en souriant.

— Allez. Relève-toi, rebelle.

J'ai craint le retour de main.

— Tu as compris cette fois ?

J'ai répondu oui.

— Qu'est-ce que tu as compris ?

— Je ne dois jamais parler de l'Organisation.

— Surtout pas à maman. Elle ne pige rien, ta pauvre mère.

Une fois encore, il m'a demandé de jurer. Mains levées, lui et moi avons craché sur le sol, dans l'escalier. Mon père crachait souvent, dans la rue, entre les voitures. Mais jamais nous n'avions craché pour une promesse.

Quand je suis rentré, ma mère était sombre.

— Il ne saura pas sa leçon.

— Il a appris autre chose, lui a-t-il répondu.

J'ai voulu reprendre là où nous en étions restés, réciter la règle des nombres relatifs, mais elle épluchait les légumes du soir. Elle m'a tendu trois pommes de terre. Regard de défi à mon père. Il a haussé les épaules.

À table, la radio nous a raconté qu'un danseur russe du théâtre Kirov s'était échappé d'Union soviétique pendant une tournée.

Clin d'œil de mon père. Il mâchait bruyamment.

Le fuyard avait profité de l'aéroport du Bourget pour rester en France.

— C'est quoi, le KGB ?

— Les policiers communistes, m'a-t-il répondu.

Les Rouges n'ont pas pu rattraper Rudolf Noureïev. Avec ses ballerines, il a fait un bond immense, atteignant une fenêtre sous les toits, puis il a sauté dans la rue. Et Ted était là à l'attendre, avec sa Jeep de la CIA.

C'était lui, Ted, qui avait demandé à son vieux Frenchie si je connaissais un endroit pour cacher le danseur.

J'allais m'endormir lorsque mon père est entré dans ma chambre. Il s'est assis sur mon lit.

— Ne dérange pas le Club des vampires.

Je me suis redressé.

Ted avait trouvé mieux que ma cave. Le danseur allait dormir avec Salan dans l'appartement du quai des Soyeux.

J'ai souri. J'étais soulagé, tellement. Je n'aurais ni à mentir aux copains ni à apporter à manger au Russe. La menace s'éloignait. Et l'affolement.

— Mais Ted veut que tu réussisses ton devoir de maths. C'est ta mission pour demain, a ajouté mon père.

Il a souhaité bonne nuit à son petit rebelle. Il a quitté la chambre. Maman n'est pas venue me rassurer. Je me souvenais de la distance entre la cave secrète et le bac à sable, mais pas de celle entre le nombre et le zéro.

Zéro. Ce fut ma note.

Ma mère regardait mon devoir comme on découvre un télégramme de deuil.

« Nul », avait écrit le professeur.

Elle ne comprenait pas. Je ne comprenais pas.

— C'est pourtant simple, elle répétait.

J'étais assis à la table de cuisine, elle face à moi. Nous attendions la fin du monde, les bras ballants. Elle tournait et retournait la feuille, en espérant que la note en rouge finirait par changer.

— C'est pourtant simple, quand même.

Au bruit de la clef, elle m'a demandé de courir dans ma chambre. J'ai couru sur la pointe des pieds. Je me suis enfermé sans faire de bruit. Raclement de gorge dans le couloir. J'ai sorti mon carnet de croquis. Je n'avais jamais vu de danseur étoile. Alors je lui ai dessiné un maillot d'Arlequin et un tutu. Les bras en

arc au-dessus de sa tête, une jambe tendue, l'autre
repliée sur sa cuisse.

— Combien ? a aboyé mon père.

— Zéro.

Ma mère chuchotait.

Il s'est servi de l'eau. Elle murmurait. Un filet de
voix, sourd et sombre, sans respiration, sans répit, sans
silence. Une prière grave. Une litanie craintive. Il a
heurté le tabouret.

— Zéro ? Ça existe, ça ?

J'ai imaginé le visage du danseur russe. Des yeux
immenses, un nez fin. Et puis je lui ai offert un rire.
Il riait en sautant au plafond, à travers la fenêtre de
l'aéroport. Il riait lorsqu'il est retombé vingt mètres
plus bas, sur les pointes, son tutu raide comme une
crinoline, saluant les employés de piste.

— Zéro ? Mais il se fout de nous !

J'ai aussi dessiné un policier du KGB qui courait,
loin derrière. Juste une ombre massive, tassée. Jamais
il ne pourrait rattraper le danseur. Je lui ai posé un
chapeau mou sur la tête, avec un ruban gris, comme
celui de mon père.

— Comment ça, de ma faute ?

J'ai penché le policier en arrière, cassé en deux,
burlesque, les jambes en roues de vélo, torse à l'hori-
zontale, dos à toucher le sol. J'ai ajouté un sifflet dans
sa bouche et un bâton blanc dans sa main.

La porte s'est ouverte à la volée. Elle a cogné le mur.
Des morceaux de plâtre sont tombés sur le parquet,
arrachés par la poignée de laiton.

Je me suis laissé tomber entre le mur et le lit. J'ai tiré ma couverture, mes draps, mon oreiller. Je me suis recouvert.

— Il ne fallait pas l'embrouiller avec tes histoires, a supplié ma mère.

— Mes histoires, pauvre conne ? Mes histoires, c'est ça ?

Il l'a frappée. Je n'ai rien vu, j'ai entendu. Le coup sec, son cri.

Elle est tombée. Il a tiré mon lit au milieu de la pièce. Il m'avait retrouvé. Comme chaque fois. Je me suis blotti, mon oreiller entre les cuisses, mon carnet contre moi. J'ai senti un coup sec, une brûlure dans mon dos. Il me frappait avec sa ceinture. Deux fois, trois fois, il fouettait la couverture.

— Zéro ! Mon fils est un zéro !

Je protégeais ma tête. Il a arraché le drap, l'oreiller, tout ce qui me cachait. Il a frappé encore, encore, encore. J'avais la jambe en feu, le bras. Il cinglait la peau nue. Il a hurlé.

— Regarde-moi !

Son visage, à travers mes bras. Son regard terrible, sa bouche immense.

— Tout ça, c'était moi. Tu m'entends ? C'était de ma part.

Il m'a donné un coup de pied dans la jambe, un autre dans le dos.

— Et ça, c'est de la part de Ted !

— Arrête, tu vas le tuer ! a gémi ma mère.

Elle était assise par terre, dans le couloir.

— Parce qu'il est très déçu, Ted ! Il t'a fait confiance, Ted !

Il m'a pris par les cheveux, à pleine poignée brûlante.

— Debout !

Il m'a jeté contre le mur, mes bras en bouclier d'enfant.

— Baisse tes mains, ordre de Ted !

J'ai baissé. J'ai relevé mes épaules comme un petit bossu.

— Zéro ? Mon fils est un zéro, c'est ça ?

Il m'a giflé deux fois. Aller retour, comme il disait. Il a frappé mon oreille.

— Ça aussi, c'est pour Ted. Tu t'es foutu de lui.

Je ne pleurais pas. Je tremblais, je gémissais, j'ouvrais et fermais les yeux très vite comme lorsqu'on va mourir, mais je ne pleurais pas. Je pleurais avant les coups, à cause de la frayeur. Après les coups, à cause de la douleur. Mais jamais pendant. Lorsque mon père me frappait, je fixais un point dans la chambre, le pied de mon lit, mon carnet déchiré, un livre jeté sur le sol, ses mules de cuir. Je pensais à tout ce qui finirait bien par disparaître. Parce qu'ils s'arrêtent, les coups. Toujours, ils s'arrêtaient. Lorsque mon père avait mal aux mains, que ma mère criait fort, que je ne bougeais plus. Il y avait toujours un moment où son poing retombait. Et cette fois encore, son poing est retombé. J'ai ouvert les yeux. Il m'a regardé à la recherche d'air. La chambre, les draps, la couverture, l'oreiller, les pages arrachées, le danseur lacéré. C'était comme chaque fois. Il se réveillait. Se demandait ce qui s'était passé dans notre maison. Son regard le disait. Il était perdu de me voir à ses pieds.

— Et tu rangeras ta chambre, c'est le bordel, il a dit avant de sortir.

Il a enjambé ma mère. Il a pris sa veste au portemanteau. Il est ressorti.

Et nous sommes restés là. Elle assise, moi adossé contre le mur, sans nous regarder. Puis elle s'est relevée. Elle a ramassé mon livre, m'a tendu mon sirop. J'ai repoussé mon lit. J'étais triste pour Ted. C'était injuste. À cause de la cachette pour le danseur, je n'avais pas appris ma leçon. En classe, j'avais peur qu'il se fasse prendre. Que les policiers du KGB courent après papa, après Ted, après Salan. Que je sois arrêté, avec les copains du club. Je n'entendais plus ce que le professeur disait. Je n'avais plus envie de comprendre. Cette histoire de zéro et de nombres empêchait la vraie vie.

Ma mère m'a inspecté. Mes bras, mes jambes. Avec un gant de toilette mouillé, elle a soulagé le brutal.

— Tu connais ton père ?

J'ai répondu oui des yeux.

— Il t'aime, tu sais ?

J'ai hoché la tête. Oui, bien sûr, je savais.

Quand il est rentré, elle l'a supplié de ne pas m'enfermer dans l'armoire de leur chambre. « La maison de correction », il l'appelait. Elle lui a dit que ce que j'avais reçu me suffisait bien. Et que j'avais cours le lendemain. Il me fallait une vraie nuit pour réparer tout ça.

— Tu peux remercier ta mère, a dit mon père.

Et je l'ai remerciée.

J'ai été privé de dîner. Il a allumé la radio. Chaque soir, la voix du transistor m'aidait à m'endormir. La vaisselle, l'eau, les chaises raclées sur le sol, le pas des parents, une rumeur qui disait la fin du jour.

Personne n'est venu me voir. Ma jambe me faisait mal. Je grelottais. Petits mouvements de mâchoire. J'avalais ma salive pour soulager mon oreille. Pas un bruit dans l'appartement, pas un mot. Rien. Ni sa voix à lui, ni sa voix à elle. J'ai attendu longtemps que quelqu'un parle de nouveau. Le sommeil m'a surpris comme ça, les yeux ouverts.

*

— Debout, rebelle !

Toujours mal à la jambe et aux bras. J'avais faim.

— Enlève ta veste de pyjama. Je veux voir tes muscles.

Il vérifiait la trace des coups. La ceinture avait laissé ses coups de langue sur ma peau.

Il m'a tendu les haltères.

— Aujourd'hui, seulement dix fois dans un sens et dans l'autre.

Il comptait.

— Et un... Et deux... En cercle, maintenant.

Comme si rien ne s'était passé.

Lorsque les coups tombaient, je savais ça aussi. L'orage, la foudre, et plus rien au matin. Quelques larmes de pluie sur le front de ma mère.

— À terre. Série de pompes !

Mon père, jambes écartées, poings dans le dos. Garde à vous ! Repos. Il s'est tourné vers la fenêtre, a tiré les rideaux.

— Tu vas t'excuser auprès de Ted. Tu lui as fait beaucoup de peine.

Je l'ai regardé, les yeux grands ouverts.

— Tu vas lui faire une lettre. En jurant que tu ne recommenceras plus.

Il a déchiré une feuille froissée de mon carnet à dessin.

— Écris, maintenant.

Ma tête tournait. Crampes dans le ventre. Mon père était retourné à la cuisine. Voix de radio. Bruits de bol. Il sifflotait.

— Il ne déjeune pas ? a demandé ma mère.

— Je lui ai donné un devoir à faire.

J'ai regardé la feuille, mon crayon. J'ai écrit à Ted. À mon parrain américain. Pardon pour mon zéro. Je ne recommencerai plus. Juré.

Je suis parti au collège avec une tartine beurrée. C'est tout. Dans la cour de l'église Saint-Irénée, il y avait quatre tombeaux romains. Mon père m'a demandé de cacher le mot pour Ted dans le deuxième, entre le granit et les thuyas. Je savais qu'il me suivrait. J'ai glissé le papier plié entre la pierre et l'arbre. Je me suis retourné. Il n'était pas encore arrivé sur le perron. J'ai couru, monté les marches. Je me suis caché derrière la porte ouverte de l'église, entre le vieux bénitier et le curé d'Ars aux mains jointes.

Mon père est arrivé au tombeau. Il a pris la lettre et l'a mise dans sa poche.

J'ai été déçu. J'espérais que Ted arriverait le premier. J'ai suivi mon père des yeux. Il a traversé la rue entre les voitures. Et il est entré chez Legris, le carrossier. Alors j'ai compris que Ted devait l'attendre là.

Le soir, sa réponse attendait sur mon lit. Un billet bleu, à spirales déchirées.

« OK, petit Frenchie ! », avait écrit Ted. « Pardonné ! »

Les mots étaient soulignés trois fois. C'était tout, et c'était immense.

Je ne voulais pas que Ted soit triste à cause de moi. Ni maman, ni papa.

Le mois précédent, le président Kennedy était venu à Paris. Nous avions vu les images au journal du soir. C'est Léon Zitrone, un ami de mon père, qui commentait le reportage. Au pied de la passerelle, à Orly, il y avait de Gaulle, et des soldats en gants blancs. Kennedy et sa femme riaient. Mon père scrutait l'écran. Il a bondi du canapé, doigt pointé.

— Ted !

Ma mère a sursauté, main sur le cœur.

— Tu nous as fait peur.

Il a montré la foule.

— Là ! Tu vois, là ? Tu vois ? C'est ton parrain !

Je voyais des uniformes, des costumes, les drapeaux, la fanfare et les tambours. Tout allait trop vite.

— Lequel ?

— Mais lui, là ! Le costaud roux avec une gueule d'Américain !

L'image avait changé. Une foule marchait sur le tarmac.

— Et là ? Tu le vois, là ?

Je l'ai vu. J'ai vu Ted. Je crois. Plus grand que les autres, tout près de Kennedy.

— Il le protège, a lâché mon père. C'est lui, le chef de tout ce bazar.

Ma mère tricotait. Elle regardait l'image par-dessus ses aiguilles.

— Elles ont des belles fleurs.

Madame de Gaulle et madame Kennedy, assises dans le hall de réception de l'aéroport d'Orly, un bouquet dans les mains.

— C'est bien ta mère, a ricané mon père. Kennedy est en France et tout ce qu'elle regarde, c'est les fleurs de sa femme !

— Elle a aussi un beau chapeau, a ajouté ma mère.

Depuis toutes ces années, elle savait lorsqu'elle pouvait se permettre un sourire. C'était une soirée calme. Elle le pouvait.

Kennedy s'est approché du micro. De Gaulle le regardait.

— Un homme a deux pays, la France et le sien, a dit le président américain.

— Ce con de Ted ! a rigolé mon père.

Il avait trouvé cette formule pour que mon parrain la glisse à son président, pas pour qu'il la répète à la télévision. Quand j'ai demandé à mon père pourquoi Ted n'était jamais venu me voir, il a haussé les épaules.

— Il veut que tu le mérites.

Avant de dormir, pour ma mère, éclairé par ma lampe de poche, j'ai dessiné les bouquets de fleurs. Et aussi les chapeaux.

6.

L'attentat

J'ai redoublé ma cinquième.

— Ted ne va pas aimer ça, a dit mon père.

Il n'a pas aimé du tout.

Après avoir lu mon dernier bulletin scolaire, mon parrain l'a déchiré en deux.

— Il ne veut plus te voir.

Me voir ? Mais il ne m'avait jamais vu. Je n'ai pas osé le dire à mon père, mais il avait compris mon regard. Il m'a expliqué que Ted me suivait de loin. Et depuis des mois. Que j'étais son petit Frenchie. Un soir, il était même venu à la sortie du collège, pour m'observer. Une autre fois, il avait garé sa voiture américaine en face de chez Legris. Il m'avait vu remonter la rue Mourguet, avec mon cartable trop lourd.

— En France, les cartables sont trop lourds, avait-il dit à mon père.

Mais cette fois, c'était fini. Je lui avais fait trop de peine.

Avant de partir, il a demandé à mon père de me battre, pour m'apprendre. Mon père n'était pas d'accord. Il préférait me priver de repas. Mais il m'a battu quand même, ordre de Ted. Et m'a privé de dîner pendant une semaine. Ma mère profitait de l'obscurité pour glisser une tranche de pain sous mon oreiller, deux morceaux de sucre et une banane épluchée. Ted ne l'a jamais su.

*

Malgré mes notes, je suis parti en vacances à Arcachon, avec « Transbords de mer », la colonie de la Société de bus dans laquelle ma mère travaillait. Ma valise fermait mal. Elle l'avait bouclée avec une ceinture. Elle avait aussi réparé ma tong de l'année dernière, avec un clou pour retenir la lanière sous la semelle.

— Tu es pauvre ? m'a demandé Didier, un copain.

Pauvre ? J'ai ri. Je lui ai dit que je vivais quai des Soyeux, au deuxième étage, que ma chambre donnait sur la rivière. Que mon père était un espion. Qu'il avait été Compagnon de la Chanson, professeur de judo, parachutiste à la guerre, pasteur américain. Qu'il travaillait pour une organisation secrète. Et que mon parrain était le garde du corps de Kennedy, chargé de démolir le mur de Berlin.

Il m'a fait répéter ça devant ses copains. Ils m'ont applaudi en riant. Deux fois, il m'a fait recommencer. Devant des filles d'abord, à la veillée. Ensuite, pour Didier et Corinne, nos moniteurs. J'étais fier, mais j'avais honte pour le quai des Soyeux. En préférant l'appartement de Salan au mien, j'avais menti.

*

L'été suivant, je suis retourné à Arcachon. Je passais
en quatrième à la rentrée, alors Ted n'était plus triste.
J'avais eu 11 de moyenne générale. Tout le monde
était content. Dans une carte postale, envoyée d'Amérique, mon parrain avait promis de venir me voir en
colo. C'était une carte ancienne, noire et blanche, avec
la statue de la Liberté.

— Un salaud a encore piqué le timbre ! a dit mon
père en me la tendant.

J'étais un peu triste pour ma collection. Je n'avais
qu'un seul timbre américain, un rare de 4 *cents*, rouge
et brun, édité pour le cinquantenaire des « Boys Scouts
of America ». On y voyait un scout, avec son calot et
son foulard, main droite levée et trois doigts tendus.
Legris m'avait dit qu'il existait un timbre de 5 *cents*
avec le drapeau américain en couleurs. Je l'espérais
sur une carte de Ted, mais chaque fois, quelqu'un
enlevait les timbres de mon parrain.

— Sûrement les gens de la poste, disait mon père.

Il avait travaillé comme facteur en Amérique, avant
de reprendre ses études de parachutiste. Il m'a expliqué que les postiers, au tri, volaient les timbres pour
augmenter leur salaire. Et que cela se faisait avec la
complicité de leurs chefs, qui gardaient pour eux les
timbres les plus rares.

— Les timbres américains, c'est les chefs qui les
prennent.

97

Il ne restait aucune trace de colle sur les cartes de Ted, pas non plus de tampon. Rien. Que le carton jauni. Je n'ai jamais compris comment les salauds faisaient pour voler la flamme avec le timbre.

J'ai revu Didier, le moniteur de l'année dernière, l'ami de Corinne. Il m'a demandé si mon père était devenu président de la République. J'ai répondu non. Il a paru étonné.

— Et pape non plus ?

Non, encore. Didier riait tout le temps. Mais je lui ai dit que Ted viendrait me voir, en Jeep, peut-être. Alors il m'a demandé de le prévenir. Corinne et lui ne voulaient rater ça pour rien au monde. Ce n'était pas tous les jours qu'un espion de la CIA venait en colonie de vacances à Arcachon.

Mon parrain n'est pas venu me voir. Mais il m'a envoyé une carte postale d'Amérique, cachée dans une enveloppe française pour que le timbre ne soit pas volé. Et ça a marché. La carte montrait le pont de Brooklyn, les grands immeubles et un bateau sur la rivière. Lorsque j'ai vu le scout collé en haut à droite, j'ai été suffoqué. Ted m'avait envoyé le seul timbre que j'avais déjà.

— Les timbres en double, ça s'échange, m'a expliqué Didier.

Le moniteur avait été déçu de ne pas voir Ted, mais content que je reçoive sa carte. Elle était arrivée au courrier du matin. C'est lui qui me l'avait apportée, en la brandissant au-dessus de sa tête. J'étais fier. J'ai voulu qu'il la lise. Et aussi qu'il la montre à Corinne, sa copine. Ted m'appelait son « petit Frenchie ». Il me félicitait pour la rentrée des classes et assurait que nous nous verrions très vite. « *Si tu as des bonnes notes, que tu ne fais pas de bêtises, que tu es gentil avec ta maman et que tu obéis bien à ton papa, je t'emmènerai visiter l'Amérique.* » Il avait signé Ted, en dessinant un soleil à la place du « *e* ».

Après avoir lu la carte, Corinne m'a observé. Elle avait l'air embarrassée. Elle a regardé Didier. Il hochait la tête et ne riait plus.

— Ce n'est pas le gamin qui a écrit ça, a-t-elle murmuré.

— Bien sûr que non, a répondu le moniteur.

Je les ai regardés, tous les deux qui n'avaient rien compris.

— Mais c'est Ted. C'est Ted qui m'a écrit, j'ai dit.

Didier m'a tendu la carte de mon parrain.

— Tu vas lui répondre ?

J'ai dit oui de partout.

— Tu as son adresse en Amérique ?

— Non, j'écris chez moi, à la maison. C'est papa qui lui envoie.

— Pauvre gosse, a lâché la monitrice.

Didier a eu un geste, sourcils froncés. Il l'a grondée des yeux. Elle a secoué la tête. Levé une main comme si elle s'excusait. Avant de me sourire, et de déposer un léger baiser sur mon front.

— Bonne chance, petit bonhomme, elle a dit.

Et puis ils m'ont laissé là, la carte de Ted en main.

Ils semblaient tristes, tous les deux. C'était presque la fin des vacances. Je me suis dit qu'ils s'aimaient peut-être moins qu'au début. Ou qu'ils n'allaient pas échanger leurs adresses. Qu'ils ne se reverraient plus, et qu'ils le savaient déjà.

Moi, j'avais une maison, un père, une mère, un parrain qui allait m'emmener en Amérique. J'avais de la chance. Et j'ai été triste pour eux.

Le dernier soir, après le dîner, je leur ai fait un cadeau. Un dessin que j'ai glissé dans leur casier. C'était un oiseau-lyre, coloré de vert et de bleu. J'ai tracé quatre cordes de violon entre ses plumes de queue, avec des notes rouges qui montaient vers deux cœurs, croisés dans un ciel bleu. Dans le premier, j'avais écrit Corinne. Didier dans le second. Et j'ai signé Picasso.

*

Le 23 août 1962, ma mère est venue seule me chercher à la gare. Elle m'a vaguement embrassé. Et porté ma valise. J'avais oublié mon gilet dans le train.

— Ne le dis pas à papa.

Nous sommes rentrés à pied à la maison.

— Ça ne va pas ? j'ai demandé.

Non, ça n'allait pas. Non, ce n'était pas à cause du gilet. Non, cela ne me regardait pas. Des histoires politiques, encore. De plus en plus graves. Elle se demandait aussi que faire de moi jusqu'au 21 septembre, un vendredi. Que je traîne dans le bac à sable jusqu'à la rentrée des classes ne lui plaisait pas. Mais elle avait repris le travail, et nous n'avions nulle part où m'envoyer.

Mon père est rentré au moment où j'allais dans ma chambre.

— Il est là ?

J'étais là. Un peu bronzé, étourdi par le voyage et le silence de l'appartement.

Je me suis assis sur mon lit. Il a levé une main en pince de crabe, pouce et index à quelques millimètres de se toucher.

— C'était à ça !

Il a rapproché encore ses doigts.

— À ça, même !

Il a frappé dans ses mains.

— Un peu plus, on l'écrabouillait. Il a eu de la chance, le salaud !

Il est allé à la cuisine. Revenu en brandissant une passoire.

— Tu sais ce que c'est, ça ?

— Une passoire ?

— Pas du tout, conneau ! C'est la voiture à de Gaulle !

Il a ri.

— Tu te rends compte ? Personne ne comprend qu'il en est sorti vivant !

Des amis de papa avaient essayé d'assassiner le Général. À la mitraillette, comme dans les films.

— Ils étaient cent cinquante, au moins !
Toute une troupe commandée par Ted.

— Il est rentré d'Amérique ?

— Qui ça ? a demandé mon père.

— Ted, il est déjà rentré d'Amérique ?
Geste d'irritation.

— Mais oui, bien sûr qu'il est rentré.

C'était le jour de mon sirop. Dans un verre, ma mère a compté les gouttes à fortifier ma mémoire. Une, deux, trois. Mon père était mon médecin et notre pharmacien. Il me faisait boire des potions, des poudres, prendre des cachets, faire des gargarismes, me recouvrait de cataplasmes aux herbes et à la moutarde. Il disait que, sans lui, je serais toujours malade.

J'ai demandé si Salan aussi était rentré en France.

Mon père a regardé ma mère agiter l'eau trouble avec une cuillère.

— Il faut que tu doubles sa dose. Il oublie tout, ce con.

J'ai bu. Je ne quittais pas mon père des yeux.

— Salan a été arrêté en avril. Tu ne te souviens de rien ou quoi ?

Mais si, bien sûr. Tout me revenait. Le chef arrêté, mon père en colère. À la nuit, nous étions sortis sur le balcon avec la louche de maman, assis pour ne pas être vus. Il avait frappé une bouteille de gaz vide. Trois coups, deux coups. Ti – ti – ti … ta – ta. Algérie française. Et encore. Et encore. Le même signal nous a répondu, plus haut dans la cité. Et encore ailleurs, dans le bas de la rue.

— À Alger, c'est autre chose. C'est un vrai tinta-
marre, avait dit mon père.

Il tapotait le même code sur les tables de cafés,
sur le comptoir de la poste en attendant son tour. Il
klaxonnait *Algérie française* dès qu'il entrait au centre-
ville. Il le sifflotait en passant devant les agents de
police.

— Et si un Arabe te demande ce que ça veut dire,
tu réponds : FLN vaincra !

Une idée de Ted, que je trouvais formidable.

— Debout, rebelle !

Trois semaines de colonie m'avaient endormi.
J'avais les bras morts, les jambes lourdes. Mon père
a doublé les mouvements d'haltères, les pompes. En
plus des gouttes pour la mémoire, il voulait que je
prenne des vitamines. Il me trouvait rachitique. C'était
son mot. La maigreur plus la débilité. Tandis que je
bougeais les bras, il parlait. Moins fort qu'à son habitude. Il a fermé la porte de ma chambre. Je n'aimais
pas que maman soit laissée en dehors de moi. Après
le dernier mouvement de respiration, il m'a demandé
de m'asseoir à mon bureau, chaise tournée vers lui.
J'étais mal à l'aise, torse nu et en slip.

— Tu m'écoutes ?

J'écoutais.

— Ce qui s'est passé mercredi au Petit Clamart
n'était qu'une diversion.

Il m'a observé.

— Tu sais ce que c'est une diversion ?

— Une feinte ?

Il a hoché la tête, bouche satisfaite.

— Une feinte, c'est ça. Pour faire croire que les commandos Delta avaient joué leur va-tout, alors que le vrai attentat est à venir.

Il me regardait toujours.

— Tu comprends ce que je te dis ?

Non, pas très bien. Delta, Clamart, pas vraiment.

— Je vais tuer de Gaulle, a chuchoté mon père.

C'est comme s'il m'avait giflé. Je me suis retenu à ma chaise. Je voulais qu'il répète cette phrase. Et j'avais peur qu'il redise les mêmes mots.

— Je vais tuer de Gaulle.

Je n'avais plus honte de ma maigreur, de mon slip, de la vilaine marque du bronzage dessinant le maillot. Je regardais mon père, qui allait tuer de Gaulle.

— Et tu vas m'aider.

J'ai ouvert la bouche. Il a levé la main.

— Pas un mot ! Tu auras tes ordres en temps et en heure.

Doigt au plafond, comme un chef d'orchestre au premier temps de la mesure, il a fermé les yeux en disant :

— L'OAS frappe ?

— Où elle veut, quand elle veut, qui elle veut, j'ai répondu.

Tête baissée, bras ouverts, il a eu le geste de l'artiste qui salue son public.

— Et le jour où de Gaulle meurt, je t'achète un vélo.

J'ai crié. Un vélo ? J'ai eu les larmes aux yeux. Legris, Pécousse, Roman, tous mes amis avaient un vélo.

Et puis il a quitté la chambre.

Dans la cuisine, ma mère essuyait la vaisselle de la veille. Elle m'avait servi un bol de chocolat et deux biscottes tartinées de margarine. J'étais assis, elle était debout. Mon père est entré, veste sur les épaules. Il n'a pas touché à sa tartine. Il a pris le couteau que ma mère essuyait.

— Je vais t'aider, a-t-il dit.

Elle a hésité. Lui a tendu le couteau. Il l'a glissé dans le torchon, lame à l'envers, l'essuyant par le tranchant. Ma mère l'observait, inquiète. Elle avait peur qu'il déchire le tissu.

Alors il est allé à la fenêtre, essuyant sans y penser. Il a regardé la ville, longuement. Il a posé le couteau. Il a inspiré fort, poings sur les hanches.

— Vous rendez-vous compte ?

Ma mère a levé les yeux. Je l'ai regardé.

— Le destin de la France se joue dans cette cuisine.

Et puis il a quitté la maison.

— Il n'a même pas mangé sa biscotte, a murmuré maman.

Elle était inquiète pour son torchon. Elle l'a déplié, regardant à la lumière du jour si le fil du couteau n'avait pas entamé la toile. Il était intact.

— Parce que j'y tiens, à mon torchon.

7.

Le nouveau

Je l'ai remarqué tout de suite.

Plus grand que nous, plus fort, plus brun aussi. Renfermé, rangé seul à la fin de notre cohorte. Sans un mot, sans un regard pour personne. J'espérais ne pas être le plus âgé, en quatrième. Ç'a été lui. Même avec mon année de retard, j'avais la même taille que les autres. Ni le cou de taureau que voulait mon père, ni les bras de culturiste, ni les abdominaux de rebelle. Un rachitique, avec ses vêtements de la rentrée dernière. Legris avait fait le chemin du collège avec moi. J'avais retrouvé Pécousse, Roman et Gandil à la grille. Nous étions dans la même classe, tous. Avec le nouveau.

J'aime bien les nouveaux. Je les regarde, je les dessine. Ils n'ont rien à faire là, dans cette cour de récréation, sous ce préau, dans cette classe. Personne ne sait d'où ils viennent, alors ils arrivent comme ils peuvent. Certains font trop de bruit, d'autres ne respirent pas. Celui-là occupait l'espace.

« Profession du père : sans. »

J'avais pris l'habitude. Au tableau, Monsieur Terrier a lu nos noms, nous demandant de nous présenter les uns après les autres.

— Luca Biglioni.

Le nouveau s'est levé. Pas d'un bond, pas comme on obéit. Il s'est déplié, à moitié couché sur sa table.

— Levez-vous mieux que ça, que vos camarades puissent vous voir.

Alors il s'est redressé lentement, avec quelque chose d'adulte dans le regard.

Le professeur a lu sa fiche. Je suis resté bouche ouverte. Les autres n'avaient rien entendu. Ils écoutaient à peine, fouillant leur cartable, leur trousse. Le nouveau venait d'Oran. Il venait d'Algérie. Il venait du pays de Salan. Je l'ai regardé. Je lui ai souri. Il n'a pas répondu. Il ne pouvait pas se douter.

On a compris qui était le nouveau, le soir du premier jour. Pendant la récréation, un garçon de troisième s'est retrouvé sur le dos, et le nez en sang. Un gros rouquin, qui avait l'habitude de se battre. Personne n'a rien vu. Dans un coin de la cour, le nouveau et le rouquin se sont heurtés sans un mot. Le rouquin pleurait. Il a été emmené à l'infirmerie par un élève, tête en arrière, un mouchoir sur le nez. En fin d'après-midi, le surveillant général est venu chercher le nouveau. J'étais certain de ne plus le revoir, mais il est revenu la semaine suivante. Il avait été exclu trois jours. Son père l'a accompagné à la porte, un homme en blouson marron. Il lui a parlé à la grille, en le regardant bien en face. C'est tout. Le nouveau a repris sa place, au milieu de la classe, à côté de Legris. Sans un regard, sans un mot, pareil. J'ai observé ses mains pendant qu'il ouvrait son livre d'histoire. Des poings de boxeur. Comme son front, ses bras, ses sourcils épais, sa bouche. Je l'ai dessiné sur un ring, en short, gants levés, avec plein de cadavres autour. Je lui ai fait un sourire. Jamais je ne l'avais encore vu sourire. Et je me suis dessiné à ses côtés, lui tenant le poignet en l'air, comme l'arbitre qui dit que le match est gagné.

Le nouveau venait d'Algérie. Il avait battu le roux d'un seul coup de poing. Il avait un cou de taureau. Tout le monde le craignait. Je voulais qu'il me remarque. Je n'avais pas de vrais amis au collège, jamais je n'en avais eu. Je ne rendais pas les invitations. Les copains se lassaient. Leurs parents, plutôt. Ils me trouvaient impoli. Je n'avais pas le droit d'emmener quelqu'un chez nous, mais personne ne le savait. Mon père ne voulait voir personne, et j'en avais honte. Il passait son temps à la carrosserie, mais Legris n'était jamais venu à la maison.

— C'est chez moi, pas chez tes copains, disait-il.

Il ne voulait pas qu'on fouille, qu'on casse, qu'on salisse. Il ne voulait pas qu'on le voie en mules et en pyjama.

La deuxième semaine de cours, j'ai décidé que le nouveau serait mon ami.

À la sortie, je lui ai tendu la main, comme font les parents entre eux. Il l'a regardée, m'a regardé. Nous étions dans le couloir.

— Tu es dans ma classe ?

— Deux rangs derrière toi.

— Pourquoi tu me tends la main ?

— Parce que tu viens d'Algérie.

Il a eu l'air surpris. Son premier sourire, à peine. Quelque chose qui avait du mal à passer. Il a accepté ma main.

— Qu'est-ce que tu connais de l'Algérie ?

Les copains marchaient autour de nous. J'ai baissé la voix.

— Salan, j'ai répondu.

Il a eu un brusque recul, a gardé ma main dans la sienne.

— Et les commandos Delta.

— C'est comment ton nom ?

— Choulans.

— Pied-noir ?

J'ai hésité. J'avais déjà entendu ce mot à la maison sans en saisir le sens. À écouter mon père, j'avais seulement compris que nous n'étions pas ça. J'ai secoué la tête. Il a lâché ma main, mais gardé son ombre de sourire. Tout le monde nous avait vus. Choulans et le nouveau venaient de sceller un pacte. Je me suis senti plus fort. Pour Legris, le rouquin et les autres, j'étais devenu deux.

Durant plusieurs jours, j'ai été déçu. J'allais au collège, j'en revenais, rien ne se passait plus entre le nouveau et moi. C'est en cours de musique que tout a basculé. J'étais seul au tableau, avec un triangle. Nous apprenions à battre la mesure. Je ne comprenais rien au rythme, à la grammaire musicale, aux noires et aux croches. Je frappais la barre d'instinct, en suivant la main de la professeure. Elle semblait satisfaite. Puis elle a désigné quelqu'un pour m'accompagner avec une paire de claves, deux cylindres en bois que l'on heurte.

— Mais attention, c'est le triangle qui mène. C'est lui que je veux entendre.

Pécousse s'est placé à côté de moi sur l'estrade, l'instrument africain dans les mains. Mon rythme de cristal, le choc sec du bois. Luca souriait. Il attendait quelque chose. Il me défiait. J'ai soutenu son regard, et j'ai compris. J'ai levé la tige métallique au-dessus de ma tête et changé de cadence. Trois grands coups. Silence. Deux coups. Silence. Puis trois. Silence. Puis deux. Ti – ti – ti … ta – ta. Luca riait. Il avait repris mon rythme. Il frappait *Algérie française* du pied sur le sol. Le triangle, le parquet, le chahut. Les autres tournaient la tête en tous sens. Pécousse nous a suivis en claquant ses bûchettes. Luca cognait son bureau du poing. Et la classe a suivi sans comprendre, en frappant des mains.

— Silence ! a ordonné la prof.

Elle ouvrait grands les yeux. Elle m'a arraché le triangle des mains. Doigt tendu, elle nous a ordonné de regagner nos places. Geste tremblant, sans un mot.

111

Interrogation écrite. Et nous n'avons plus jamais parlé de l'incident.

— Elle a eu peur, m'a dit Luca.

C'était ça, sûrement. La peur. Je l'avais reconnue dans ses yeux.

J'avais treize ans. Je venais de faire peur à un adulte pour la première fois.

Le dimanche suivant, j'ai vu Luca de loin, avec sa famille. Une association de rapatriés organisait une grande fête à la campagne, avec anisette et merguez. À un revers de veste, j'ai vu l'insigne. Deux pieds noirs sur fond blanc, comme des empreintes sur le sable. C'était la deuxième fois que mon père nous emmenait à un gala des anciens d'Algérie. Il nous demandait de rester assis dans l'herbe. Et il allait voir des gens. Il faisait beau. Ma mère avait emmené son pliant, j'étais sur une pierre plate. Autour de nous les gens parlaient fort, avec l'accent de Luca. Elle patientait. Elle regardait ici et là, inquiète. Toujours, elle était inquiète. Un bruit, un mouvement, une chanson trop forte. Elle n'avait pas l'habitude de la foule. Pour ne rien acheter sur place, elle avait emporté une Thermos d'eau, des œufs durs et du jambon. Lorsqu'on pique-niquait, elle prenait nos couverts. Elle chassait les fourmis de la main et guettait l'orage, en se demandant ce qu'on faisait là.

Luca et ses parents sont passés. Il avait des frères et des sœurs, tous très grands. Son père portait un chapeau de paille et sa mère le panier à provisions. Il m'a vu, m'a salué. Je ne me suis pas levé, il ne s'est pas approché. Nos familles prenaient toute la place.

Le lendemain, je suis allé à l'école avec deux pieds noirs au revers. Je les avais dessinés en rentrant, sur le carton d'une couverture de livre. Ma mère s'est inquiétée.

— Tu ne vas pas porter ça ?

J'ai répondu non. J'ai menti. J'ai épinglé le carton en descendant les escaliers. J'ai marché dans la rue avec. J'espérais des regards, des sourires, une attention. J'ai porté mon insigne au collège, en cours, à la récréation, à la cantine. Et puis je l'ai enlevé. Personne n'avait rien dit. Ni Luca, ni les autres.

Ce soir-là, en sortant, je l'ai rejoint sur le trottoir. Je ne sais pas ce qui m'a pris. J'ai tremblé. Mon cœur frappait mes tempes.

— Tu es avec nous ? j'ai demandé.

Regard méfiant.

— C'est qui, vous ?

J'ai regardé à droite, à gauche sur le trottoir. Personne ne faisait attention aux collégiens arrêtés sous un platane. J'ai sorti une craie de ma poche. J'ai écrit « OAS » sur le mur de la rue, le plus haut possible.

— Putain, t'es dingue ! a lancé Luca.

Il a reculé. Il a regardé partout à la fois en disant que j'étais malade.

Je lui ai tendu la craie.

— Je te donne jusqu'à demain pour choisir ton camp.

— Quel camp ? L'OAS a déposé les armes il y a trois mois.

Déposé les armes ? Mon père ne m'avait jamais parlé de ça. Luca était redevenu le grand, le nouveau, la menace. Il me défiait. Alors j'ai éclaté de rire. Comme ça. Un vrai, un grand rire de bonne farce.

— Alors toi aussi, tu y as cru ?

Il n'a pas eu le temps de me répondre. J'ai ouvert sa main, frappé la craie dans sa paume comme on jure fidélité. Et puis je suis parti. Comme ça, sans me retourner, le laissant seul sur le trottoir, sa sacoche à ses pieds.

Sur le chemin du retour, j'avais du mal à respirer. La fierté serrait ma gorge comme les mains de mon père. Je rejouais la scène. La craie sur le mur, ma sommation. J'avais ordonné quelque chose à Luca Biglioni. Dix fois, j'ai répété la phrase à voix haute. Essayant de retrouver le même ton menaçant.

— Je te donne jusqu'à demain pour choisir ton camp !

Je me suis demandé si « pour nous rejoindre » n'aurait pas été mieux. Je ne savais pas. Peu importait. Je savourais. Je n'avais eu aucun geste de trop, aucun mot, pas de grimace ou de roulement d'épaules.

Comme Ted ramassant son bras.

J'ai cru que Luca allait courir derrière moi, me rendre la craie, éclater de rire ou me donner une tape dans le dos, mais rien. Il était resté sous l'arbre, livide, à l'ombre de l'OAS. Il n'avait pas l'entraînement que m'avait donné mon père. La gymnastique, la surveillance des escaliers, la protection de Salan. Son père n'avait pas de pistolet dans une boîte, pas de béret rouge, de médailles ou de ceinture de judo. Il était commerçant, son père.

— Un vendeur de balais, avait craché le mien avec mépris.

Même s'il avait battu le rouquin, même s'il était plus grand que nous, même si tout le monde le craignait, même s'il était rapatrié, il n'avait jamais fait la guerre. Mon geste l'avait stupéfié. Et je ne pensais pas que son inquiétude me ferait ce plaisir. Le lendemain, il ne me regarderait plus pareil. Jamais plus, je le savais. Collégien comme les autres ou rebelle comme moi ? Il aurait la nuit pour se décider. Et moi rien à mendier, pas un regard, pas un mot. C'est lui qui viendrait. C'est moi qui le laisserai venir.

*

Le professeur d'histoire a effacé le tableau avec rage, jetant le chiffon poussiéreux sur son bureau.

— Je ne tolérerai pas que la politique entre dans cette classe, c'est compris ?

Luca s'est tourné vers moi, le regard triomphant.

Sur toute la longueur de l'ardoise, en lettres immenses : OAS.

Nous avons cru qu'il y aurait un interrogatoire, des punitions. Rien.

— Ils crèvent tous de trouille, a simplement dit Luca.

Il avait réfléchi toute la nuit. Ma proposition l'inquiétait mais l'attirait aussi. Alors oui. C'était d'accord. Il voulait entrer dans l'Organisation.

— Ce n'est pas si simple, j'ai répondu en souriant.

Nous étions dans un coin du préau. Son visage défait.

— Mais tu m'as demandé de vous rejoindre !

Il geignait presque. Je ne lui connaissais ni ces yeux ni cette voix d'enfant.

Brusquement, je n'ai plus eu peur de lui. Il était grand et mou. Vide, presque.

— Tu me dégoûtes, avait vomi mon père un jour de mauvaises notes.

En observant Luca Biglioni, j'ai compris ce que cela voulait dire.

Il s'est voûté pour être à ma hauteur. Il attendait que je lui réponde. Je regardais ailleurs. J'ai creusé mon visage. Réflexion douloureuse, tourment, je me suis offert le plus inquiétant des regards. Jamais je n'avais eu un tel sentiment de puissance.

— Je vais en parler au chef.

Il m'a dévisagé, de l'espoir partout. Ce sale espoir. Parler au chef, il me l'a fait jurer. Il faudrait que je lui raconte, au chef. Que je ne lui cache rien de la famille Biglioni. Ils sont arrivés d'Oran en juin 1962. Son

116

oncle a été blessé rue d'Isly, à Alger. Son père avait reçu des menaces pour qu'ils quittent l'Algérie. Trois petits cercueils en bois devant la porte, déposés par des indigènes. Puis la vitrine de leur quincaillerie explosée à coups de pierres, leurs pneus de voiture crevés, leur chien empoisonné à la soude. Alors ils ont décidé de tout quitter. Son père a brûlé lui-même le magasin, les vêtements d'été, les meubles. Ils ont vendu leur maison, leur jardin, et rien ne leur a été payé. Ils ont fait leurs valises avec ce qui restait. Ils ont vécu trois jours près du port, couchés dans la rue comme des mendiants en attendant le bateau. Il fallait que je lui dise, au chef. Qu'ils étaient français mais aussi siciliens. Et qu'ils n'oublient rien, les Siciliens. Qu'ils ne pardonnent rien. Le 3 juillet, jour de l'Indépendance, sa mère est tombée malade. Elle n'a plus quitté son lit depuis. Alors lui, Luca Biglioni, se vengerait du mal qui avait été fait à sa famille. Et il retournerait au pays, plus tard, quand de Gaulle serait mort et les Algériens redevenus français.

Je voyais le chef ce soir. Je l'ai dit à Luca. Il ne donnerait pas sa réponse tout de suite, mais vite. J'ai promis. Mon nouvel ami m'a demandé de lui apporter d'autres craies. Il en mettrait partout. Il a juré. Il ne restait presque rien du grand nouveau qui nous affolait. La dernière heure de cours, il a été puni. Il n'écoutait pas. Se retournait vers moi comme un chien vers son maître. J'en étais embarrassé. Je l'aimais bien, Luca. Je ne voulais pas qu'il soit triste à cause de moi, ou désorienté. J'ai décidé de lui donner la réponse du chef dès le lendemain.

J'avais eu un avertissement pour bavardage et un 8 en géométrie. Ted était très en colère. Une gifle de mon père, une autre de sa part à lui. Mais ç'a été tout. Ted avait d'autres soucis. Mon père a expliqué que Cuba pointait des bombes atomiques sur notre ville. Elles pouvaient frapper notre immeuble dans une heure, demain. Personne ne savait. Pendant qu'il faisait le guet dans l'escalier, je suis allé rayer la boîte aux lettres du communiste avec une paire de ciseaux. Il n'était pas rentré, ce salaud. Mon père a guetté ses pas dans l'escalier. Puis il m'a demandé de monter à l'étage en chaussettes, et de coller mon oreille à sa porte pour savoir s'il écoutait Radio Moscou.

— C'est comme Radio Londres pendant la guerre, c'est interdit.

Pas un bruit. Il n'écoutait rien. Je suis redescendu. J'avais changé d'avis pour la réponse du chef. Je me suis dit que Luca pouvait bien attendre une semaine.

*

Luca Biglioni a été intégré dans l'OAS le 17 octobre 1962. J'avais parlé au chef, et aussi à Ted, pour la CIA.

— La CIA ?

J'ai agité mes mains en riant.

— On verra ça plus tard.

Luca s'est rembruni.

— C'est quoi, cette histoire ?

Je lui ai raconté Ted, mon parrain. Son bras, l'Amérique, Kennedy, Cuba. Et aussi mon père, agent secret. Luca me regardait.

— Tu te fous de ma gueule ?

— Toi, je te conseille de ne pas le prendre sur ce ton !

La phrase favorite de mon père, sortie comme ça. Luca a été saisi.

— Personne ne t'oblige à rien, j'ai dit.

Et je lui ai tourné le dos.

Tout l'après-midi du mercredi, il ne m'a pas adressé la parole. Il ne s'est pas retourné. Et je n'ai pas cherché son regard. À la pause, je suis resté seul, dessinant le marronnier de la cour. Un rebelle nous échappait. Il fallait que je fasse quelque chose, vite. Que je lui trouve une grande idée d'ami.

Et ce fut elle, l'idée. À la sortie des cours, face au collège, garée le long du trottoir, une Ford Consul 315 noire avec quatre hommes à bord. J'ai reconnu la marque de la voiture. Legris avait eu la miniature Norev, en plastique blanc, avant qu'elle soit en vente dans les magasins. Je lui avais échangé contre un avion Spitfire à monter, et sans décalcomanies.

En sortant du collège, j'ai bousculé Luca. À peine, pour qu'il me suive des yeux. J'ai traversé la rue en courant. Klaxons de voiture. Un bus m'a frôlé. Je me suis retourné. Luca m'observait, Pécousse aussi. J'ai bu mon médicament pour l'asthme. J'ai marché vers la berline anglaise. Je me suis penché. J'ai heurté légèrement la vitre du conducteur avec l'index replié. Il l'a baissée.

— Excusez-moi de vous déranger. Elle est de quelle année votre Consul ?

Le type a souri. Un vieux, chauve. À côté de lui, un type sombre à chapeau et un autre à l'arrière, en redingote grise. Le quatrième avait une gabardine.

— Tu veux faire un tour avec nous, gamin, c'est ça ?

Danger. Instinct animal. J'ai reculé de la portière. J'ai montré du doigt le groupe de copains. Et Luca. Dire à ces gens que je n'étais pas seul.

— Non. J'ai fait un pari sur l'année de fabrication, c'est tout.

— Si tu as dit 1961, tu as gagné, m'a répondu le chauffeur.

Il a remonté sa vitre, mis le contact.

— Maintenant, tu nous lâches !

J'ai reculé. Il a démarré lentement. Aucun des hommes n'a plus prêté attention à moi. Je n'ai jamais su ce qu'ils faisaient là, un mercredi d'octobre 1962, stationnés en face de mon collège. Mais la voiture était noire et ils étaient quatre. C'est beaucoup, quatre hommes dans une voiture à l'arrêt. Cela fait surveillance, planque, sentinelle. Vus du collège, ils ressemblaient à des policiers ou à des espions. C'est comme s'ils m'attendaient depuis des heures. Et moi j'ai traversé la rue en courant, je leur ai parlé, ils ont regardé mes copains. Et à mon signal, ils sont partis.

Je savais que Luca regrettait déjà ce qu'il m'avait dit. Adossé à la grille, il semblait stupéfait. Je l'observais. Il parlait à Pécousse en me montrant du doigt. Lorsque la voiture a démarré, j'ai rectifié ma position. J'étais un soldat. Mains sur la tempe, j'ai salué le véhicule. Il était immatriculé à Paris. C'était incroyable, sublime, inespéré.

Legris et Pécousse ont traversé la rue.

— C'était qui ? a demandé Pécousse.

— C'était une Consul 315 ? a interrogé Legris.

J'ai dit oui à l'un. À l'autre, j'ai glissé que c'étaient des amis parisiens.

Rien de plus. J'ai repris mon chemin. Luca était toujours immobile, bras ballants sur le trottoir d'en face, son cartable à ses pieds. Il se tenait comme ça lorsque le collège ne l'intéressait plus.

*

J'ai laissé passer une semaine, encore. Plus un mot au nouveau.

Les murs du collège, les toilettes, la cour de récré, la cantine, OAS partout. Un jeune surveillant était chargé d'effacer la craie. Il passait dans les couloirs avec un chiffon mouillé. Mais Luca repassait derrière. Parfois même, il écrivait sur la trace humide.

Un soir, il m'a attendu à la porte. Il m'a pris le bras, je me suis dégagé.

121

— Demande-moi ce que tu veux, m'a-t-il dit.

— Ne viens pas demain, j'ai répondu. Je veux que tu sèches les cours.

Le mardi 23 octobre 1962, la place de Luca Biglioni est restée vide. Il n'est venu ni le matin, ni l'après-midi. Je n'ai rien dit aux autres. C'était une affaire entre nous. Mais j'ai su ce jour-là que je pouvais lui faire confiance.

8.

Le gardien de but

Novembre.

Mon père m'a demandé d'envoyer une autre lettre au salaud.

Le salaud, c'était Roger Plevy, député, adjoint au maire, copain de De Gaulle dans la ville.

— C'est lui ou moi, disait-il.

L'enveloppe brune était épaisse. Dessus, il écrivait « Roger Plevy ». Ni monsieur, ni député, rien. Seulement un nom de boîte aux lettres. Et il ne laissait pas ses initiales, comme il le faisait pour de Gaulle.

Il lui écrivait le soir, dans la cuisine, lorsque ma mère avait débarrassé la table. Il parlait fort, son stylo à la main.

— Tu vas voir, mon salaud !

C'était la cinquième fois qu'il me confiait cette mission. La cinquième fois que je traversais la ville en pleine nuit. Je devais quitter l'appartement après le dîner. Marcher jusqu'à Saint-Irénée, une petite place entourée de platanes. L'immeuble du salaud était en face, derrière la fontaine. Une façade ocre et rose, florentine. Trois étages et un balcon ouvragé. Je devais pousser la porte d'entrée et glisser la lettre dans sa boîte sans que personne me voie. C'était très important.

— Cours en y allant et cours en revenant, disait mon père.

Alors je courais.

— Et ne te fais pas prendre.

La première fois, ma mère et lui se sont disputés. Elle ne voulait pas que je fasse deux kilomètres en pleine nuit. Il lui a répondu que j'avais l'habitude.

— Fais tes commissions toi-même !

— Ne le prends pas sur ce ton, la vieille !

Il l'avait frappée. Un cri. J'étais dans la chambre. Un couteau de cuisine a glissé dans le couloir. Il a cogné le mur avant de s'arrêter devant ma porte.

— Tu ne crains rien, mon fils ! avait hurlé ma mère.

Depuis, j'avais mis trois autres lettres dans la boîte de Plevy. Elles étaient lourdes. Un jour qu'il écrivait, mon père m'avait lu quelques lignes. Le salaud était ami avec de Gaulle. Mon père lui disait qu'il le paierait.

Ce soir-là, j'ai caché la lettre sous ma chemise. J'ai couru dans les escaliers. Sur les trottoirs. J'ai traversé toutes les rues, souffle coupé.

— Ne te fais jamais prendre, avait dit mon père.

Me faire prendre, c'était le dénoncer. Et Ted, et Salan. Je suis arrivé à la petite place. L'immeuble, les arbres, la nuit. Je me suis assis sur le banc. Je ne suis pas allé jusqu'à la boîte aux lettres. J'avais promis une mission à Luca. Ce serait ça. Déposer la lettre de mon père chez ce salaud. Nous ferions ça demain, après les cours. Je suis reparti, le message sous ma chemise. Sans que mon père le sache, je rendais un grand service à l'Algérie française. Je voulais qu'il soit fier de moi. J'avais recruté un soldat de plus. J'étais son chef et ce serait mon secret.

Lorsque je rentrais d'opération, il ne m'attendait plus. Il dormait. Plusieurs fois j'étais sorti avec mes craies ou avec ses lettres, mais il ne s'inquiétait pas. C'était comme si je revenais de cours. Seule maman était là, dans sa cuisine, à éplucher des choses pour demain. Elle accueillait son fils essoufflé, tout tremblant de nuit.

— Il t'en fait voir, hein ? murmurait-elle en souriant.

Elle était triste. Et inquiète. Mais jamais elle ne m'a demandé si j'avais bien fait les choses. Si j'avais mis l'enveloppe dans la boîte ou tracé mes lettres suffisamment grandes. Ce que papa m'ordonnait ne la regardait pas.

Cette nuit encore, mon père dormait. J'ai glissé sa lettre dans mon dictionnaire, puis sous mon lit. Je me méfiais. Au matin, il fouillait partout.

— Inspection de routine ! il criait.

Moi aussi, je fouillais.

Un jour, j'ai retrouvé les papiers d'identité de monsieur Alonzo dans le tiroir de la cuisine. Tous ses papiers. Son passeport espagnol, ses photos d'identité et une lettre à de Gaulle, que mon père avait écrite avant le putsch. Il lui demandait d'aider monsieur Alonzo à obtenir des papiers français. Mon père appelait le Général par son prénom. Et il avait signé : « Ton ami, André. »

Je n'ai jamais compris pourquoi cette lettre était là. Elle n'avait pas été envoyée. Danilo Alonzo était apprenti chez monsieur Hagopian, mon coiffeur.

— Bouge tranquille, il disait en passant la tondeuse.

Mon père me déposait devant son salon. Jamais il ne passait dire bonjour.

Et je rentrais à pied.

— Demande à ton papa s'il a des nouvelles pour mes papiers, demandait monsieur Alonzo en nettoyant ma nuque.

Je ne payais jamais.

— On verra ça plus tard, murmurait-il en brossant mes épaules.

Au judo, c'était pareil. Je passais devant l'accueil en baissant la tête.

— Choulans ! Tu peux rappeler à ta mère qu'elle doit toujours ta cotisation ?

Mon père m'avait inscrit au dojo pour mes six ans, son kimono sous le bras, enroulé dans sa ceinture noire. Il avait fait un chèque à la comptable, étonné que le maître ne connaisse pas le nom de Choulans. Et puis plus rien. Jamais mes parents ne sont venus me voir combattre. Comme pour le coiffeur, ils me laissaient aller et revenir à pied, mais ne s'intéressaient pas. J'ai été ceinture blanche, jaune, orange. Un jour, la dame de l'accueil m'a interdit de tatami. J'étais déjà en kimono, avec ma ceinture verte toute neuve. Nous étions à genoux, tous, à frapper sur le tatami en criant.

— La foudre et le tonnerre !

La dame est arrivée, elle m'a fait signe. Je me suis relevé. Les autres se mettaient en file pour les roulés-boulés. Elle m'a entraîné au vestiaire.

— Ce n'est pas parce que ton père dit qu'il a été ceinture noire au Japon qu'il faut te croire tout permis. Chez nous on paye avec de l'argent, pas avec des histoires.

En remettant mes chaussettes, je tremblais.

Je ne suis plus allé au judo. Chez Hagopian non plus.

— Quel con, cet Alonzo ! disait mon père.

Ma mère a trouvé un autre coiffeur, à côté de chez Legris. Et j'ai fait du foot avec les copains, dans le bac à sable.

J'ai dormi, la lettre de papa cachée dans mon oreiller. Le lendemain, je l'ai glissée dans mon livre de géographie, puis dans mon cartable. Lorsque je suis parti au collège, mon père dormait toujours.

Après le cours de français, j'ai entraîné Luca aux toilettes. C'était notre repaire. Lorsque nous y étions, personne ne s'approchait.

— Première mission ce soir, j'ai dit.

Il tapait son torse du poing, comme un singe content.

J'ai sorti la lettre de ma chemise.

— C'est qui, Roger Plevy ?

— Un député. Un copain du général de Gaulle.

Luca a craché. Par terre, comme papa. Comme moi lorsque je suis en colère.

— On ira après les cours, j'ai dit.

Ce jour-là, mon ami de l'OAS a été puni deux fois. Faute d'inattention. Bavardage. Chahut. Il me regardait. Je l'encourageais.

Nous avons marché jusqu'à la place. Moi devant, lui derrière. Ordre du chef. Il y avait du monde, plus qu'à la nuit. Je lui ai donné la lettre.

— C'est la boîte aux lettres bleue, en bas.

Il a regardé l'entrée de l'immeuble, la place, les gens tout autour.

— Tu m'attends où ?

J'ai fait le geste de mon père.

Il m'avait acheté un trench-coat crème, comme le sien. Comme ceux que portent tous les espions, ceinture nouée et col relevé. Quand je lui posais une question idiote, il restait mains dans les poches en écartant les coudes.

— D'après toi ? disait-il.

— D'après toi ? j'ai répondu à Luca.

— Tu m'attends ici ?

J'ai fait la moue de mon père. Bien sûr, ici. Adossé à l'arbre.

Il n'était pas rassuré. Il y avait des voitures, un bus, des gens partout.

Quand je venais le soir, il n'y avait que moi. Mes pas, ma respiration, le bruit de la porte. Le temps que je glisse l'enveloppe, elle ne s'était pas refermée. Je repartais en courant, par une rue qui conduisait ailleurs que chez moi. Je tournais à gauche, dévalais trois escaliers et revenais sur la place. Je voulais être certain que tout était calme. Ensuite seulement, je rentrais à la maison.

— Tu n'as pas été suivi ? avait interrogé mon père, la première fois.

Il voulait que je lui raconte tout. Le silence de la rue, la place, l'immeuble.

— Elle est de quelle couleur, la boîte du salaud ?

— Bleue, j'ai répondu.

Il s'était tourné vers ma mère en souriant.

— Parce qu'on ne me la fait pas, à moi.

Lorsque Luca est entré dans l'immeuble, j'ai vu que quelque chose n'allait pas. Il avait la lettre à la main, comme s'il délivrait un bouquet de fleurs. Il est entré dans le hall, une femme s'est engouffrée derrière lui. Elle a maintenu la porte. Un petit homme s'est précipité devant l'immeuble. Gabardine kaki, comme celle de mon père, cheveux blonds coupés en brosse, lunettes. Il a regardé tout autour, m'a observé un instant. Puis s'est posté sur le trottoir, face à la porte, jambes écartées comme un gardien de but. Luca est sorti en courant, poursuivi par la femme. Elle criait. L'homme a ouvert les bras. Mon ami s'est dégagé d'un coup de coude. Il est parti à gauche, dans ma petite rue. La femme est venue vers moi en criant. Et aussi le blond. J'ai couru. Traversé, renversé un étalage de légumes. J'avais mon cartable et celui de Luca, un dans chaque main. J'ai couru plus vite. Cri perçant. L'homme blond avait un sifflet de police. J'ai tourné à droite, à gauche, encore une fois, j'ai gravi les pentes jusqu'à ce que tout s'arrête. Mon cœur cognait, ma tête, mes jambes tremblaient. Et puis plus rien autour, aucun danger, la foule du soir. Je n'étais plus qu'un enfant rattrapant son retard.

J'ai marché. J'ai bu une gorgée de sirop pour respirer. J'avais donné un point de repli à Luca. Le jardin de l'église, avec les tombes romaines et les thuyas.

— On ne sait jamais, je lui avais dit.

Et il était là, assis sur les marches. Il craignait que je laisse son cartable sur la place. J'ai haussé les épaules.

— Ils nous attendaient, a dit Luca.

Il racontait comme on raconte un film. La femme, derrière lui. Il a glissé la lettre dans la boîte. Elle a crié :

— On a un client !

Un type a dévalé les escaliers. Luca s'est retourné. Il s'est jeté contre le mur. La femme a été surprise. Il est passé entre la porte et elle. Il m'a vu, en face, contre l'arbre. Et aussi le gardien de but. Il a dribblé. Comme sur un terrain. Et puis il a couru très vite, pour ne pas être en retard à notre rendez-vous.

Il faisait de grands gestes, il mimait sa fuite, il s'amusait de tout. Je le regardais. Nous venions d'échapper à la catastrophe et il riait. Une fois encore, je lui ai fait jurer de se taire. Main tendue, crachant par terre comme des hommes. Se taire jusqu'à la mort. Quoi qu'il nous arrive. Ne jamais parler de l'Organisation, de notre pacte, du grand projet de tuer de Gaulle.

Quelques jours plus tard, mon père est entré dans ma chambre. J'étais couché. Il était agité. Il a repoussé ma mère dans le couloir et refermé brusquement la porte. Il est resté debout. Il tenait un journal à la main.

— Qu'est-ce qui s'est passé avec la lettre ?

— Quelle lettre ?

Il s'est penché.

— La lettre pour le salaud. Qu'est-ce qui s'est passé ?

Il n'avait pas levé la main. Il attendait, plus inquiet qu'en colère.

— J'ai failli me faire attraper.

Il s'est assis sur le lit. Il me scrutait.

— Comment ça ? Qui a failli t'attraper ?

— Je ne sais pas.

Il a battu sa cuisse avec le journal roulé.

— Ils étaient combien, habillés comment ?

— J'ai vu une femme et un homme.

— Il était en uniforme, l'homme ?

— Non.

J'ai réfléchi.

— Mais il avait un sifflet à roulette.

Mon père s'est rapproché de moi.

— Et l'autre, c'était qui ?

— Une femme.

Le journal énervé.

— L'autre avec toi, c'était qui ?

Réfléchir, vite. Ne pas mentir des yeux.

— Quel autre ? J'étais tout seul.

Il s'est encore rapproché, comme s'il voulait sentir mon haleine.

— Alors pourquoi le journal écrit que vous étiez deux ?

Le journal. Nous étions dans le journal. Comme les catastrophes.

Mon père l'a déplié.

« Les lâches de l'OAS utilisent des enfants. »

Un petit article en bas de page.

— Lis, a ordonné mon père.

J'ai commencé.

— À voix haute !

En quelques mois, le député Plevy avait été menacé quatre fois de mort par des courriers anonymes glissés dans sa boîte aux lettres. Il avait déposé plainte. Le procureur de la République avait ouvert une information judiciaire. Sur ordre d'un juge d'instruction, la police avait tendu une souricière. Il y a quelques jours, un jeune garçon est entré dans l'immeuble de l'homme politique. Il a déposé une enveloppe dans sa boîte. La police est intervenue, mais le garçon a bousculé un policier et réussi à s'échapper, tandis que son complice se sauvait par une autre rue. C'était un enfant, comme lui, mais plus jeune. Les policiers n'ont pas réussi à rattraper les fuyards. Ils allaient faire des recherches dans les collèges et les lycées du quartier. La lettre retrouvée était identique aux autres. Même écriture, mêmes mots soulignés trois ou quatre fois, mêmes phrases de couleurs différentes et même signature : OAS.

— Pourquoi le journal dit que vous étiez deux ?

Je respirais. L'article ne donnait aucune date. À le lire, mon père pouvait penser que cela s'était passé le soir prévu, à la nuit tombée.

— Peut-être pour vendre du papier ?

Il m'a regardé. Sa phrase favorite.

La presse ? Elle vend des torchons. Les journalistes ? Tous gaullistes, tous communistes, tous pourris. Ne jamais croire ce qu'il y a dans les journaux.

— Peut-être, a répondu mon père.

Il était à moitié rassuré. À moitié convaincu. Mais aussi, comment imaginer que j'aurais pu entraîner un copain dans l'aventure ? Et qui ? L'énorme Legris ? Pécousse le trouillard ? Cela ne tenait pas debout.

— Cela ne tient pas debout, a lâché mon père.

Il m'a demandé si les policiers m'avaient vu en face. S'ils pouvaient me reconnaître, mon visage, mes yeux, ma coiffure, mes vêtements ?

— Il faisait nuit, j'ai dit.

— Et pourquoi avoir déposé la lettre alors que quelque chose clochait ?

Ce n'était pas une question. C'était à lui qu'il parlait. Il était troublé par la plainte. Il répétait « procureur de la République ».

— Tu te rends compte ? Le procureur de la République !

Il m'a dit qu'il fallait arrêter cette mission. Que je me débarrasse de mes craies. Et que je me fasse couper les cheveux.

— Le journal va peut-être publier un portrait-robot, a expliqué mon père.

Il était à la fois excité et inquiet. Il voulait aussi savoir comment j'avais échappé au policier qui m'attendait devant la porte. Je lui ai raconté. Le gardien de but, jambes et bras ouverts comme protégeant sa cage. Et moi, petit ballon qui lui est passé entre les jambes.

Il s'est reculé. Il s'est détendu. Son sourire a mis fin aux menaces.

— Tu sais pourquoi tu t'appelles Émile ?

Non, je ne savais pas.

— Maman ne t'a jamais raconté ?

Jamais, non. Il a tapé ses cuisses à deux mains.

— Celle-là, alors !

Et puis il s'est levé, comme un joueur s'échauffe en bord de terrain.

Ma mère avait voulu m'appeler Jean-François, comme le Jean-François Nicot des « Trois cloches », chanté par les Compagnons de la Chanson. Mais mon père a décidé que je serais Émile, parce qu'Émile

Veinante, le grand joueur de football. Et son meilleur ami.

— Tu ne savais pas que j'avais été footballeur professionnel, hein ?

J'ai secoué la tête. Le sifflet de la police était loin derrière, et la course, et l'angoisse. Ma chambre s'est apaisée d'un coup.

— J'étais gardien de but, mais avec moi, le ballon ne passait jamais.

En 1932, mon père était minime à l'Association olympique universitaire. Il avait douze ans. Ce jour-là, il s'entraînait. Ses copains se relayaient pour tenter de fracasser ses buts, il tenait bon. Il anticipait. Il lisait chaque feinte avant même que l'autre ne l'écrive.

Personne n'a jamais su ce que Émile Veinante faisait en ville ce jour-là. Mon père ne le connaissait pas encore. Pour lui ce n'était qu'un adulte inconnu, en costume noir et chemise blanche, qui traversait le terrain sans autorisation.

Il a bloqué du pied un ballon perdu.

— Prêt, petit ?

Prêt ? Mon père était en colère. Qui osait ainsi violer son terrain ? Il s'est penché en avant, bras tendus, jambes écartées. Le gars était à 35 mètres. Trop loin, trop sûr de lui, soleil de face. Il a pris un recul, à peine, juste avant de tirer.

— Un obus, a raconté mon père.

Le ballon a fracassé la lucarne, à un souffle du poteau et de la barre transversale. Il a saccagé les filets comme la main d'un géant.

Puis l'étranger a marché vers les filets. Arrivé devant le gardien miniature, il lui a tendu la main en souriant.

— Émile Veinante, du Racing Club, a-t-il dit simplement.

Mon père a pris la main offerte.

— Choulans, goal de l'Olympique.

Il a remarqué les pieds du tireur, suffoqué. Veinante venait de martyriser son but en chaussures de ville.

En avril 1942, mon père est passé professionnel. Il avait vingt-deux ans. Son équipe marchait bien. Elle avait même battu Avignon 4 à 2 en championnat de guerre. De son côté, après avoir été à Metz, au Racing Club, champion de France 1936, vainqueur de la Coupe de France avec 24 sélections et 14 buts marqués en équipe nationale, Veinante entraînait Paris. Et voulait Choulans dans son équipe.

— Je ne joue pas en zone occupée, avait répondu mon père.

Alors Veinante a levé une main. Il avait compris.

— Qu'est-ce qu'il avait compris ? j'ai demandé.

Mon père est revenu à moi. Même geste, main levée, sans répondre.

Sept mois plus tard, les troupes allemandes envahissaient la zone libre. Et mon père a rangé ses crampons.

Un jour, bien après cette conversation, il m'a montré la courte lettre que le grand joueur lui avait envoyée après la guerre.

« *André, ta vraie patrie, c'est le terrain. J'entraîne Strasbourg. Je t'attends.* »

Mon père avait refusé, mais ils étaient restés amis.

En 1960, alors que Strasbourg jouait en ville, mon père avait voulu me faire la surprise, me conduire au match, m'asseoir contre lui sur le banc de touche, me raconter comment il avait failli devenir un grand joueur de foot. Et me présenter à Émile Veinante, son ami. Mais mes notes du trimestre avaient été mauvaises. Alors il a eu honte de moi. Il m'a enfermé. On ne présentait pas un âne bâté à un dieu du stade. Le soir du match, il est resté devant sa télé. Et moi dans son armoire. Pour me punir, il ne m'avait jamais plus parlé de football.

9.

La fille du chef

Le drapeau américain était imprimé sur une page du Larousse illustré, pas sur la couverture en carton. Alors, j'ai pu le découper.

Au bureau, ma mère avait une machine à écrire grise. Je l'accompagnais au travail le jeudi, depuis qu'on ne m'envoyait plus au judo. Pour m'occuper, elle me donnait du papier et des crayons. Je dessinais, sur un coin de table.

— Un vrai petit Picasso, disait-elle à ses collègues.

J'avais aussi le droit de taper à la machine.

Ce jour-là, j'ai glissé une fiche rigide entre le rouleau et le ruban. Ma mère cochait des cases dans un dossier. Ses collègues étaient à leur tâche. Personne ne faisait attention à moi. En haut du bristol, bien au milieu, j'ai tapé les mots CIA et AGENT SECRET. Le bruit des touches. Une, deux, trois. Les lettres à l'encre faisaient tellement plus vraies que les lettres à la main. Et puis j'ai souligné. En rouge. Après, je ne savais plus quoi écrire. Je n'avais jamais vu les papiers d'un espion, ni ceux de mon père, ni ceux de Ted.

Alors j'ai recopié une pièce d'identité. Nom, prénom, date et lieu de naissance, nationalité, domicile, signes particuliers, taille, adresse, signature du titulaire. J'ai laissé une place pour ma photo. Une autre pour le drapeau, en haut à droite. Et aussi une en bas à gauche, pour la signature du chef.

J'étais déçu. La carte faisait camelote. Il manquait un cachet officiel. Mon père avait un tampon encreur pour signer ses lettres à de Gaulle. C'était facile à imiter, un cachet. Il suffisait de frotter le bouchon d'un tube d'aspirine sur l'encre bleue. Quoi d'autre ? Un timbre américain. Il y avait un tampon et un timbre sur le passeport de monsieur Alonzo. Cela faisait vrai. J'ai décollé le timbre que m'avait envoyé Ted. Je n'ai pas eu le choix. L'autre timbre scout avait disparu de ma collection.

J'ai tapé mon nom, mon prénom, mon adresse. J'ai sursauté. Un grade. Il me fallait un grade. Capitaine, c'était bien.

J'ai aussi longuement réfléchi à un nom de guerre. J'ai trouvé « Frenchie ». Pour rendre hommage à mon parrain. La carte d'espion était parfaite, signée par le chef. Je l'ai entourée d'un liséré noir.

Rentré à l'appartement, je me suis enfermé dans ma chambre. J'avais gardé un Photomaton pris à la vogue, la fête foraine. Je l'ai agrafé. J'ai collé le drapeau. Après m'être entraîné sur un buvard, tremblant légèrement pour que le bouchon bave, j'ai tamponné ma photo avec le tube d'aspirine.

J'ai regardé la carte à la lumière. CIA, Émile Choulans, nom de code : Frenchie. La photo, le drapeau, le timbre, le tampon. J'ai fermé les yeux. Je les ai ouverts brusquement. J'ai eu un frisson. Je n'arrivais pas à croire que je venais de fabriquer ce document.

Ensuite, il a fallu que je le cache. Le rabat de mon protège-cahier de notes était le plus sûr. Depuis l'histoire de la lettre, mon père était suivi par la police. Chez Legris, il ne tournait plus le dos à la rue. Il changeait d'itinéraire tous les jours pour rentrer. Le soir, avant d'allumer la lumière, il tirait les rideaux. Il ne restait jamais devant une fenêtre. Avant de parler, il allumait la radio en nous faisant signe de se taire.

— Il a fait bien froid aujourd'hui, criait-il dans l'appartement.

Nous étions écoutés. Alors il donnait le change.

*

— Et un ! Et deux ! Et trois !

Je comptais haut, les mains sur les hanches.

Je n'avais pas d'haltères pour Luca, alors il se musclait sans. Bras croisés et décroisés devant lui, puis jetés en arrière, puis moulinés en rond.

— Soldat Biglioni, debout ! Et accroupi, debout, accroupi.

Depuis notre mission, il ne posait plus de questions. Jamais. Il savait que la mort du Général était programmée pour le mardi 1ᵉʳ janvier 1963, trois jours

141

avant la rentrée des classes. Et qu'il nous faudrait avoir tout quitté d'ici là.

Nous étions le 9 novembre 1962. Il nous restait 53 jours à patienter.

Après lui avoir appris à se mettre au garde-à-vous, au repos, à saluer et à rompre le rang, je l'entraînais à la gymnastique dans la cave du danseur. J'étais assis sur le matelas, et lui debout contre la porte. Chaque fois que la minuterie du couloir s'éteignait, j'allumais la lampe de poche et la lui braquais dans les yeux.

— Un deux, un trois. Plus vite, rebelle !

Puis j'allais rallumer, pour mieux le voir.

Ce jour-là, il a fait trente pompes sans s'arrêter. Je lui ai expliqué que c'était bien, mais pas assez pour tuer de Gaulle. Il était déçu. Je l'ai rassuré. On avait encore un peu de temps.

Et c'est ici, dans cette cave, ce jour-là, que j'ai sorti ma carte.

— Bientôt, tu auras la même, j'ai dit.

J'ai fait vite. Entre l'obscurité du couloir, ma lampe sur le sol et la bougie fragile, le mot « CIA » claquait.

J'ai rangé le document dans ma poche.

— Montre encore, j'ai rien vu !

Faux. Il avait vu. Bien sûr, il avait vu. Le drapeau étoilé, ma photo, AGENT SECRET souligné de rouge, le timbre et le tampon.

J'ai secoué la tête. Pris une mine embarrassée.

— Je n'aurais jamais dû te la montrer, jamais.

J'ai éteint ma lampe. Restait la flamme dorée de la bougie. Son visage dans l'obscurité. Il promettait à voix basse, des gestes, des mots, des yeux. Jamais il ne parlerait de tout cela à personne, jamais. C'était trop important, trop grave, trop dangereux. Je ne devais plus douter de lui. Tiens, la lettre ? Il n'avait pas été bien, pour la lettre ? Il l'avait mise dans la boîte, il avait frappé un policier, il s'était enfui, il n'avait jamais été rattrapé. Et cela ne me suffisait pas ?

— Mais si, j'ai répondu.

Nous sommes sortis au jour. Une fois encore, il m'a demandé quand il aurait sa carte d'agent secret. J'ai répondu en lui tendant une feuille arrachée à mon cahier de textes.

— Nom, prénom, date et lieu de naissance, ton adresse et une photo.

Demain, la photo. Il me l'a promis. Je lui ai dit que ce n'était pas pressé. Pas du tout. Je n'avais qu'un seul dictionnaire, un seul drapeau américain, et la carte n'aurait pas résisté au grand jour. Mais en attendant, j'avais mieux pour lui.

— C'est quoi, mieux ?

— La fille du chef, j'ai dit.

— La fille du chef ?

Brigitte, la fille du chef. Elle avait vu Luca trois fois. Le jour de la fête des rapatriés. Un soir avec moi, en rentrant du collège. La troisième fois sur la place, quand il a semé la police.

— Elle était là ? a demandé Luca.

Il ouvrait de grands yeux, comme lorsque j'avais écrit OAS la première fois. J'ai souri. Oui, elle était là. Et le chef aussi était là. Et Ted pour la CIA. Et

143

mon père. Et la voiture de la dernière fois, la Ford Consul 315 noire, garée devant le collège avec quatre hommes dedans. Si cela avait mal tourné, l'OAS frappait. Vite et fort. Le chef n'aurait pas accepté que ses hommes se fassent prendre. Après Salan, plus aucune perte. La prison, c'était trois murs de trop.

Nous marchions vers son arrêt de bus. Il me regardait. Il attendait la suite.

— Et Brigitte ?

Il avait trois ans. Un regard de maternelle. J'ai souri.

— Elle ne parle plus que de toi.

— De moi ?

— Oui, de toi John.

Luca s'est arrêté. Son trolleybus arrivait. Au milieu des perches, une gerbe d'étincelles. Il surveillait le véhicule, mon regard, cherchait un ticket dans son cartable. Il tremblait. Il a relevé les yeux.

— C'est qui, John ?

— À partir d'aujourd'hui, plus d'Émile ni de Luca. Moi c'est Frenchie et toi c'est John.

— John, il a répété.

Il semblait sonné. Il a buté contre la marche du trolley. La porte en éventail s'est refermée sur son bras. Il riait. Je riais aussi. Il a crié par une vitre baissée.

— À demain Frenchie !

— À demain, John ! j'ai répondu.

Je suis entré à l'appartement. Mon père était couché. Il n'était pas sorti du lit de la journée. À table. Soupe claire, œuf à la coque, Vache qui Rit. Ma mère et moi marchions sur la pointe des pieds. J'ai déchiré ma carte de la CIA. Je ne voulais pas que quelqu'un la trouve. Je l'ai découpée en petites bouchées, mangée, puis j'ai recraché les boulettes amères dans la poubelle. Sauf le drapeau américain et le timbre de Ted, que j'ai caché sous mon oreiller. Pourquoi lui avais-je parlé de la fille du chef ? Quelle fille ? Et pour en faire quoi ? J'étais triste. J'ai eu peur. J'avais l'impression d'une route en pente, et de moi qui glissais. Je dévalais, je roulais comme un tronc d'arbre. Je ne pouvais plus m'arrêter. J'espérai que Luca ne revienne plus jamais au collège. Qu'il déménage. Qu'il ait tout oublié dans la nuit. Qu'il ne me pose plus aucune question. D'ailleurs, je ne voulais plus lui parler, plus lui répondre. Il suffisait que je ne le regarde plus pour que tout s'arrête. Et puis quoi ? Il me chercherait deux jours, trois. Je lui tournerais le dos. Je me plaindrais aux professeurs. Et tout finirait comme ça. Ma vie était mieux avant qu'il arrive. Je m'amusais bien avec Pécousse, avec Roman, avec Gandil, avec Charnay, avec Legris. On tapait dans le ballon, on courait dans le bac à sable, on jouait aux vampires dans la cave. On attendait le samedi. On attendait les vacances. On cachait nos mauvaises notes le plus longtemps possible. Et c'était tout.

Ma mère n'est pas venue. Je me suis glissé sous la couverture. J'avais en bouche le goût de l'encre, du papier. Je me demandais comment faire marche arrière. Je me suis endormi, les bronches rétrécies et des morsures au ventre.

*

À peine la grille passée, il s'est rué sur moi.

— Salut Frenchie !

— John, j'ai dit.

J'ai continué mon chemin vers les copains, dans la cour.

Luca m'a rattrapé.

— Ça ne va pas ?

Je l'ai regardé, sombre. J'ai observé ses chaussures abîmées, son pantalon trop long.

— Qu'est-ce qu'il y a ?

J'ai pris ma respiration en grand.

Je ne sais pas ce qui m'a pris.

Toutes ces années après, je ne sais toujours pas.

Une folie.

— Il y a que Brigitte veut se marier avec toi.

Il a laissé tomber son cartable.

— Quoi ?

— Elle veut se marier avec toi dès que de Gaulle sera mort.

Visage inquiet de Luca.

— Tu déconnes ?

— J'en ai l'air ?

Il a secoué la tête. Non, je n'en avais pas l'air. J'annonçais une grande nouvelle, avec le visage contrarié de celui qui doit tout organiser. Il fallait que je m'occupe de son costume, de sa robe, de leurs alliances, de la réception, tout. Le chef m'avait désigné parce qu'il n'avait confiance en personne d'autre. Ted s'occuperait de la sécurité avec ses hommes, et moi de tout le reste.

— Je la verrai quand ? m'a demandé Luca en entrant en classe.

Brouhaha. Les autres, la classe.

— Voir qui ? j'ai répondu.

— Un peu de silence ! a lancé le professeur de français.

Luca a haussé les sourcils.

— Brigitte, la fille du chef.

— Ce soir après les cours.

En m'asseyant, j'ai regardé la fenêtre. Le grand platane.

— Elle veut se marier avec toi dès que de Gaulle sera mort.

Pourquoi j'avais dit ça ? La fille du chef ? Mais quelle fille du chef ? Se marier à notre âge, c'était impossible, même en Amérique. J'avais espéré qu'enfin il ne me croirait plus. Qu'il éclaterait de rire, qu'il cognerait son doigt sur sa tempe, qu'il me frapperait, qu'il me tournerait le dos. Mais il ne réfléchissait plus. Il acceptait tout de moi. Le prince allait épouser la princesse. Je ne pouvais plus reculer. J'ai pensé mourir.

*

À la sortie des cours, Brigitte n'était pas là. Nous avons attendu pour rien la Ford Consul 315 noire qui devait nous emmener dans un local secret que l'OAS et la CIA partageaient, place des Terreaux.

147

— Je n'aime pas ça, a murmuré Frenchie.
— Moi non plus, lui a répondu John.

*

Le jeudi suivant, j'ai fait une chose insensée. Plus grave que fabriquer une carte d'agent secret, plus dangereuse que mettre une lettre dans une boîte. Ma mère était au bureau, mon père parti pour la journée.

— J'ai des gens importants à voir, avait-il dit.

Alors j'ai emmené Luca à la maison.

Je lui avais donné rendez-vous devant notre immeuble, sur les escaliers. La voiture de mon père n'était pas là. Sa place de stationnement était vide depuis le matin. Je me suis penché à la fenêtre, je l'ai appelé.

— John !

Je l'ai fait entrer.

C'était incroyable de le voir ici. Dans le couloir de mon père, dans son salon, dans ma chambre.

— C'est petit chez toi, il a dit.

Je n'ai pas répondu. Je l'ai entraîné devant l'armoire de mes parents. La clef était cachée sur le dessus, derrière la corniche. À l'intérieur, dissimulée par une pile de journaux, la boîte au pistolet. J'ai ouvert l'étui, et tendu l'arme à Luca.

— C'est un vrai ?

— Touche.

Il a eu un geste. Il ne voulait pas. Il a reculé. J'ai ri, en vieil habitué.

— Ne crains rien, il n'est pas chargé.

Je lui ai montré la culasse ouverte.

— Tiens, prends-le. Il faudra que tu t'y habitues.

Il a souri, tendu la main.

— C'est un Mauser HSc, a murmuré mon ami.

J'ai été surpris.

— Tu connais ?

Il a hoché la tête.

— Regarde, c'est écrit là.

Mauser-Werke A.G. Oberndorf. aN. Mod. HSc

Il a inspecté le mécanisme, le chien encastré. Il a baissé la sécurité et tiré la culasse. Bruit d'acier.

— Passe-moi l'étui.

Je lui ai tendu le holster. Le chargeur était glissé dans une poche, cousue à l'avant. D'un coup de pouce, il a extrait une balle du magasin. J'ai regardé ses mains. Il ne tremblait pas. Il a porté la balle à ses yeux.

— Calibre 7,65. Tu peux en mettre huit, là-dedans.

Quelque chose n'allait pas.

Je n'avais jamais manipulé le pistolet de mon père. J'avais juste soulevé la patte de cuir, sorti l'arme de son étui et actionné la culasse. Alors j'avais imaginé mon ami tout ému, frémissant comme moi, découvrant pour la première fois une machine à tuer. Il m'aurait supplié de reprendre l'arme mais j'aurais insisté pour qu'il la garde en main. Il aurait eu peur. Je l'aurais rassuré. Mais rien de tout cela. Luca ne tremblait pas. J'ai pensé à Legris, dépeçant un moteur dans le garage de son père. Il a remis la balle en place. Le chargeur dans son étui. Puis il a caressé les plaquettes quadrillées de la crosse. Un bois blond, patiné par le temps.

— C'est du noyer, a encore dit Luca.

L'automatique avait appartenu à un officier de la police allemande. Il m'a montré le poinçon en forme d'aigle, gravé sur le canon. Et il m'a expliqué qu'on l'appelait « pistolet triangle », à cause de sa forme.

— Comment tu sais tout ça ?

— Mon oncle avait le même, a répondu Luca.

Le frère de son père. Celui qui avait été blessé à Alger, en mars 1962. Pendant une manifestation, il avait forcé un barrage de l'armée. Ils lui ont tiré dans le dos. Deux balles, rue d'Isly, sur les marches de la grande poste. Quand sa femme a été prévenue, elle a demandé à Luca de la débarrasser du pistolet. Il l'a démonté, comme son oncle le faisait. Il a pris son vélo, caché les pièces dans un sac, et les a jetées partout dans Oran. Le chargeur et le percuteur près de la place d'Armes. La carcasse et la crosse place Klébert. La culasse, le canon, les ressorts, la queue de détente, les vis et tout le reste dans l'eau du port.

Voilà. C'était pour ça que Luca connaissait le pistolet de mon père.

Il a glissé l'arme dans son étui, fermé la languette de cuir et me l'a tendue.

Quelque chose était cassé. Son histoire était incroyable. Je me suis demandé si Luca n'appartenait pas à une autre organisation. Qu'est-ce que je savais de lui ? Pas grand-chose. Il était rapatrié, il était grand, fort, il parlait peu. Ce jour-là, j'ai appris qu'il connaissait les armes. Qu'il avait déjoué la police. Jamais il ne s'en était vanté. Il a manœuvré le pistolet comme s'il retrouvait un vieux copain. Je me croyais instructeur, et je n'étais qu'élève.

Je n'ai plus compris ce que nous faisions là, dans la chambre de mes parents. J'étais pressé d'en finir. Je lui ai montré le béret rouge, les médailles. Et une paire de menottes.

— C'est pour faire des prisonniers, j'ai dit mollement.

Il n'a pas relevé. Alors j'ai tout remis en place, soigneusement, laissant dépasser le journal du haut de la pile, comme il l'était lorsque nous étions entrés. Mon père laissait des pièges. Un morceau de papier en équilibre sur la poignée de porte, une chemise légèrement décalée par rapport à la pile, un peu de farine sur le volant de sa voiture.

Et puis j'ai sorti mon costume gris perle, protégé par sa housse. Ma mère l'avait rangé de son côté, entre ses robes et ses gilets. Elle me l'avait acheté pour ma communion solennelle. Je ne l'avais mis qu'une fois. Mon père s'était moqué de moi. Sur le cintre, il y avait ma chemise blanche et mon nœud papillon argent. J'ai ouvert le sac de toile, faisant glisser la fermeture Éclair.

— C'est le costume que je porterai à ton mariage.

Luca, bouche grande ouverte.

— C'est dingue !

— Il te plaît ?

Il a répondu oui, très vite. S'il pouvait avoir le même ? Bien sûr. Avec la même chemise et ce nœud papillon brillant. J'allais le ranger dans l'armoire, mais il a insisté pour le regarder encore. Et le toucher. Passer sa main dans le jabot de la chemise. Faire claquer l'élastique du nœud papillon. Cette fois, il ne maîtrisait rien. Il était à l'aise avec l'acier, pas avec le satin. J'avais repris le contrôle. Il était impressionné, silencieux. Il caressait de saintes reliques.

Il était tard. J'avais peur que mes parents reviennent. Je suis allé à la fenêtre, dans l'angle, près du rideau, pour surveiller le parking vide. Dans mon dos, Luca a poussé un petit cri. Mon père collectionnait les mignonnettes d'alcool.

— C'est pour les invités, disait-il.

Nous ne recevions personne. Mais les bouteilles étaient rangées par ordre de grandeur, derrière la vitrine d'un bar roulant.

— On trinque ? il a demandé.

Je ne savais trop. S'il manque une bouteille, personne ne le verrait. Il y avait du whisky, du rhum, du cognac, du Saint-Raphaël.

— Whisky Vat 69, j'ai dit.

J'ai tourné la capsule. Elle était déjà ouverte. J'ai bu, j'ai craché.

— C'est du vinaigre !

— Il est trop vieux ? a rigolé Luca.

Non. C'était du vrai vinaigre. J'ai couru à la cuisine me rincer la bouche et prendre une éponge. J'ai nettoyé la tache sur le parquet. J'ai ajouté de l'eau dans la mignonnette avant de la reposer au milieu des autres.

— On s'en va, j'ai dit.

Luca était déjà à la porte.

Je me suis rapproché du minibar. J'ai manqué d'air. Toutes les bouteilles avaient été ouvertes. Dans l'une d'elle, de l'huile paressait en surface, mélangée à de l'eau. Mon père collectionnait les vinaigrettes.

*

Ensuite, j'ai laissé faire le temps. Novembre, jour après jour. Je n'en pouvais plus de John, de Frenchie. J'étais fatigué des regards de Luca par-dessus son épaule. Des messages qu'il me passait en cours, avec OAS dessiné au milieu d'un soleil. Je redoutais ses questions, sa façon de m'entraîner dans un coin de la cour pour me demander encore et encore sa carte d'agent secret.

Un soir, je lui ai montré une fille, de loin. Je l'avais remarquée plusieurs fois, rue des Faveurs. Lorsqu'il pleuvait, elle portait un ciré noir et des collants de couleur. Personne ne s'habillait comme elle. Un jour, je l'ai suivie jusqu'au collège Sainte-Thérèse. Comme ça. Pour ses jambes bleues.

— Brigitte, j'ai dit, doigt tendu.

Elle traversait une rue, loin devant nous. Collants gris, cheveux blonds. Une image de plus. Il a voulu courir à sa rencontre. Je l'en ai empêché. La fille du chef était protégée. Personne ne pouvait l'approcher comme ça.

— Même moi ? il a demandé.

Oui, même lui. Je l'ai accompagné à son trolley. Il était triste et sombre. Il avait peur, aussi. Tuer de Gaulle, se marier, il n'en dormait plus. Il avait maigri. Deux fois, il avait frappé des petits dans la cour. Il avait insulté un surveillant. Menacé le professeur d'histoire.

— Vous ne savez pas qui je suis !

Il passait des heures à l'infirmerie. Maux de ventre, de tête. En sortant du réfectoire, il avait vomi. À la fin du mois de novembre, ses parents avaient été convoqués par le psychologue scolaire.

— Tiens bon, je lui avais dit.

Ses notes baissaient, les miennes aussi. Je ne comprenais plus rien aux mathématiques. Je n'apprenais ni mon histoire ni ma géographie. J'avais maquillé mon carnet scolaire. Puis je l'avais perdu. Je gagnais du temps.

Tout irait mieux après la mort du Général. Ce jour-là, j'aurais le vélo promis. Je dirais à Luca que notre mission était terminée. Que le chef était en fuite. Que sa fille s'était sauvée en Amérique. Qu'il fallait tout oublier, et repartir à zéro. Il serait un peu triste, au début. Puis il penserait à autre chose. Il serait content même, je crois. Soulagé de ne pas avoir tout quitté. Et moi aussi. Je retournerais à la cave pour jouer au vampire, il prendrait son trolley assis contre la vitre.

Jamais il ne parlerait. Jamais. Ce serait un secret entre nous pour la vie.

Au début du mois de décembre, mon père m'a emmené sur les quais pour voir mon vélo. J'en rêvais depuis le premier jour. Il était de marque Laguin, construit au Havre, avec une plaque de potence aux couleurs du drapeau italien. Rouge vif, mon vélo. Les garde-boue argent, avec les pneus et le guidon blancs. La selle était épaisse, les cale-pieds solides. Il y avait un porte-bagages, des rayons brillants, une trousse de secours et un phare jaune.

— À la mort du salaud, il sera à toi, a chuchoté mon père.

Il a demandé à l'essayer. J'ai eu le droit de m'asseoir sur la selle. De faire un tour de magasin, le vendeur derrière moi. Oui, bien sûr que je pouvais actionner la sonnette. Un coup de pouce. Un coup de cristal.

— Noël se prépare ? a souri le vendeur.

Mon père a fait la moue. Il s'est agité. Noël ? Une fête ridicule. C'était bon pour les femmes. D'ailleurs, c'était ma mère qui s'en occupait à la maison. Non. Ce cadeau célébrerait une occasion spéciale. Un jour exceptionnel, qui serait fêté dans la France entière. Le vendeur ne comprenait rien. Il restait bras ballants. Il a demandé si on voulait mettre une option sur ce vélo. L'article se vendait bien. Et il n'en restait que quatre en magasin. Nous pouvions laisser un nom ? Un numéro de téléphone, peut-être ?

Mon père a eu un geste excédé. Certainement pas. Il reviendrait le 2 janvier et ce vélo serait toujours là. Il n'avait aucune crainte à ce sujet.

— Juste une question.

Il a pris un air mystérieux. Regardé vers la porte et baissé la voix. Il voulait savoir s'il pourrait payer en liquide. Et en dollars. Le vendeur a appelé son chef. En dollars ? Il a ri. C'était inhabituel, mais c'était une monnaie comme une autre, non ? Mon père a hoché la tête. Il a caressé le vélo.

— Regarde-le bien. La prochaine fois, tu repars avec.

J'ai décrit le vélo Laguin à ma mère, sa couleur, sa selle dure et souple à la fois, sa sonnette argentée. Elle a haussé les épaules. Elle préparait une omelette.

— Bats plutôt les œufs au lieu de rêver, elle m'a dit.

À table, j'en ai encore parlé. Je mendiais le regard de mon père. Il mâchait ses œufs, bouche ouverte.

— Qu'est-ce que c'est que cette histoire ? a demandé ma mère.

Mon père a levé une main impatiente.

— S'il passe en troisième l'an prochain, il aura un vélo.

J'ai lâché ma fourchette. Bruit de ferraille sur le carrelage. Regard mécontent de ma mère. Mon père n'a rien dit. Il a sifflotté et quitté la table pour s'enfermer dans sa chambre. Le lendemain, le jour d'après et tous les jours encore, il n'a plus parlé de rien. Il entraînait son rebelle, c'est tout. Le vélo, de Gaulle, l'OAS, Ted même, avaient déserté l'appartement.

Alors je me suis dit que c'était la procédure. On parle des choses tant qu'elles n'arrivent pas. Et lorsqu'on est sur le seuil, au moment de faire le pas, on se tait.

10.

Le parachutiste

Avant même d'être interdit de judo, je n'y allais plus. Je ne supportais pas les remarques, les regards, la dame de l'accueil qui agitait mon rappel de cotisation.

— Ce con de Gabalier ! disait mon père en parlant de mon maître.

Les combats ne m'intéressaient plus. J'étais trop léger. Un judoka utilise la force de l'adversaire pour le déséquilibrer, mais au sol, je ne pouvais rien. Et je n'aimais pas montrer mes pieds. Alors je partais de chez nous sans rien dire, kimono entouré dans la ceinture orange, et j'allais au musée des Beaux-Arts.

J'avais rendez-vous avec saint François d'Assise. Je savais tout de lui. Fils d'un riche marchand, tombé très malade, destiné à la chevalerie, à la gloire, à la guerre, il rencontre l'Évangile. Et il quitte son père pour le Notre Père. À vingt-quatre ans, devant le tribunal qui le déshérite, il rend aux siens ce qui lui reste. Il se dépouille de ses vêtements. Il est nu devant tous. Il devient pénitent, mendiant, missionnaire. Il est humble parmi les lépreux. Et c'est lui, peint

159

en 1645 par Francisco de Zurbarán, que je visitais presque chaque semaine. Lui, et lui seul.

Au début, je restais sur le banc face au tableau, mon carnet et mes crayons gras sur les genoux. Mais j'étais trop loin. Un jour, je me suis assis en tailleur sur le sol, juste sous la toile. La salle était déserte. Le gardien me connaissait. Il m'a regardé. Il était embarrassé. Il a jeté un bref regard tout autour, et puis il a souri. Rien d'autre. J'ai continué de crayonner. Tous les jeudis de judo, je me suis assis face à François, sans en demander l'autorisation.

La première fois que je l'ai vu, je n'ai rien pu faire. Je me promenais dans les salles pour tromper le temps. Je griffonnais le rictus d'un Daumier, le Pont au Change peint par Grobon, la folle de Géricault, mais devant lui, j'ai renoncé. J'ai fait quelques pas en arrière, cogné mes mollets contre le banc. Je me suis assis, mon crayon inutile. Dans ce tableau, aucune autre couleur que le brun. Un camaïeu de sable et de pauvre. Un froc, d'ombres et de lumière, qui recouvre ses pieds et dissimule ses mains. Une capuche couvre sa tête. Son visage apparaît dans la lumière dorée. Sa peau est de même tristesse que la bure, que le mur, que le sol, entre ocre jaune et terre de Sienne. Il a les yeux levés, les lèvres ouvertes. Il voit ce que personne n'a jamais vu. Il prie. Il murmure des choses pour se donner du courage. Parfois, je suis certain qu'il a peur, comme moi avant les coups. D'autres fois, qu'il est terriblement heureux.

La semaine suivante, je suis revenu voir François d'Assise. Puis encore celle d'après. J'avais échangé un porte-clefs Seb contre des pastels jaunes et marron. Je me suis attaqué à la longue silhouette, qui occupe presque tout le tableau. Pas de détail, une impression. Donner vie au gisant dressé. Le mouvement est venu plus tard. La lumière dans le regard, la cassure de l'étoffe à la saignée du coude, le drapé, la corde, l'ombre à droite, cette impression de voûte. Aussi, j'ai voulu rendre au tableau ses années et ses rides, les craquelures de son vernis. Mais je n'étais pas content, jamais. Sous mes traits, son visage n'avait ni beauté, ni douleur, ni joie. Son regard qui voit ne regardait rien. Tout était trop doré, trop sépia, pas assez obscur. Sans grâce.

Le jeudi 20 décembre 1962, j'ai rayé ma page de dessin. Une fois encore. Je ne déchirais rien, je rayais. C'était le troisième cahier que j'utilisais pour copier Zurbarán. Je me suis demandé pourquoi. Pourquoi ce peintre-là. Pourquoi François d'Assise. La veille, j'avais reçu un duplicata de mon carnet de notes perdu, à rendre signé le 4 janvier, de retour au collège. Je n'avais la moyenne nulle part, sauf en dessin. Il ne restait plus qu'un jour de cours. Une fois encore, j'ai essayé de rendre leur émail aux dents du saint, qui brillent étrangement, frappées d'une clarté pâle.

Le bulletin trimestriel était caché sous mon matelas. J'avais décidé d'attendre la mort du général de Gaulle pour le donner à ma mère. Douze jours à patienter et tout serait effacé. J'avais convoqué Luca le lendemain, à la sortie, pour lui donner les dernières consignes. Il fallait qu'elles soient impossibles à tenir. Tellement effrayantes qu'il renonce de lui-même. En rentrant, j'ai fait la pire des listes pour la pire des missions. Je l'ai lue, relue. J'ai su que mon ami serait terrorisé par ce que le chef exigeait de lui. Il allait trembler, pleurer peut-être, puis s'excuser, renoncer. Et moi, je lui pardonnerais. Avant de dormir, j'ai rejoué dix fois ce geste magnifique. John et Frenchie, lui me demandant si je ne lui en voulais pas trop, moi posant ma main sur son épaule et répondant en souriant.

— Non, pas trop.

Et il serait ému, délesté d'un poids terrible. Il apprendrait la fin du traître à la télévision. Il serait vengé de chez lui, sans avoir à courir devant un sifflet de police. Il n'aurait plus rien à craindre. Et je ne lui en voudrais pas. Je le jure ici devant saint François d'Assise. Jamais je n'en voudrais à Luca Biglioni.

*

Toute la matinée, Luca a quêté mon attention. Nous devions nous retrouver après la cantine, derrière la grille. À peine le temps de lui remettre sa feuille de route avant de retourner en cours pour les dernières heures. Dans le tiroir de la cuisine, sous le passeport de monsieur Alonzo, j'avais trouvé du papier à lettres et des enveloppes. J'ai recopié la liste des choses que

Luca avait à faire et j'ai tamponné la feuille avec le bouchon d'aspirine.

Je savais. J'avais imaginé son visage comme ça. Près de la grille, j'ai passé l'ordre de mission de mon manteau au sien.

— Va lire aux chiottes.

Il n'est pas resté longtemps. Deux, trois minutes peut-être. Quand il est ressorti, il avait les yeux immenses. Il tremblait en venant vers moi. Tout était comme je l'avais imaginé. Lèvres sèches, regard perdu. Il avait les yeux rouges, il s'était passé la main dans les cheveux. Je savais qu'il se mettrait de l'eau sur le visage. Et qu'il me tendrait la lettre en secouant la tête.

Il ne me l'a pas rendue.

J'avais la main tendue, ouverte, prête à lui dérober ce cauchemar. J'étais prêt à tout entendre. Que c'était trop pour lui, qu'il n'en avait plus le courage, qu'il craignait d'être interrogé, torturé, emprisonné, tué même. Mon sourire d'ami était à sa disposition. Et aussi mon pardon, l'oubli, le retour aux jours sans peur.

Mais nous sommes rentrés en cours. Et il a gardé la lettre avec lui.

À la sortie, je lui ai demandé qu'il l'apprenne par cœur et qu'il me la rende. Je ne voulais pas qu'il la montre à son père, aux professeurs, à des copains. J'ai senti le danger. Ce document était la seule preuve qui pouvait relier Luca aux amis de papa, à l'OAS, à la mort du Général. Et à moi. Nous marchions vers l'arrêt de son trolley. Il relisait une dernière fois. Il bougeait ses yeux, ses lèvres. Il dévorait chaque mot comme s'il le mâchait.

— Promets-moi de ne jamais parler de l'Organisation, m'avait dit mon père.
Je l'avais regardé.
— Jure.
J'avais levé la main.
— Dis : je le jure jusqu'à la mort.
J'avais répété.
— Crache.
J'avais craché.

Lorsque le bus est arrivé, Luca m'a tendu la lettre.
— C'est bon, je vais tout retenir, il a dit.
Je la lui ai presque arrachée.
— Promets-moi de ne jamais parler de l'Organisation.
Luca m'a regardé.
— Dis : je le jure jusqu'à la mort.
Alors il a levé la main, juré jusqu'à la mort.
— Crache.
Il a craché dans le caniveau.
— C'est toi qui auras l'honneur de faire feu, j'ai dit.
Il a ouvert une bouche immense. Le bus arrivait.
— Moi ?

Oui, toi, Luca Biglioni. Parce que tu es un rapatrié, un pied-noir. Parce que tu viens d'Oran et que tu es en colère. Parce que de Gaulle vous a tout pris, à toi et à ta famille. Parce que ton père a brûlé sa quincaillerie, et aussi tes vêtements, tes jouets. Parce que tu es sicilien, et qu'un Sicilien, ça n'oublie rien, et ça se venge. C'est même toi qui m'as demandé de le dire au chef, Luca, tu te souviens ? Je lui ai dit, Luca. Il a été touché. Sa fille aussi. C'est même elle qui a eu l'idée.

— L'idée ?

— Et si c'était Luca qui tuait de Gaulle ? elle a demandé.

Et les autres ont hoché la tête. Tu vois, comme dans les films. Quand des gens importants sont d'accord mais qu'ils n'applaudissent pas. Tu vois ?

Luca voyait. Il serrait son cartable contre son ventre. C'est lui qui allait tirer. Le 1ᵉʳ janvier 1963, Luca Biglioni laverait l'affront fait à sa terre.

— Alors j'aurai un pistolet ?

C'était une supplique, pas une question.

Bien sûr il aurait une arme. Il la connaissait bien, pour l'avoir tenue dans sa main. Il avait même posé avec devant le miroir.

— Le pistolet de mon père.

J'ai lâché ça comme ça. Pour ajouter à l'infaisable.

— Le Mauser, il a murmuré.

Et puis on s'est étreints. Comme deux conjurés avant le peloton.

— L'OAS est fière de toi, j'ai murmuré à John.

Il tuerait de Gaulle le 1ᵉʳ janvier. Et son mariage avec la fille du chef était prévu le samedi 5 janvier.

— Ça se passera où ?

L'attentat ? Il le saurait le jour même.

— Et le mariage ?

Il aurait lieu dans le Beaujolais, en Espagne ou en Amérique. Le chef ne savait pas encore. Mais lui n'avait à se préoccuper de rien.

Il a secoué la tête. Il voulait participer.

— Je viendrai avec les alliances, je sais où les trouver.

J'ai souri.

— Accordé.

Monté dans le trolley, il s'est mis contre la fenêtre. Il a posé son index et son majeur en salut sur sa tempe. Il a souri. Puis m'a fait une grimace d'enfant.

Je ne suis pas monté chez moi tout de suite. Je ne voulais pas rentrer avec le message. Le bac à sable était désert, comme les allées d'immeubles. La cave aussi était vide. J'ai allumé la bougie, je me suis assis sur le matelas. J'ai relu.

La mort de Charles de Gaulle avait été planifiée pour le 1ᵉʳ janvier 1963, à 11 heures. Les neuf hommes participant à l'opération seraient consignés chez mes parents dès la veille, avec interdiction de ressortir ou de communiquer avec qui que ce soit. Chaque membre du commando avait reçu un ordre individuel. Les consignes pour John étaient les suivantes :

166

— Préparer une petite valise avec du linge sombre pour trois jours.

— Prendre tout l'argent liquide caché par ses parents.

— Voler leur chéquier.

— Dérober leurs cartes d'identité pour en établir de fausses.

— Détruire son bulletin scolaire et tous ses papiers officiels.

— Prendre un couteau.

— Couper les fils du téléphone et de la télévision.

— Crever les pneus de la voiture du père pour qu'il ne nous poursuive pas.

— Laisser une lettre d'adieu, sans autre explication.

— Prendre une chemise blanche pour le mariage.

— Être le 31 décembre, à minuit pile, devant la brasserie Georges.

— Et là, attendre les instructions.

J'ai lu, et relu, et relu encore. Jamais Luca ne ferait tout ça. C'était ridicule, impensable, impossible. Luca avait fait le malin, avec ses airs de plus vieux. Il apprend les ordres par cœur, il me rend la lettre, il me salue depuis le trolley. Et puis quoi ? Hein ? Il fait quoi, ensuite, Luca ? Eh bien il rentre chez lui, Luca ! L'arbre de fête clignote au salon, ses frères, ses sœurs, la vie de son appartement, le bruit de la télé, le sifflement de la cocotte-minute, le rire de sa mère, son père qui rentre du magasin. Leur premier Noël en métropole. Il ne va pas gâcher ça, Luca ! Il va oublier Choulans, les ordres, la fille du chef, de

Gaulle qui va mourir. Tout, il va oublier, Luca. Il va aider à mettre la table où l'on parle fort. Il va vérifier une fois encore que le petit Jésus est bien dans le tiroir de la commode, attendant le minuit de Noël pour retrouver la paille, l'âne et le bœuf. Et il va se coucher, Luca. Il va regarder le froid de la France par la fenêtre, puis il va s'endormir dans la chaleur des siens.

— Et là, attendre les instructions.

J'ai souri, je crois. Je n'avais plus la barre dans ma poitrine. Il n'y aurait jamais d'instructions parce qu'il n'y aurait pas de Luca. À minuit, le 31 décembre 1962, les clients de la brasserie Georges lèveraient ensemble leurs verres à la nouvelle année. Il y aurait du jazz, des confettis, des langues de mirliton, des chapeaux pointus sur les têtes. Il y aurait des loups colorés pour masquer les visages. Il y aurait des chansons, des baisers, des rires. Et aucun enfant sur le trottoir de nuit, à attendre des instructions. J'ai ri. Jamais mon père ne saurait que je l'avais trahi. Luca n'aura jamais existé. Biglioni ? Un nouveau pas très commode, plus grand, plus fort que nous. Il rentre d'Algérie. Il a un accent. Personne ne le connaît vraiment. Moi ? Un peu. On a parlé de tout et de rien. C'est un pied-noir. Ça, je le sais. Et il veut retourner à Oran pour retrouver son copain Larbi, et aussi sa maison. J'ai ri. J'ai relu le menu du réveillon à voix haute, et j'ai ri. Couper les fils du téléphone, crever les pneus de la voiture. Jamais, sur la terre entière, personne n'avait lancé un tel défi.

J'ai découpé la feuille en copeaux, et puis je l'ai mangée. J'ai mâché l'ordre de mission, la pâleur de Luca, sa peur et sa bravoure. J'ai recraché les boulettes une à une, partout dans la cave, comme un oiseau de nuit régurgite ses proies. En rentrant à la maison, j'avais le cœur léger. La mort du général de Gaulle resterait à jamais entre mon père et moi.

*

Le matelas n'était pas une bonne idée. Mon père a fouillé ma chambre, et il a trouvé mon bulletin. Il l'a découvert le 24 décembre au matin, lorsque je faisais ma gymnastique.

— Debout, rebelle !

J'ai sursauté. En me levant, j'ai entraîné mon drap, mes couvertures et un peu du matelas. Le carnet pendait. J'ai cessé de respirer.

Je battais des mains, droit devant. Les jambes, les cuisses. Culturiste à la gomme. Mais mon père a senti quelque chose. Ma tête tournée sans cesse vers le lit, mes gestes sans force, mon front de peine. Il a accroché mon regard inquiet. Il s'est glissé entre mes yeux et le bulletin. Il l'a vu. Il a compris.

— Tu me caches quelque chose ?

J'étais comme d'habitude, torse nu, pieds nus, en slip. Il a arraché le cahier de sous le lit. Je me suis couché par terre, roulé en boule, tête protégée par les

169

bras, genoux collés au torse. J'ai fermé les yeux. Il a appelé ma mère.

— Le con a encore fait des siennes !

Il lisait à voix haute, répétait mes notes faméliques.

— Je peux venir ? a demandé ma mère.

— Je vais le tuer.

Il avait la voix calme.

Ma mère est entrée, son tablier de mère noué autour de la taille. Mon père lui a jeté le bulletin au visage, comme si elle en était responsable.

— Lis !

Elle a remis les pages en ordre. Lui debout, bras croisés. Elle découvrant le désastre. Moi couché, en enfant à naître. Elle a lu.

— À voix haute ! Plus fort !

Alors elle a lu. Comme on montre son jeu. Un 5, un 3, un 6, des cartes sans importance. J'avais 19 en dessin. Les autres notes étaient négatives. J'attendais les coups. Ils ne sont pas venus. Pas tout de suite. Mon père m'a enjambé. Il a laissé son pied heurter violemment ma hanche. J'ai ouvert les yeux. Ma mère regardait vers le couloir.

— Toi alors, a-t-elle dit.

Je me suis assis, torse nu, en slip. J'avais froid. Je me suis adossé au mur. Ni ma mère ni moi n'osions bouger. Ma chambre m'a paru minuscule. Nous l'occupions à deux. Il n'y avait plus de place pour un père en plus.

Et il est entré, le père. Il tenait dans ses mains un paquet-cadeau. Ma mère a pâli. Elle a quitté la pièce en le bousculant.

— Tu restes là, la vieille ! a grondé son mari.

Mais elle est retournée dans sa cuisine. Et n'est pas revenue.

J'étais assis, mon père debout.

— Tu sais ce que c'est, ça ?

Il hurlait.

— Tu le sais, sale con ?

Je savais, oui. Je me doutais. J'avais peur que ce soit mon parachutiste. Depuis un an, il était dans la vitrine du bazar, au bas de notre rue. Vieilli par le soleil, couvert de poussière, grand comme mon avant-bras, parachute plié dans son dos, il s'était peu à peu affaissé entre les quilles et les ballons. Ma mère s'était renseignée sur ce jouet. Son prix, son fonctionnement, sa solidité. Il se lançait en l'air avec un lance-pierre. Et son parachute s'ouvrait dans le ciel, une toile plastique grise et ronde, avec un trou au milieu.

C'est le seul cadeau que j'espérais pour Noël.

— Un parachutiste comme moi ? C'est bien, avait lâché mon père.

Mon Noël, mon rêve d'un an. Mon père le tenait comme on étrangle. Il a arraché le ruban rouge. Il a déchiré le papier-cadeau avec rage, jetant les morceaux tout autour de moi.

Mon parachutiste.

La vendeuse lui avait donné un coup d'éponge. Il était de plastique raide, pantalon passé dans les bottes, coudes serrés contre les flancs et les mains jointes sous

171

son menton. Il portait un casque, comme les casques de moto, et des lunettes larges. Il n'était pas peint, gris de moulage. Sans nuance, sans reflet, sans relief. Une coque passée au terne.

Mon père l'a levé à hauteur de ses yeux, bras tendus. Il tenait la tête dans sa main droite et les bottes dans la gauche.

— Tu t'es bien foutu de nous, petit con !

Je ne disais rien. Je regardais mon cadeau. Dans les mains de mon père, il était chétif et miséreux.

— Hein ? Tu t'es bien foutu de ta pauvre mère !

J'ai attendu. Il allait le briser. Je savais. Il savait aussi. Ce n'était qu'une question de cruauté. Et puis il l'a fait. D'un geste, comme on brise une branche, un dimanche de forêt, il l'a cassé en deux. Il n'a ni hésité, ni forcé. Gueule tordue, regard fou. Un seul geste. Un coup de feu. Des éclats de plastique ont frappé mes jambes et ma main. Puis il a ouvert la fenêtre et a jeté le parachutiste dans la rue, comme un soldat lance une grenade.

Je n'ai pas été battu. Rien. Pas un coup. Ma mère avait acheté un sapin vert en papier brillant, dans un pot en plastique. Autour de ses branches, nous avions passé une guirlande d'anniversaire et accroché nos trois boules de Noël. Mon père a tout arraché. Il a plié le sapin, l'a déraciné et l'a jeté dans le vide-ordures de la cuisine, avec les boules et la guirlande.

— Plus de Noël, finies, ces merdes ! il a hurlé.

J'ai passé la journée dans ma chambre. Avec ordre de marcher. Ni m'asseoir, ni m'allonger, marcher. Et j'ai marché.

— C'est le régime des enfants de troupe, disait mon père.

Dix fois, il a ouvert violemment la porte pour me surprendre. Mais je marchais. Mes parents ont déjeuné sans moi. Bruit de la radio, de leurs couverts. Pas une voix. Le soir, ils ont dîné à la cuisine. Je marchais toujours. Mon sirop m'aidait à respirer. Je n'étais pas en colère. Je marchais parce qu'il le fallait. Vers la fin de leur repas, mon père a éteint la radio. Tino Rossi chantait *Petit papa Noël*. Chaque année, ma mère pleurait en l'écoutant. Comme les Compagnons de la Chanson et leurs trois cloches. Le Père Noël, Jean-François Nicot, les larmes de maman. Mon père n'aimait pas ces chansons. Ce soir-là, il a jeté le transistor sur le carrelage.

Ensuite, il est venu me chercher dans la chambre. La marche était terminée. Toute la journée, j'étais resté en slip et torse nu. Il m'a pris par les cheveux, une grosse poignée près de la tempe. Il m'a emmené dans leur chambre. Il a ouvert la « maison de correction ». Leur grande armoire à glace, celle au pistolet, au béret, au costume de communion. Il a écarté les cintres pour me laisser la place.

— À genoux !

Je savais. À genoux, mains derrière la nuque, visage contre le fond et porte dans le dos. Ensuite, il a fermé la porte à clef. Double tour. Obscurité. Il ne

173

m'a pas brutalisé, pas parlé. Il m'avait rangé là où je devais être.

— Mais pleure, enfin ! disait souvent ma mère.

Elle ne comprenait pas mes yeux secs. Et mon père y voyait un défi. Moi, je n'ai jamais su. Je pleurais de douleur après les coups. De colère, aussi. Mais jamais de détresse. Le désespoir ne faisait pas partie de la sanction.

Mon père s'est couché. Grincement du lit. Puis ma mère. Leurs voix. Ils chuchotaient. La lumière s'est éteinte. Et avec elle le rai sous la porte.

Dans l'armoire, il n'essayait pas de me surprendre. Lorsqu'elle dormait, lorsqu'il ronflait, je m'affaissais contre leurs vêtements. Et aussi, je baissais les bras. Mais je restais à genoux. Je me suis endormi à mon tour.

Au matin, ma mère a gratté le miroir.

— Ça va, mon fils ?

J'ai pensé à sa nuit sur le palier, après le concert des Compagnons de la Chanson. Elle caressait le bois de la porte, moi je pleurais.

— Je ne peux pas t'ouvrir, maman.

— Je le sais, mon fils. Allez, profite de ton lit.

Lorsque j'étais dans la « maison de correction », c'était elle qui ouvrait la porte.

J'entendais sa voix.

— Il peut sortir, non ?

Mon père ne répondait pas. Elle demandait encore, insistait. Les premières fois, elle s'était levée en pleine nuit. Elle me parlait à travers la porte, s'inquiétait. Ensuite, elle a dormi comme lui. Mais au matin, à force, il cédait.

— Tu peux remercier ta mère.

Avant qu'elle ne tourne la clef, je rectifiais ma position. À genoux, bien droit mains sur la nuque. Elle apportait toujours un bol de lait. J'avais jeûné, elle avait peur que je fasse un malaise en allant à l'école. Mon père, lui, restait au lit, sans un mot. Oreiller relevé, mains croisées derrière la nuque, il goûtait ma reddition.

Ces instants étaient les seuls où ma mère m'aidait. Je n'étais pas faible mais je souhaitais l'être. Elle me relevait, ses mains sous mes aisselles. Je me laissais glisser dans ses bras, Pietà de pain d'épice. Puis elle m'emmenait aux toilettes. Elle me débarbouillait. Elle passait un gant tiède sur mon visage, mes yeux, mon nez. Parfois, je n'arrivais pas à ne pas pleurer.

Nous sommes allés dans la cuisine.

— La porte !

Ma mère est retournée sur ses pas, fermer la porte de l'armoire.

Il avait jeté le poulet de Noël dans la poubelle et les papillotes en chocolat offertes par la Société des Transports en Commun. Alors elle ferait des pâtes, avec une bonne sauce tomate. J'avais passé une chemise et un pantalon de pyjama. Je suis allé à la fenêtre. Il avait neigé pendant la nuit. Le bac à sable était

blanc, les haies, les trottoirs, le toit des voitures. J'ai
ôté ma main de la vitre glacée. Sur la buée du verre,
l'empreinte de ma paume faisait comme un cœur.

— Émile ?

Je me suis retourné. Maman avait pleuré. Pas
grand-chose. Rien de trop, comme à son habitude.
Une douleur sur la pointe des pieds. Elle a ouvert
les bras, ce n'était pas son geste. J'ai hésité. Et puis
je me suis réfugié.

— Joyeux Noël, mon fils.

11.

La fugue

Nous n'avons pas eu de fin d'année. Pour le réveillon de la Saint-Sylvestre, j'avais le droit de veiller tard. Mon père et ma mère regardaient la télévision, couchés dans leur lit. Moi, j'étais assis sur le bord, côté maman, à attendre l'heure. Mais cette année-là, rien. J'ai été enfermé dans ma chambre, après une assiette de riz et un carré de fromage fondu.

Mes parents riaient, j'ai eu du mal à m'endormir. Ils regardaient un film avec Fernandel à la télévision.

— Ce con de Fernandel !

Au printemps dernier, nous avions gagné des places de cinéma pour aller le voir dans *La Vache et le Prisonnier*. Il fallait colorier le visage de l'acteur, sur un coupon de jeu paru dans le journal.

— Pourquoi veux-tu que ton fils gagne ? avait demandé mon père.

Ma mère avait eu un geste las.

La presse était vendue. Ses concours étaient truqués. Il n'y avait aucune raison pour que le dessin d'un Émile Choulans soit remarqué par le jury. Et pourtant, il l'avait été. Par la poste, nous avions reçu deux places pour une séance du dimanche après-midi, au Lumina Gaumont. Ma mère m'a applaudi. Mon père a souri. Pendant la guerre, il avait sauvé la vie de monsieur Bertholon, le directeur du cinéma. Pendant que je dessinais, il était passé le voir pour lui souffler mon nom. Voilà pourquoi nous avions gagné. Mon père était ravi.

— Je n'en reviens pas, disait-il.

Mes parents ont vu le film avec les tickets gratuits, et m'ont offert une place demi-tarif pour les accompagner. Mon père montrait le mot « exonéré », tamponné en rouge sur son billet. Il a dit à nos voisins de rangée que s'il le voulait, il pouvait revenir tous les dimanches. Il ne payait jamais. Une dette d'honneur qui datait de la Résistance, entre lui et le patron du cinéma.

Avant que la lumière s'éteigne, il a claqué ma cuisse avec le programme roulé. Il m'a souri. Il était content, fier. Lui et moi avions fait du beau travail.

Mon père a enlevé l'ampoule de ma lampe de chevet. J'étais puni. Il m'interdisait de lire. Alors je regardais les lumières de la rue au plafond, les éclats de phares, les lueurs immobiles d'un jour qui s'achève. Vers dix heures, je ne dormais toujours pas. Des gens passaient en klaxonnant déjà. J'ai décidé de veiller jusqu'à la nouvelle année. Je me suis assis dans mon lit. J'ai gardé les yeux ouverts. Quand même, je voulais ressentir le passage.

À minuit, pour la Saint-Sylvestre, il n'y avait jamais de bruit dans l'appartement. Les autres années, mon père ouvrait la fenêtre du salon pour entendre la ville. Une rumeur montait des immeubles, des cris, des rires. L'an dernier, j'avais même été autorisé à me relever. La neige était tombée. Un peu, comme pour blanchir le haut des arbres morts. Ma mère avait placé son bras autour de mes épaules, contre le froid. J'étais en pyjama, avec eux dans le salon éteint, à écouter les autres.

J'ai ouvert la fenêtre de ma chambre. L'hiver m'a mordu les joues. Le bac à sable était désert, le lampadaire orangé. La pluie avait abîmé la neige, soupe grise. Ni bruit, ni joie. Un chagrin de dimanche soir. Alors je suis retourné au lit. Je me suis couché en boule, comme roulé sous les gifles. Et je me suis endormi.

Coup de poing dans le ventre. La sonnette de l'entrée. Un bruit métallique, strident, violent comme une décharge. Encore. Une sonnerie longue, insistante. Et puis des petits chocs contre la porte. Ce n'était pas mon rêve. Je me suis dressé. J'étais bouillant, les draps en sueur.

— C'est quoi cette merde ?

La voix de mon père. Il ne s'était pas levé.

Traînement de savates. Ma mère dans le couloir.

— Qui est là ? Qu'est-ce que vous voulez ?

Elle n'a pas ouvert, elle parlait à travers la porte.

Une réponse étouffée, lointaine. Une voix familière. J'ai manqué d'air. J'ai tendu la main vers mon sirop. Je me suis assis dans mon lit.

— Et qu'est-ce que vous lui voulez, à Émile ?

J'ai caché ma tête entre mes coudes, mains sur les oreilles.

— Qu'est-ce que c'est encore que cette histoire, elle a grogné.

Elle n'ouvrait toujours pas.

— Mais vous avez vu l'heure ? Allez-vous-en !

J'ai regardé mon horloge.

Ma mère a fait demi-tour. Ses pas rapides dans le couloir. Elle a ouvert ma porte, s'est approchée pour parler bas.

— C'est un de tes copains de collège.

Ma mère, son haleine de nuit, son inquiétude brute, animale. J'étais debout.

— Un copain ?

J'ai fait la moue. Je frissonnais sous son regard.

— Quel copain ?

Nouvelle sonnerie.

Ma mère m'a pris le bras.

— Il dit que vous aviez rendez-vous à la brasserie Georges.

— Rendez-vous ?

J'ai exagéré la surprise. Mon visage, mon regard, mes mains.

— Tu as des ennuis ? Je ne veux pas d'ennuis, tu m'entends !

Des ennuis ? Mais pas du tout, maman. J'ai souri comme on grimace. J'ai agité la tête, roulé des yeux, ouvert mes bras d'impuissance. Quels ennuis ? Pourquoi parles-tu d'ennuis ? J'étais grotesque. Je mourais.

— Explique-toi !

Elle m'a secoué. Je me suis débattu. J'ai arraché ma chaîne de baptême. J'ai couru vers l'entrée. Elle était figée, mains sur la bouche.

— Dis-lui de partir, je t'en supplie !

Elle a allumé le couloir.

— C'est quoi cette connerie ? a grogné mon père.

— Un copain d'Émile.

— Un copain de qui ?

Je suis arrivé à la porte. Mon père se levait lourdement. Il dormait en pyjama. Le temps d'enfiler ses savates de cuir.

Luca était là, sur le palier. Visage tourmenté, cheveux de pluie, valise à ses pieds. Je l'ai ramassée. Plaquée contre lui avec violence.

— Tout est découvert !

J'ai murmuré ça comme ça. En faisant des gestes d'épouvante. Il était bouche ouverte. Je battais l'air, il ne bougeait pas.

J'ai commencé à refermer la porte.

— La police est partout ! Elle cerne le quartier ! Va-t'en !

La minuterie s'est éteinte. Il a gémi.

— Choulans...

Je l'ai repoussé brusquement, à deux mains.

181

— L'Organisation est tombée ! Sauve-toi !

Il m'a regardé, livide. J'ai claqué la porte sur la peur de Luca. Il s'est sauvé. Il a dévalé nos escaliers, il a glissé, il est tombé, il s'est relevé. Sa respiration folle, ses petits cris. Sa course sur le gravier. Dans la rue. La lumière s'est éteinte. Mon cœur cognait. Ma mère avait entendu. Mon père arrivait derrière elle. Mauvais, gueule glaciale, dépeigné par le sommeil et les poings fermés.

— Qu'est-ce qui se passe ?

— C'était un ami d'Émile, elle a chuchoté.

Il a regardé vers la fenêtre.

— Et qu'est-ce qu'il venait faire ici, à 3 heures du matin ?

J'avais mis les bras devant mon visage. J'avais envie de vomir. Le néon du couloir me blessait les yeux.

— Il est venu me rendre ma chaîne.

Mon père m'a regardé, prêt à frapper.

— Quelle chaîne ?

J'ai ouvert ma main droite. Ma chaîne de baptême, avec Marie en pendentif.

Mon père l'a regardée, m'a regardé, a regardé ma mère.

— Qu'est-ce que c'est que cette histoire de chaîne ?

Il a donné un coup de poing dans le mur.

— C'est quoi encore que cette connerie ?

Ma mère se noyait. Elle m'avait vu l'arracher de mon cou, j'en étais certain. Elle ne m'avait pas quitté des yeux, de ma chambre à la porte d'entrée.

Mon père a hurlé.

— Personne ne se couche avant que je sache la vérité !

Il m'a fait mettre à genoux, mains derrière la nuque.

— On ne me prend pas pour un con, moi !

Une baffe pour assommer. Ma tempe, mon oreille.

— Qu'est-ce qu'il est venu foutre chez moi en pleine nuit ?

— Il est parti de chez lui, j'ai répondu en pleurant.

Ma mère, mon père, mes juges dans le couloir étroit.

— Quoi ?

— Il m'a dit qu'il quittait ses parents. Et il a voulu me rendre ma chaîne.

— Comment ça, il quitte ses parents ? a demandé ma mère.

— Je ne sais pas. Il s'en va. C'est tout ce que je sais.

Mon père s'est raclé la gorge.

— Et toi tu lui avais donné ta chaîne ?

Mes bras frissonnaient. J'avais froid. Mal aux genoux.

— Oui, elle était cassée.

Ma mère ne quittait pas mes larmes.

Mon père a croisé les bras.

— Vas-y, recommence. Tu peux répéter cette connerie ?

J'avais cassé ma chaîne à l'école. Biglioni avait tiré dessus pour jouer. Son père est quincaillier, et un peu bijoutier. C'est son métier de réparer les chaînes, alors il m'a proposé de le faire avant que vous ne vous en aperceviez.

Un nouveau coup, du revers de la main. La lèvre, le nez, la pommette. Je me suis cogné la tête contre le mur. J'ai glissé. Je suis tombé en arrière.

— Conneries !

— C'est vrai ! J'avais peur de me faire punir alors il l'a apportée chez lui !

— Donne !

Mon père, main tendue. J'ai glissé ma chaîne en tremblant dans sa paume. En l'arrachant, j'avais cassé le fermoir. Il l'a examiné. Il allait de l'anneau brisé à mes yeux.

— Elle n'est pas réparée ?

— Il n'a pas eu le temps. Il a voulu partir avant.

Mon père m'observait. Il avait une façon particulière d'écouter le mensonge.

— Et partir où ?

Je ne savais pas. Il ne s'entendait plus avec son père. Il ne m'avait rien dit d'autre. Il préparait son évasion depuis des mois.

— Une connerie de fugue, quoi, a lâché mon père.

Il a tendu la chaîne à ma mère.

— Et il s'appelle comment, ce con ?

— Biglioni.

— C'est quoi, ça ? C'est italien ?

Je ne savais pas. Et d'ailleurs, cela ne l'intéressait pas. Mais je ne devais plus fréquenter ce dingue, qui sonnait chez les gens en pleine nuit. Et je n'avais plus le droit de lui parler.

— C'est clair ?

J'ai hoché la tête. C'était clair.

— Jamais, c'est bien compris ?

Encore, ma tête, mes yeux. Oui, j'avais bien compris.

— Écris au collège qu'on lui interdit de parler à ce con, a-t-il dit à ma mère.

Et il est retourné dans sa chambre, après avoir éteint le couloir.

Restait ma mère et moi, faiblement éclairés par la lampe de l'entrée. J'étais toujours à terre. Dès qu'il a fermé la porte, elle a fait des gestes en tous sens, effrayante de tristesse. J'ai protégé mon visage. Elle m'a giflé à deux mains, les cheveux dans les yeux. La tête, les bras, les épaules. Des petits coups de rien. Elle se défendait, elle se débattait, elle se protégeait du malheur. Elle claquait des dents. Elle ne connaissait rien à la violence.

— Mais qu'est-ce que tu as encore fait !

Et puis elle s'est mise à pleurer. Tristesse, désespoir. Son visage n'était plus le sien. Elle s'est tiré les cheveux, s'est frappé le torse. Je me suis enfui vers la chambre, sa détresse plantée dans mon dos. J'ai fermé la porte. Je me suis assis par terre, entre le mur et le bureau, tête dans les mains. Mes tempes mon oreille hurlaient, mes lèvres avaient un goût de métal. La foule se rassemblait dans ma poitrine pour réclamer ma mort. J'ai essuyé mes yeux d'un revers de manche. J'ai écouté ma mère restée dans le couloir. Le mouchoir tiré de sa manche. Elle a éteint l'entrée, ouvert sa chambre, l'a refermée. Grincement des ressorts de lit. Nous étions le 1er janvier 1963. J'ai fermé les yeux.

Il l'avait fait. Luca Biglioni l'avait fait.

Il avait préparé sa valise, il avait volé l'argent de ses parents, leurs papiers, il avait coupé les fils téléphoniques et ceux de la télévision. Il avait crevé les pneus de l'Aronde de son père. Il avait quitté sa maison. Il avait traversé la vieille ville. Il avait patienté devant la brasserie Georges, sous la pluie. Il avait observé la fête à travers les vitrines. Il m'avait attendu. Une heure, deux heures. Puis il avait marché dans l'autre sens pour recevoir ses instructions. Rejoindre les conjurés dans notre appartement. Il avait surveillé notre étage du trottoir. Tout était éteint. Il s'en était étonné. Il avait examiné les alentours. Il était monté dans les escaliers. Il avait collé son oreille à notre porte. Hésité un moment, le doigt sur la sonnette. Ses doigts tapotant le bois. Il avait entendu la voix de ma mère. Il m'avait vu en pyjama. Ma panique, sa terreur. Lorsqu'il est reparti, il pleurait. Il avait couru jusque dans la rue, redoutant les sifflets de police.

Je me suis glissé dans les draps froids.

Il l'avait fait, mon Dieu. Pour tuer de Gaulle, pour moi, pour Ted, pour le chef, pour sa fille, il avait tout quitté. J'étais dans mon lit. Couché sur le dos, les yeux grands ouverts. Je voyais son regard dans la nuit, la pluie dans ses cheveux, sa valise noire et blanche. Il pourrait être chez lui en une heure. Remettre l'argent là où il l'avait trouvé, et les cartes d'identité. Mais pour les pneus crevés et les fils arrachés, je n'avais pas d'idée. Il faudrait qu'il se débrouille. Je ne savais plus quoi faire de lui. J'ai frissonné. J'étais triste. J'avais tout programmé pour qu'il renonce, et il ne l'avait pas fait. Je ne comprenais pas. Aucun enfant ne quitte sa famille en pleine nuit pour tuer de Gaulle et se marier. C'était idiot, impossible. Plus de cinquante ans après, je n'arrive toujours pas à croire que Luca Biglioni ait pu faire ça.

*

Le soir du mardi 1er janvier 1963, le général de Gaulle était toujours vivant. Le lendemain, nous ne sommes pas allés acheter mon vélo. Je n'en ai pas parlé, mon père non plus. Ni de De Gaulle, ni du vélo. Ma chaîne de baptême a été confisquée. Le dimanche, nous avons eu des frites et du poulet pour le dîner.

— Un bon repas avant la rentrée, a dit ma mère.
— Pour fêter ses bonnes notes ? a répondu mon père.

Il a pris les deux cuisses.

Le transistor était posé sur un coin de table. Chaque soir, à 19 h 15, mon père allumait la radio pour les informations. Trois de ses amis passaient en procès.

« Le colonel de Blignières avait rédigé de ses propres mains une lettre à Salan », expliquait Inter Actualités.

J'ai frémi. Je l'ai regardé. Il croquait son os comme un chien.

« *Cela démontre une collusion profonde de Blignières avec l'OAS.* » Salan, OAS. Mes mots de craie. Ma mère sauçait l'huile de ses frites, mon père ne levait pas la tête. La radio expliquait que le procureur n'avait aucune preuve, mais des présomptions, « *une construction d'esprit basée sur des constatations solides* », disait le journaliste Frédéric Pottecher. Selon l'accusation, le colonel était chef d'état-major de l'OAS en France. Le chef de mon père, qui aspirait bruyamment la moelle et le sang du poulet. La radio parlait aussi du général Vanuxem, qui se faisait appeler Verdun. Frenchie, John, Verdun. Je n'ai jamais connu le nom de guerre de mon père. L'accusation demandait à la Cour de sûreté de l'État de condamner Blignières à « *12 ou 15 ans de prison* ».

Mon père a éteint le poste.

— Ce con de Pottecher, il a dit.

Et puis plus rien. Le silence de notre appartement.

*

À la grille du collège, Legris, Pécousse, Roman, le rouquin. Tous avaient des regards de lundi. Luca n'était pas là. Le professeur principal nous a alignés devant le préau. Il était sorti du bureau du surveillant général, accompagné d'un petit homme en gabardine kaki qui me rappelait quelque chose. Ils se sont arrêtés au milieu de la cour. Ils parlaient à voix basse, en jetant d'étranges regards sur notre pauvre troupe. Le platane n'avait plus de feuilles. On l'appelait le squelette. Les bras tendus vers les étages, il implorait le ciel d'épargner les enfants. Nous sommes entrés en cours de maths, l'inconnu sur nos pas. Sa démarche, son visage. Je cherchais où je l'avais rencontré.

Gestes lents du recommencement. Les cartables, les cahiers, les trousses. Le bureau de Luca était vide. J'ai eu peur. Brusquement, j'ai été certain que le petit homme était venu pour lui. Il ne pouvait pas être de sa famille. J'avais vu son père, un grand type à cheveux noirs, drus. Lui était blond, peigné en brosse. Il nous regardait par-dessus ses lunettes, l'un après l'autre.

— Luca Biglioni ne reviendra plus en classe.

Le surveillant général était monté sur l'estrade.

— Il a fait une très grosse bêtise. Une fugue, comme on dit.

Pécousse m'a regardé étrangement.

— Et il a laissé une lettre, disant qu'il partait se marier en Amérique.

Stupeur. Murmures. Pas un rire. Mon cœur emballé devait s'entendre.

— Mais avant de partir à Chicago, votre camarade a joué les Al Capone.

Je ne respirais plus. Ses yeux, encore. Son effroi. Ses pas dans l'escalier.

— Il a volé de l'argent à ses parents et saccagé leur appartement.

J'avais les poings fermés, les ongles dans la peau.

Le surveillant général est passé dans nos rangs, mains dans le dos.

— Mais voilà. En France, nous avons une police, une justice et des lois.

Je recevais chaque mot comme une langue étrangère.

— Biglioni a été retrouvé deux jours après. Il dormait dans un carton, sur la route de Vienne.

— La police est partout ! Elle cerne le quartier ! Va-t'en !

Legris, livide. Pécousse tourné vers moi. Les autres, au cinéma.

— Biglioni est rentré chez lui entre deux gendarmes. Il va être mis en pension. Mais je veux que cette pitoyable aventure vous serve de leçon.

Le professeur de maths hochait la tête, les sourcils froncés.

Le prochain cours d'instruction civique serait donné au réfectoire, pour toutes les classes. Il porterait sur le vol, la fugue et le respect. Le ciel était noir. Il allait pleuvoir. Les branches du platane chaviraient.

— Mais ce n'est malheureusement pas tout, a ajouté le surveillant général.

Luca tenait un journal clandestin. Les gendarmes l'ont retrouvé dans son sac, avec trois billets de 500 francs, une chemise blanche volée à son frère, les cartes d'identité de ses parents et leurs alliances.

— Et ce qu'il a écrit sur ce cahier nous pose un grave problème.

190

Pécousse, encore. Ses yeux murmuraient quelque chose. Ils m'interrogeaient. Je lui ai souri. J'ai feint le détaché. J'ai lavé mon regard. J'ai offert une étincelle, une transparence. J'ai mimé François d'Assise.

Le responsable du collège s'est tourné vers le petit homme blond.

— C'est pourquoi l'inspecteur Vaujour est parmi nous aujourd'hui.

Mon Dieu ! Le policier au sifflet. Celui qui avait essayé de rattraper Luca en sortant de chez le député Plevy. Celui qui m'avait dévisagé. Qui m'avait couru après. Le blond qui nous avait tendu un piège.

Je me suis tassé. J'ai ouvert mon sirop. J'ai bu. J'ai regardé la porte, la fenêtre, j'ai cherché un moyen de m'enfuir. Ne pas croiser son regard. Garder le front lisse, les yeux clairs, cette innocence. Le policier est monté sur l'estrade à son tour. Il s'est assis sur le bureau du professeur, jambes balançant dans le vide. Il ne disait rien. Il nous étudiait. Il allait de l'un à l'autre, avec l'attention de celui qui choisit le meilleur morceau dans le plat.

— Y a-t-il des rapatriés d'Algérie parmi vous ? a-t-il demandé.

Le surveillant général a eu un geste de surprise. Il a jeté un regard inquiet au professeur de maths. Nous nous sommes tournés les uns vers les autres. Pas de réponse. Il n'y avait que Luca.

— Pardon, mais vous ne deviez pas poser de questions, a osé le surveillant.

— Je mène mon enquête comme je l'entends.

— Au commissariat peut-être, mais vous êtes ici dans mon établissement.

Le policier nous a quittés des yeux pour fixer notre surveillant général.

— Être rapatrié n'est pas un crime, que je sache, a-t-il dit.

— Participer à des menées subversives en est un.

Le professeur de maths a croisé les bras.

— Vous vouliez voir les camarades de Biglioni, c'est fait.

Le policier s'est levé du bureau. Il s'est promené lentement dans la classe, s'arrêtant devant chacun de nous. Arrivé à moi, il a fait la moue. Je m'étais dépeigné avec les doigts et frotté les yeux. Il m'a examiné. Il a regardé Legris. Puis Roman. Puis Pécousse.

— Ils peuvent se lever ?

Le professeur a consulté son supérieur du regard. L'autre a hoché la tête.

Nous nous sommes dépliés. Le policier est remonté sur l'estrade. Il a enlevé sa gabardine et l'a posée sur la chaise.

— Est-ce que chacun d'entre vous pourrait passer devant moi, puis retourner à sa place ? a demandé le policier.

Le professeur gardait les bras fermés, visage dur.

— C'est nécessaire ?

— Oui, c'est nécessaire, lui a répondu le blond.

Brouhaha dans la classe. Quelques rires. Des chuchotements.

— Silence !

Silence.

— On va faire ça par ordre alphabétique, c'est plus simple, a proposé le flic.

Le professeur a ouvert son cahier de présence. À nos noms, un à un, nous devions quitter le bureau, marcher vers l'estrade, puis retourner nous asseoir. Le premier de la liste a été appelé. Puis le deuxième. Le troisième.

— Bennahmias.

Le petit Lucien s'est avancé au tableau. Le policier l'a regardé.

— Tu es né où ?

Bennahmias allait répondre. Le surveillant général a tapé dans ses mains. Il a pris l'imperméable du policier et le lui a tendu.

— Fin de la comédie !

L'homme blond a été saisi. Il a ouvert les bras.

— C'était une question anodine.

— Nous en avons terminé, monsieur.

L'autre a pris sa gabardine, il l'a enfilée lentement.

— Vous avez les noms des élèves. Convoquez-les officiellement en passant par leurs parents. Je ne transforme pas mon collège en centre d'interrogatoire.

— Un problème avec Bennahmias, peut-être ? a demandé le policier.

— Au lieu de lui demander où il est né, demandez plutôt où sont morts ses grands-parents, a répondu sèchement le surveillant général.

L'année dernière, pour la journée du souvenir de la déportation, Lucien avait raconté leur histoire. Ils avaient été emmenés au camp de Natzwiller-Struthof, en Alsace, avec deux oncles et sa cousine. Personne n'était revenu.

Le policier n'a pas posé la question. Il a haussé les épaules. Avant de sortir, il nous a regardés une dernière fois, moi comme les autres. Mais pas plus. Il semblait en colère. Sa liste s'était arrêtée au « b ». Manquaient plus de vingt garçons à l'appel. Ma main tremblait. Je me suis demandé si le surveillant général n'était pas de l'OAS. Il venait de sauver l'un de ses soldats.

*

L'affaire était dans le journal, une fois encore. Heureusement, ni mon père ni ma mère ne l'avaient remarquée. Un petit article en bas de page, que Pécousse avait découpé et apporté au collège. Il m'a entraîné dans un coin de la cour, et demandé de le lire. Legris s'est approché. Et d'autres encore. Le morceau de papier est passé de main en main. À la fin de la journée, il y avait ceux qui l'avaient lu et ceux qui en parlaient. L'article était en lambeaux.

Il ne contenait aucun nom. Ni celui du collège, ni celui de Luca, mais tous les copains avaient compris. C'était l'histoire d'un jeune rapatrié d'Algérie qui avait été embrigadé par l'OAS. Il avait déjà failli être arrêté quelques mois plus tôt, alors qu'il avait menacé le député Roger Plevy de mort dans une lettre anonyme. Seul le hasard avait permis aux enquêteurs de remonter jusqu'à lui. Il avait été arrêté par les gendarmes dans le sud de la ville, alors qu'il dormait sur un bas-côté. Dans son sac, ils avaient trouvé de l'argent et un journal intime. Les policiers l'avaient étudié soigneusement et considéré son histoire comme « hautement fantaisiste ». Le jeune garçon affirmait appartenir à la CIA et travailler pour l'OAS. Il disait s'entraîner militairement dans une cave. Et aussi, que le but de sa mission était de tuer le général de Gaulle, le 1er janvier 1963.

Les policiers ont trouvé des traces de complicité dans ce cahier, mais aucun nom. Selon eux, quelqu'un aurait mis ce garçon fragile en contact avec les factieux. Car si tuer de Gaulle, libérer Salan ou se marier avec la fille du chef de la CIA apparaissait comme un délire enfantin, la menace de mort qu'il avait délivrée était bien réelle. Et identique aux quatre lettres glissées dans la boîte du même député. Toutes signées OAS.

La police estimait que la piste la plus probable était celle d'un enfant de son âge, qui aurait servi d'intermédiaire. Il était baptisé « Frenchie » dans le journal. Cela pouvait être un parent, un voisin ou un camarade de classe. Son père et sa mère avaient été interrogés, puis mis hors de cause. Pour eux, tout cela n'était qu'un « délire de gosse » lié au drame de l'exil. La police avait enquêté dans le quartier du garçon et aussi dans son école, mais sans résultat. Quant au présumé coupable, il avait refusé de donner la moindre information. Mieux, il en était venu aux mains avec un policier en disant que l'OAS lui ferait

195

payer ce qui lui arriverait. En fin d'article, la journaliste expliquait que toute personne en possession de renseignements pouvait s'adresser anonymement à l'inspecteur Vaujour, responsable de cette enquête. Suivaient l'adresse de l'Hôtel de police et son numéro de téléphone direct.

Il avait juré, craché. Il n'avait pas parlé. Et il ne parlerait jamais. Le seul nom qu'avaient les policiers était un pseudonyme de rien du tout. De Gaulle n'était pas mort. Je n'avais pas de vélo mais j'étais sauvé. En lisant l'article, je poussais les mêmes cris que les autres, je riais comme eux, me moquais comme eux de notre copain le dingue.

— Quel con, ce Biglioni !

Je respirais. Luca irait en pension pour toujours, très loin d'ici. Pas en prison, en pension. Ce n'est rien, la pension. Ce n'est pas grave. On peut rentrer le samedi, pour les vacances, on couche dans un dortoir avec les copains, les pères ne viennent ni nous réveiller ni nous frapper. Il avait presque de la chance, Luca. Et personne ne pourrait jamais rien deviner de nos liens. Jamais. Ted ne saurait rien, mon père non plus. Ni Salan ni les autres prisonniers. En marchant vers la grille du collège, je respirais normalement pour la première fois depuis des jours. Je n'avais plus de hauts murs devant moi. J'ai décidé de mieux travailler. Et de ne plus fâcher mon père.

— Émile ?

Pécousse traversait la rue.

196

— Ce n'est pas ton chemin. Tu vas où ?

— Il faut que je te parle, il a dit.

Nous avons remonté la rue Mourguet, jusqu'au café de la Croix Blanche.

— Je sais qui a entraîné Biglioni dans cette histoire, a commencé Pécousse.

Nous étions assis sur le banc de pierre, moi sur le dossier.

— De quoi parles-tu ?

— Biglioni m'a dit que tu étais un agent secret de l'OAS.

Je me suis laissé tomber à côté de lui.

— Il t'a dit quoi ?

— Que tu étais à la CIA, à l'OAS, tout ça.

Pécousse n'était pas très grand, trouillard, pas très malin non plus. Je sentais qu'il me livrait des secrets sans en savoir le prix.

— Il m'a tout raconté quand la voiture de l'OAS est venue te voir.

— Quelle voiture de l'OAS ?

— La Ford Consul 315, la noire. C'était l'OAS, il me l'a dit.

J'ai haussé les épaules.

— Il s'est foutu de toi, Biglioni.

J'avais chaud. Il ne fallait pas trembler. Garder ce sourire, ces yeux-là, cette moquerie sur les lèvres. J'ai tourné le doigt sur ma tempe.

— Et il ne t'a pas dit que mon père était pape ?

Il m'a regardé sans comprendre. J'ai continué.

197

— Dans le journal, ils ont écrit que Biglioni racontait n'importe quoi. Il se vantait, c'est tout.

— Et il m'a aussi dit que tu avais un flingue.

J'ai éclaté de rire. Le rire d'un collégien farceur assis sur un banc de pierre.

— Un flingue ?

J'ai applaudi.

— Ben oui ! Et j'ai aussi un porte-avions !

Il vacillait. Pas encore, pas tout à fait. Mais je sentais une fissure. Il fallait que je vienne à lui lentement, sur la pointe des pieds, comme à la maison.

— Écoute bien, Pécousse. Soit il t'a vraiment raconté ça et c'est dingue. Soit tu dis n'importe quoi et c'est grave.

Et puis brusquement, l'idée.

— Soit...

Il a eu un geste de surprise.

— Soit quoi ? Il a demandé.

— Soit c'est de toi dont parle le journal. Son copain de l'OAS. Et tu essayes de me faire porter le chapeau.

Pécousse s'est levé brusquement.

— Ça va pas, non ?

Je me suis levé à mon tour. J'ai joué la stupéfaction.

— Putain, Pécousse ! C'est toi ? C'est ça ?

Il a ramassé son cartable à terre, l'a serré contre lui.

— Mais qu'est-ce que tu racontes ? Tu délires complètement !

Il était au bord de la falaise. Mais j'avais aussi peur que lui. Biglioni avait juré de ne rien dire. Le salaud !

Mais qu'est-ce qu'il était allé raconter à cet idiot de Pécousse ? Et quoi d'autre, encore ? La fille du chef ? Ted ? Le mariage ?

— C'est grave ce que tu as fait croire à Biglioni, j'ai dit.

— Et le Club des vampires ? La cave ? Comment il était au courant pour la cave ? Parce que tu l'as emmené ! Et tu lui as fait faire de la gymnastique !

J'ai ouvert les plus grands yeux du monde.

— De la gymnastique ?

Pécousse reculait. Il partait en arrière avec son secret. Si je ne l'arrêtais pas, il rentrerait chez lui, parlerait à ses parents, aux professeurs, aux copains. Il téléphonerait au policier blond. Je serais arrêté. Et mon père avec moi. Nous serions mis dans la même cellule. Et il me battrait pour avoir parlé.

— Pécousse !

Il allait s'enfuir. Il s'est arrêté.

— Tu es à l'OAS, Pécousse ? Et alors ?

Sa bouche s'ouvrait. Je me suis avancé.

— Je ne veux rien savoir, Pécousse.

Il secouait la tête.

— Je m'en fous, tu comprends ?

J'étais devant lui, tout près. Je sentais sa peur.

— Mais je suis ton meilleur ami, non ?

Il était sans voix.

— Pécousse, je suis ton meilleur ami, oui ou non ?

Il a hoché la tête.

— Dis-le.

Voix inquiète.

— Tu es mon meilleur ami.

Il était à terre.

— Regarde-moi bien. Tu crois que je trahirais mon meilleur ami ?

Il m'a regardé, perdu. Il a secoué la tête. Non, bien sûr que non.

J'ai levé la main droite.

— Même si la police te recherche, tu restes mon meilleur ami.

J'ai levé l'index.

— Surtout si la police te recherche !

Il allait protester. J'ai agité les bras.

— Tu as fait ce que tu as fait. Cela ne me regarde pas. Mais je jure que je ne te trahirai jamais !

Il serrait son cartable contre son torse.

— Tiens, je jure !

J'ai craché par terre. Je lui ai tendu la main.

— Mais, je…

J'ai insisté, souriant, main ouverte. Et alors il l'a prise. Et puis me l'a serrée.

— Bien. Et maintenant, oublions tout ça, j'ai dit.

C'est moi qui suis parti. Cartable jeté sur l'épaule, comme un homme élégant sa veste par temps chaud. Il est resté derrière, près du banc. Il m'a regardé traverser la rue, marcher sur le trottoir. Je sais, je suis certain qu'il s'est dit qu'il l'avait échappé belle. Sans savoir exactement à quoi. Et aussi que son meilleur ami ne le dénoncerait jamais.

12.

Le pistolet

Ma mère m'a demandé de mettre une chemise blanche et ma cravate bleue pour la photo de classe. Mon père a tenu à ce que je porte ma gabardine beige. Un trench-coat, comme l'appelait Ted. Il était en coton, croisé, avec cinq boutons de chaque côté, des pattes de serrage aux poignets et une ceinture à boucle, comme dans les films policiers américains. Mon père avait le même, couleur kaki. Quand il sortait, il passait ses gants de cuir sous les épaulettes. Ou son béret rouge, lorsqu'il allait au garage de Legris.

— On dirait un vrai agent secret, disait mon père en m'inspectant.

*

Il mettait toujours cet imperméable lorsqu'on allait en ville, le dimanche. Avec un chapeau mou et des lunettes noires. Il se postait à un angle de rue, attendant que les gens le croisent, un talkie-walkie contre l'oreille.

— Do you read me ?

Il murmurait ça comme ça. Suffisamment fort pour être entendu tout en feignant la discrétion.

— On ne dit pas allô, m'avait-il expliqué.

Il y avait un code, pour parler dans ces appareils. Une langue différente de la nôtre. Et celui qui ne les respectait pas passait pour un imbécile.

— Tu me copies ?

Et je hochais la tête.

C'est Ted, qui lui avait parlé des talkies-walkies. Comme il lui avait enseigné l'accent américain, comment s'habiller en trench-coat, observer une rue, une terrasse de café. Comment froncer les sourcils pour faire baisser les yeux. Comment ne rien dire pour ne pas en dire trop. Comment surveiller son entrée d'immeuble, sa cage d'escalier, son voisin communiste. Comment punir son fils qui n'était pas gentil. Alors un soir, mon père est rentré à la maison avec des talkies-walkies, emballés dans une boîte noire frappée de mots anglais.

— Ils sont à l'Organisation.

Nous avons fait des essais dans l'appartement, sur le balcon, puis dans la rue. Lui d'un côté, moi de l'autre. Au début, il avait placé un émetteur-récepteur dans ma chambre, passant des heures à m'interroger sur la qualité du son. Lorsque la transmission était coupée, il me le reprochait. Il m'accusait d'avoir tourné la molette ou appuyé sur le bouton. Et il lui a fallu longtemps avant de comprendre que c'était une question de distance.

— Do you read me ?

Et moi je disais « oui » en regardant le micro.

Alors il me postait pas trop loin de lui, derrière un arbre, un porche, une automobile à l'arrêt. Avec sa gabardine, ses lunettes noires et son chapeau, frôlé par les promeneurs, il semblait surveiller la ville. Certains passants tournaient la tête, chuchotaient quelques mots. Et lui les rassurait d'un sourire. Mon père veillait. Il était sentinelle, et je le secondais.

Un dimanche de juin, nous étions allés à la campagne, assister à un meeting aérien. Il avait enfilé un polo et un tricot rouge à manches courtes. Pas de chapeau ni d'imperméable. Il faisait beau. Ma mère était restée près de la buvette, assise sur sa chaise pliante. Pendant la démonstration des Piper Cub, il est resté silencieux, au milieu des spectateurs. Les avions jaunes dansaient au-dessus de nos têtes. Ils étaient cinq, que la foule applaudissait. Au survol du Spitfire, mon père n'a pas bougé non plus. Les yeux sur ses jumelles, il suivait l'avion britannique. Hurlement, passage sur l'aile. Les deux Stampe belges sont passés dans le ciel à leur tour. Il les a simplement salués de la main. Ils ont joué à se frôler puis ils sont descendus en vrille, deux feuilles d'automne, avant de remonter sous les vivats.

Lorsque le Stearman 75 est apparu, mon père a écarté la foule à deux mains.

— Tu reconnaîtras l'appareil, m'avait-il dit.

Un biplan à hélice, avec une roulette sous la queue.

J'étais couché, dissimulé dans les hautes herbes, sur une colline au-dessus du champ. Avant la parade, nous avions fait des essais de voix.

— Tu me copies ?

— Oui papa.

Il se déplaçait. Je voyais son pull rouge dans la foule.

— Et là, do you read me ?

— Oui papa.

— Ne m'appelle pas papa, conneau !

Je regardais le talkie, dragonne enroulée autour de mon poignet.

— Quand tu me réponds, tu dis « chef ». Pas papa !

C'était formidable. Mon père était loin, sa voix était tout près. Elle crachotait, mais elle était là. Je le voyais, face à l'estrade, et il me parlait comme s'il était à mon oreille. J'ai monté le son.

— Parle-moi, conneau !

— Oui chef.

Il a regardé dans ma direction, levé une main. J'avais bien répondu.

Le petit Boeing est passé une première fois au-dessus du terrain. J'ai été saisi. Un homme était debout entre les deux ailes. Un acrobate en costume rouge. Il levait les bras, une corde nouée autour de la taille.

— Tu me refais un passage. Et mieux que ça !

La voix de mon père dans le talkie. Il est monté sur un tréteau.

— Tu me fais un immelmann.

— Bien chef.

L'oiseau faisait une boucle au loin.

— Demi-tonneau au sommet, tu copies ?

— Oui chef.

La foule s'était rapprochée de mon père. Une trentaine de personnes l'entouraient, passant du ciel à lui. Il était droit, tendu, le talkie sur l'oreille, les jumelles sur les yeux. D'une main, il mimait la cascade.

— Parallèle à la piste, vent de face !

— Oui chef.

Je ne savais pas quoi dire. Il m'avait demandé de lui répondre, sans me donner aucune indication.

L'avion arrivait vite. L'équilibriste était bras tendus.

— Gaz au maximum.

— Bien chef.

L'avion est passé au-dessus de nous. Tranquillement, sans effet.

— T'es pas en présentation, là ! Tu fais quoi de tes ailerons ?

— Oui chef, j'ai dit.

— Quoi, oui chef ? Tu te fous de ma gueule ?

J'ai levé la tête. J'ai regardé mon père. Il menaçait de son poing l'avion qui s'éloignait.

— Fais attention qu'il n'y ait personne autour de toi, m'avait-il recommandé.

Je l'observais. Je surveillais les alentours. J'étais seul.

— J'aurais dû piloter le 75 moi-même, a grogné mon père.

La remarque n'était pas pour moi. Elle était destinée à la foule.

Ma mère tricotait, à l'ombre d'un arbre. Elle levait les yeux sur mon père, sur moi. Elle observait ses deux hommes à distance.

— Ça amusera Émile, lui avait-il dit.

Et elle avait hoché la tête.

L'avion est revenu. Au-dessus du terrain, il s'est brusquement retourné. Il volait sur le dos. Le voltigeur avait la tête en bas. Il est passé comme ça, très bas. L'appareil battant des ailes, l'homme agitant les bras.

— Eh bien tu vois, soldat ? Quand tu veux, tu peux ! a crié mon père.

— Oui chef ! j'ai hurlé.

Après le meeting, je suis descendu sur le terrain. J'avais caché mon talkie sous ma chemise. Ma mère nous a rejoints. Elle portait le cabas du pique-nique, et mon pull au cas où. Mon père ne nous a pas regardés. Ni elle, ni moi. Quand je suis arrivé près de lui, il signait un autographe à un garçon de mon âge. Il riait.

— Pour être pilote de chasse, il faut manger de la soupe.

Il m'a acheté une glace de la part de Ted, une boule vanille. Il a demandé la note, pour que mon parrain soit remboursé par la CIA.

— On ne rigole pas avec les Américains, a murmuré mon père.

Puis il est allé à la voiture, garée dans le champ. Nous l'avons suivi sans un mot. Il faisait des signes aux uns, aux autres. Il levait le pouce comme dans les films de guerre. J'ai aidé ma mère. Sa chaise pliante lui battait les genoux. Il a ouvert la portière en regardant le ciel, comme pour être certain de n'oublier personne là-haut. Ma mère s'est assise à l'avant. Moi derrière elle, comme à mon habitude. Il a démarré. Il a roulé lentement. Quelques signes, encore. Le geste d'une femme blonde. Le regard d'un enfant. Il a remonté la foule lentement, en héros qui rejoint son quartier général.

Après avoir quitté le terrain et retrouvé la route goudronnée, mon père a souri. Il m'a regardé dans le rétroviseur. Puis ma mère. Puis la route.

— Quels cons, les gens, il a dit.

*

Je n'étais pas le seul en cravate, pour la photo de classe. Nous étions quatre. Legris en avait une, Roman aussi. Et Pécousse avait mis un nœud papillon.

— Une photo de classe, ça vous accompagne toute la vie, avait expliqué le professeur de français.

— Un attrape-nigaud, répondait mon père.

Jamais mes parents n'avaient acheté la photo.

Certains avaient ciré leurs chaussures, d'autres avaient mis leur chandail de fête. Moi, j'étais habillé en agent secret.

Chaque classe était photographiée à la suite, dans la cour, devant les vitres du réfectoire. Un banc devant, un banc derrière. Les grands s'asseyaient au premier rang. Les moyens étaient debout, au milieu. Les petits montaient sur le banc du fond. Trois rangées. J'étais devant, assis à gauche. Et puis, avant que la photo ne soit prise, j'ai dénoué la ceinture de ma gabardine et écarté largement les pans de l'imperméable. Aujourd'hui encore, je ne sais pas pourquoi. Le professeur principal était à ma gauche, en tablier gris. Au moment d'appuyer sur le bouton, le photographe nous a demandé de sourire. Je ne l'ai pas fait. Je me suis légèrement penché en avant, une main posée sur la cuisse, l'autre en poing sur la hanche. J'ai regardé l'objectif comme on menace un importun.

— Souriez... On ne bouge plus !

Je n'ai pas bougé. Ni souri. J'ai pensé à mon père, à Ted. J'ai pensé à Biglioni. J'ai pensé à de Gaulle. Je voyais la photo d'ici. Eux avec leurs bouilles de collégiens, moi avec ma gueule de rebelle. J'avais vécu trop de choses pour faire semblant. Non. Je n'étais pas un élève parmi d'autres. Et je voulais que le photographe le voie. Que tout le monde le sache. Et le policier blond aussi. Cette photo de classe était un prétexte, j'en étais certain. Elle devrait servir à démasquer le complice de Luca, le soldat de l'OAS qui n'avait pas encore été arrêté. Alors j'ai posé. Pour le flic, pour Salan, pour mon père. J'ai posé pour défier le communiste du dessus. Et tant pis pour ce qui arriverait.

*

Le surveillant général était assis à son bureau, et le professeur principal debout, à ses côtés. Il avait posé la photo devant mes parents, sans un mot.

— Mon Dieu ! a murmuré ma mère.

Elle a mis sa tête entre ses mains. Elle m'a regardé, a regardé mon père, la photo encore, le surveillant général.

— Mon Dieu ! Qu'est-ce que tu as encore fait, elle a répété.

Je regardais sans voir. Le sourire de Legris, les lunettes de Roman, le nœud papillon de Pécousse. Mon père a ouvert la bouche. Il avait vu aussi. Il s'est tassé sur sa chaise. J'ai pensé qu'il allait se lever, hurler, frapper, mais il s'est tu. Il était effondré, tête basse. Il a fait glisser la photo vers lui.

Son fils, au premier rang, habillé en agent secret, une main posée sur la cuisse, l'autre fermée en poing sur sa hanche. Passée dans sa ceinture, la crosse d'un pistolet. Une tache parfaitement noire sur sa chemise blanche. Mon père a secoué la tête. Il a retourné l'image, l'a repoussée du doigt.

— Que fait-on ? il a demandé.

Le surveillant général s'est levé. Il est allé à la fenêtre.

— Il n'y aura pas de photo de classe cette année en quatrième.

Le professeur le regardait, mains croisées dans le dos.

— Et vous profiterez des vacances de Pâques pour consulter un spécialiste.

— Un spécialiste ? a interrogé ma mère.

— Vous trouvez normal de venir au collège avec une arme, à quatorze ans ?

Mon père était défait, voûté, silencieux. Jamais je ne l'avais vu comme ça.

— Même un jouet, c'est délirant, a ajouté le professeur.

Le surveillant général s'est retourné vers moi.

— Parce que c'était un jouet, n'est-ce pas, Émile ?

J'ai baissé la tête. Murmuré oui.

— N'est-ce pas, monsieur Choulans ?

Mon père revenait de loin. Il n'avait pas écouté la question.

— Pardon ?

— L'arme que porte Émile, c'est un jouet, n'est-ce pas ?

Mon père a retourné la photo. Il a fait mine de la regarder. De plus près. Il l'a montrée à ma mère. Il a hoché la tête.

— C'est son cadeau de Noël, a répondu mon père.

— Parce qu'on imagine mal un pistolet à portée d'enfant dans une famille convenable, n'est-ce pas ?

Mon père a regardé le chef d'établissement.

— Je vous dis que c'est un jouet.

— Nous n'en doutons pas, a lâché le directeur.

Maman s'est mise à pleurer. Elle a sorti un mouchoir de sa manche pour essuyer ses larmes.

— Un élève qui dit vouloir tuer de Gaulle et un autre qui se promène armé, ça fait beaucoup pour une seule classe.

Ma mère a tressailli. Mon père s'est calé contre le dossier de sa chaise.

— Émile ! Tu as dit que tu voulais tuer de Gaulle ?

— Pas lui, madame. Un camarade de sa classe. Il a volé ses parents et s'est enfui en laissant une lettre. Il disait qu'il allait tuer de Gaulle le 1ᵉʳ janvier.

Le surveillant général a regardé mes parents.

— Vous ne lisez pas la presse ?

— Les journaux sont tous pourris, a grogné mon père.

— Et Émile ne vous a rien raconté ?

Ma mère a secoué la tête.

Le surveillant est retourné à la fenêtre. Il a expliqué qu'un policier était venu dans la classe. Il pensait que Biglioni avait un complice, et il avait interrogé ses camarades. Mais le personnel de l'école n'avait pas aimé ses manières. Alors voilà. Pour ne pas le mettre sur une fausse piste avec ce jouet, cette sottise de collégien ne sortirait pas du collège. Il s'est retourné.

— Cela va rester entre nous, vous comprenez ?

Ma mère a hoché violemment la tête. Mon père n'a pas répondu.

— Monsieur ? a interrogé le surveillant principal.

Mon père a sursauté.

— Sommes-nous bien d'accord ?

Il les a regardés, lui et le professeur. Il attendait la suite.

— Émile va aller voir un spécialiste. Un psychologue, ce que vous voudrez. Et vous vous débarrassez du cadeau de Noël.

— Tu jettes ton machin dès qu'on rentre, hein, André ?

Mon père a fusillé ma mère du regard.

211

— Suivez le conseil de votre femme, a lâché le professeur.

— Autrement, c'est la porte, a tranquillement ajouté le surveillant général.

*

Mon père m'a traîné dans ma chambre par les cheveux. Il avait commencé à me frapper dans la rue, dans la voiture, dans l'escalier de notre immeuble. Il a couru à l'armoire.

— Putain !

Je n'avais pas rangé le Mauser. Je le gardais sous mon lit, avec le chargeur engagé et les balles. Il est revenu en hurlant.

— Il est où, sale con ! Tu l'as caché où ?

Il avait enfermé ma mère dans leur chambre. Elle pleurait à travers la porte.

— Ne lui fais pas de mal, je t'en prie ! André, je t'en supplie !

Il a répandu mon cartable à terre, jeté mes livres, balayé mon bureau de la main. J'étais couché sous la chaise, roulé en boule, la tête dans mes bras. Il a enlevé sa ceinture. Il m'a frappé dans le dos, sur les jambes, les doigts. Il s'est retourné vers le mur. D'un coup de poing, il a brisé mon étagère. Elle est tombée, avec mes soldats, les cyclistes en plomb, ma collection de girafes.

— Tu vas répondre ! Il est où le flingue ?

Il m'a donné un coup de pied dans le dos.

212

— Tu l'as donné ? C'est ça ?

Il s'est baissé. Il a passé sa main dans mon col de chemise et m'a relevé d'un coup, en me jetant contre le mur.

— Tu leur as dit quoi ? Tu leur as parlé de moi ?

Une gifle, une autre. La voix de ma mère au loin.

— Tu leur as raconté qui j'étais, c'est ça ?

J'ai secoué la tête, les mains en barricade.

— Je n'ai jamais parlé de toi !

Mes cuisses étaient brûlées.

— Sale menteur de merde ! Dis-le que tu m'as dénoncé !

J'ai pleuré. Pas pour la douleur mais pour l'injustice. Ma mâchoire faisait mal, mes dents. J'ai juré. Jamais je n'avais parlé de lui, ni de Ted, ni de rien. C'était moi tout seul qui voulais tuer de Gaulle. Je voulais lui faire la surprise. Lui faire plaisir. Qu'il soit fier de moi.

— Dis-le que tu as parlé de moi, ordure !

Jamais ! Je n'avais jamais prononcé son nom. J'avais du sang dans la bouche, de la peur partout. Il m'a regardé, penché en avant, jambes écartées, bras ouverts. Ses poings pendaient à ses genoux. Il avait du sang sur les mains. Le sien. Il avait frappé la porte, le mur, le parquet. Il haletait, bouche ouverte, les yeux mauvais. Ses cheveux étaient tombés sur son front. Sa chemise pendait hors du pantalon. Il a bruyamment ravalé un filet de bave. J'ai pensé à un gorille. Il a mis ses poings sur ses hanches. Il reprenait son souffle.

— Une dernière fois, tu leur as raconté quelle saloperie sur moi ?

Rien. Je l'ai juré encore. Rien. Pas un mot. Jamais personne n'avait entendu son nom. Je pleurais toujours. Je respirais fort, il respirait fort. Deux coureurs après la ligne d'arrivée. Il me scrutait.

— Rien ?

J'ai juré, encore.

Mon visage enflait. Ma tête battait. Je me suis surpris dans le petit miroir au-dessus de mon bureau. J'avais un œil gonflé, presque fermé. Je saignais du nez. Et j'étais mains en l'air, comme un prisonnier. Mon père regardait les dégâts. Mon visage, ma chambre.

— Il est où ?

Je me suis retourné, j'ai plongé le bras sous le matelas. J'ai saisi le pistolet. Il était lourd et froid. Je me suis retourné.

Mon père s'est figé. Il a tendu la main.

— Donne.

Ce n'était pas un ordre.

J'étais debout, l'arme pointée. Mon image dans la glace, encore. Moi de face, lui de dos et la mort entre nous. Voix faible.

— Donne, Émile.

J'ai actionné la culasse. Claquement d'acier. Chien relevé.

Mon père a jeté les mains devant lui. Il avait peur. Pour la première fois de notre vie. Un visage laid, terriblement vieilli.

— Fais pas le con, merde ! Pose ça !

Il a frissonné. J'ai laissé mon sang couler sur le menton.

— Je vais chercher maman, d'accord ?

Ni oui, ni non. Je l'ai laissé à l'épouvante.

— Je vais sortir doucement de la chambre et maman va venir.

Mon œil gauche était fermé. Les coups, les larmes. Mes bronches soudées.

Mon père a fait un pas en arrière. Il était terrifié.

— Attention, je vais sortir comme ça, tranquillement.

J'ai levé le pistolet. Je visais son front.

Il a hurlé. Il est tombé en arrière, mains levées.

— André ? Qu'est-ce qui se passe, André ? criait ma mère.

Sa voix l'a fait sursauter.

Il glissait sur les fesses, reculait vers la porte.

— Tout va bien se passer. Je vais chercher maman.

Je ne pensais à rien. J'ai posé ma main gauche sous la droite. Je tenais l'arme comme au cinéma. J'entendais mon cœur, la violence de son effroi. Je n'avais jamais tiré. Je ne savais pas si le coup partait comme ça, de suite, à peine la détente effleurée. Ou s'il fallait appuyer fort, insister, s'y reprendre à deux fois.

— Laisse ton doigt sur le pontet ! Ne touche pas à ça !

Mon père battait en retraite. Il reculait en cul-de-jatte. En limace. Il grimaçait un sourire, agitait doucement les mains, clignait les yeux. Il a dit qu'il

m'aimait, que ma mère m'aimait, que tout se passe-
rait bien.

Il s'est levé avec peine, son dos collé au mur. Il s'est
glissé jusqu'à la porte. Du coude il a baissé la poignée.
Il s'est relevé, sans lâcher mon regard. Puis il a joint
ses mains à hauteur de ses yeux, comme s'il priait.

— Maman vient te voir... Ne bouge pas.

J'étais bras tendus, pistolet à hauteur des yeux, sa
bouche dans ma mire.

Alors il a poussé la porte. Violemment, d'un coup
de pied en arrière, comme l'âne qui rue. Et il s'est
jeté à terre dans le couloir.

Je suis resté en position de tir. Je me suis regardé dans
la glace une dernière fois. Ça avait de la gueule. Mon père
ne s'est pas relevé. Il a rampé jusqu'à la chambre. Clef
dans la porte. Son murmure affolé. La voix de ma mère.

— Mon Dieu !

Il est resté en arrière. Dans le couloir, ses pas à
elle. Sur la pointe des pieds. Comme ses tristesses,
ses joies, sa vie. Une vie de vieille danseuse, pour ne
pas le réveiller. Sa voix inquiète.

— C'est moi, mon fils.

Je n'ai pas bougé. Cette position était la seule qui
m'honorait.

— Je vais entrer dans la chambre. Tu m'entends,
Émile.

Pas un mot. Le silence de l'acier.

Elle a agité une main devant la porte. Comme un
bonjour sur un quai de gare.

— Tu vois, c'est maman. C'est la main de maman.

Six ans plus tôt, mon père m'avait annoncé qu'il n'était pas mon père. Que lui et ma mère m'avaient recueilli. Il hurlait, en me traitant de sale bâtard. Le soir, ma mère est venue me voir en cachette. J'étais au lit. Elle m'a montré une vieille photo rayée. J'étais dans ses bras, avec un chapeau de dentelle. Je devais avoir deux ans. C'était une ville blanche, avec des arcades et du soleil.

— Là c'est moi et là c'est toi, m'avait dit ma mère.

Elle m'a demandé si je nous reconnaissais. J'ai répondu oui. Évidemment, oui. C'était bien elle, et c'était bien moi. C'était la seule photo de ma petite enfance. Je l'avais déjà vue.

— Alors, tu vois bien que je suis ta maman puisqu'on est ensemble, non ?

J'ai hoché la tête. Oui, bien sûr. Jusqu'à ce jour-là, je n'en avais jamais douté.

Les deux mains de ma mère, dans l'angle. Un montreur de marionnettes.

— Tu me le donnes, mon fils ?

Je n'ai pas bougé. Je voulais son regard. Mon cœur était fermé.

Elle a passé la tête. Puis son corps. Minuscule dans l'encadrement. Son visage était dévasté, ses yeux cernés de noir. Elle a vu la gueule de l'arme. Elle a sursauté. Reculé d'un pas. Mon père ne l'avait pas suivie. Alors elle s'est avancée bravement, main tendue.

— Donne-moi ça.

J'ai hésité. Mon visage dans la glace. J'ai fermé les yeux. Baissé l'arme. J'ai senti les mains de ma mère sur les miennes. Sa peau glacée. Et puis le poids en moins. Tout cet acier. Elle a posé le pistolet sur mon bureau.

Elle m'a giflé. Elle m'a pris dans ses bras. Et nous avons pleuré.

13.

Le fou

— Un électroencéphalogramme ne fait pas mal.
Tu peux te détendre, a souri le médecin.
Peut-être. Je ne savais pas.
— Allez, détends-toi.
Il a pris ma main, l'a lâchée. Elle est restée sus-
pendue.
— Tu fais du judo, non ?
Mes parents dans mon dos, assis sur leur chaise.
— C'est même un champion, a répondu mon père.
— Alors laisse-la retomber, comme si elle était
morte.
L'infirmière branchait des tuyaux de couleur sur
mon front. Le docteur a approché un miroir.
— Regarde, c'est rigolo.
Je ne pouvais pas bouger. Tête levée, prisonnière
d'une minerve, j'étais harnaché de sangles sous le men-
ton avec ces araignées qui grouillaient au-dessus.
— On va voir tout ce que tu as dans la tête, a
rigolé le médecin.

Je me suis figé. Il fallait faire le vide. Chasser les images, les noms, les marques de craie sur les murs, les lettres au député, Frenchie, John, Ted.

— Ne respire plus.

J'ai gonflé mes joues, fermé les yeux. J'avais besoin de mon médicament.

Derrière moi, le va-et-vient d'une imprimante. À son raclement de gorge, j'ai compris que mon père la surveillait. Il lisait mes pensées.

— Ça va, Émile ?

La voix de ma mère, son inquiétude.

— Il est tout blanc, docteur.

— Il ne sent rien, madame. C'est comme si nous prenions son pouls.

Le médecin est venu face à moi.

— Maintenant, nous allons faire quelque chose d'un peu différent.

Je l'ai observé. Il remontait ses manches.

— Prêt ?

J'ai hoché la tête.

— Ferme les yeux.

Il a posé ses pouces sur mes paupières et les a enfoncés.

Le général de Gaulle était de dos. Il remontait la rue Mourguet. Je l'ai reconnu à son uniforme, son képi et ses bras levés. Il n'y avait personne, seulement lui et moi. Je me suis demandé ce qu'il faisait près de mon collège, un 1er janvier.

J'ai sorti le pistolet de sous ma veste. J'ai tiré la culasse. J'ai crié.

— Je frappe où je veux, qui je veux et quand je veux !

Il s'est retourné. Il avait un poignard passé dans la ceinture.

— Émile, réponds-moi !

La voix de maman, encore. Les pouces du médecin étaient dans mes orbites. Il enfonçait mes yeux jusqu'aux tempes.

— Émile ?

— Il va bien, madame. Il répondra tout à l'heure.

— Mais il est asthmatique, vous savez ?

J'ai tiré. Un coup, un autre, un troisième. De Gaulle a eu l'air surpris de me voir. Il a ouvert la bouche. Il m'avait reconnu.

— Choulans ?

Oui ! Choulans, mon salaud ! Émile Choulans !

À la quatrième balle, de Gaulle avait le visage de mon père.

J'ai poussé un cri. Un vrai. Le médecin a retiré ses pouces.

— Voilà, c'est fini.

L'infirmière a fait pivoter mon siège. Elle a enlevé les électrodes une à une.

— Tu peux ouvrir les yeux, mon garçon.

Des lumières éclataient en surface, des méduses translucides, des ballons de couleur, des flocons de neige, de sable. Je me suis frotté les yeux à deux poings.

J'ai regardé mon père, le médecin. Ils examinaient l'accordéon de papier.

Mon père :

— Pas fameux, hein ?

Le médecin :

— Parfait, vous voulez dire.

Mon père l'a observé. Il a jeté à ma mère son regard de doute.

Je me suis levé. J'ai respiré. Mon cerveau n'avait rien écrit. Il ne m'avait pas trahi pour la mort de De Gaulle. Sur le listing, ni image ni mot. Il n'y avait que des courbes, hachées et sautillantes.

— Je peux emmener le résultat ? a demandé mon père.

Le médecin a été surpris. Il a déchiré le listing et le lui a tendu.

Puis il s'est installé derrière son bureau.

— Émile doit se reposer. Mais il peut reprendre normalement l'école après les vacances de Pâques.

Il a consulté son agenda.

— Elles se terminent quand ?

— Le 16 avril, a répondu maman.

— Ça nous laisse quinze jours.

Quelques mots sur une ordonnance. Un médicament à prendre chaque soir.

— Mais attention, un quart, pas plus !

Mon père n'écoutait pas. Il examinait les courbes.

— Et donc, vous me dites qu'il n'y a rien d'anormal ?

— Non, rien. Ce n'est pas de ce côté-là qu'il faut chercher, a répondu le médecin.

Avant de me serrer la main, comme à un homme.

Dans la rue, mon père a regardé ma mère.

— Tu as compris ?

Elle lui a rendu son regard.

— Tu vois bien que ce connard ne veut pas nous le dire ?

— Nous dire quoi ? a interrogé ma mère en détournant la tête.

À force de mots, elle n'écoutait plus les réponses.

— Mais que ton fils est fou !

Nous marchions vers la voiture. Il faisait de grands gestes.

— Il est fou ! Toqué ! Complètement débile !

Il a glissé la clef dans la serrure.

— Mais le médecin a dit qu'il n'avait rien.

Mon père l'a regardée.

— Tu es vraiment une pauvre femme !

Elle a ouvert ma porte.

— Il est complètement fou ! Tu comprends ? Et ce sont des choses qu'un médecin ne dit pas à des parents.

Elle n'a pas répondu.

— Quel escroc ! Non, mais quel escroc ! a encore grincé mon père.

— Pas devant le petit.

Il s'est assis. Il serrait le volant, ses phalanges étaient blanches, sa mâchoire. Il m'a regardé dans le rétroviseur. Les yeux de Ted et de Salan.

Je passais les mains dans mes cheveux, sur mon front. J'effaçais les aveux. Je décoiffais les traces.

Rentré à la maison, mon père ne m'a pas donné le quart d'un cachet, mais un comprimé entier.

— Ça ne peut pas lui faire de mal, il a dit.

Ma mère n'a pas protesté.

Les jours d'après, je souriais. Tout le temps, je souriais. Je marchais dans un étrange brouillard. Tout était gris, le sol mou, la lumière basse. Lorsque je parlais, ma voix faisait écho. Il fallait que je garde la tête droite, pour ne pas qu'elle se détache. Mes doigts ne sentaient rien, ni mon palais. La soupe avait le goût de l'eau. Un jour, j'ai été obligé de m'asseoir, en pleine rue. Mon père m'a installé sur le trottoir, deux doigts sur mon poignet en regardant sa montre.

— Tout va bien. Je suis docteur, a-t-il répondu à une dame qui s'inquiétait.

Il a regardé mes yeux, m'a fait tirer la langue.

— C'est le décalage horaire avec l'Amérique.

Et moi je souriais.

— Il a l'air complètement con, a lâché mon père, alors que nous dînions.

Il m'a tendu un comprimé entier.

— Je suis certaine que c'est ça qui le détraque, a répondu ma mère.

— Mais c'est parce qu'il est détraqué qu'on lui donne ça !

Il a quitté la table lourdement, sans toucher à son fruit. Depuis le pistolet, il ne criait plus. Il avait changé d'humeur. Au lieu de gronder, il geignait.

— Oh ! Et puis, fais ce que tu veux, après tout.

Sa voix dans le couloir.

— Ne lui donne plus rien. Il est normal ! C'est moi qui suis fou !

Il est entré dans sa chambre. Porte fermée. Sa voix encore, pour lui tout seul.

— Il n'y a que moi qui suis fou, ici. C'est bien connu.

Grincement du lit.

— C'est moi le fou !

Ma mère et moi, attendant qu'il s'endorme, chacun devant son coin de table. Elle n'osait pas bouger. Ni débarrasser, ni parler, rien. Elle attendait les premiers ronflements de son homme.

Lorsqu'il s'est endormi, elle m'a tendu le cachet entier et un verre d'eau.

— Allez, prends. C'est pour ton bien, elle a dit.

14.

La peur

— *C'est une histoire de fou. Je vais te passer la folle. Elle est ta mère, paraît-il. Mais vraiment, on est effrayés... Elle est... Tiens, je te la passe...*

Mon père. Sa voix sur le répondeur. Lourde, pâteuse de médicaments, pleine de mots mangés. Je dormais. La première sonnerie m'a réveillé à 7 h 44. J'ai regardé le cadran. « Inconnu ». C'était eux, probablement. Je n'ai pas décroché.

Un autre appel, au bout de quatre minutes. Puis un troisième. Et un dernier, deux heures et demie après. Je me suis assis dans mon lit. Quatre messages. Inconnus, tous. J'ai écouté le premier.

— *Elle est... Tiens, je te la passe...*

Ma mère. Sa voix à elle, inquiète, hésitante. Sa respiration.

— *Émile, mon fils, n'écoute pas papa. Parce que papa se demande... D'un coup il croit que tu n'es pas mon fils. Je ne sais pas ce que tu es, je ne sais pas ce qu'il est... Enfin, je n'en sais rien... Il a le livret de famille à la main, il n'arrive pas à comprendre pourquoi tu es*

227

mon fils… Enfin, je te laisse. Reste tranquille. Au revoir. Gros bisous. Ne t'en fais pas. Ça passera.

Fadila avait emmené Clément à l'école. C'était notre rituel. Le jeudi soir, je me couchais tard. Le vendredi matin, je dormais.

J'ai écouté le message une deuxième fois. Mon père parlait comme un enfant perdu, cherchant ses mots au bord des larmes. J'ai hésité à effacer les autres. Je ne l'ai pas fait. Je me suis levé avec peine.

« *Je t'aime papa.* » Clément avait dessiné un robot avec un cœur rouge et mon nom sur son torse d'acier. Mon fils avait huit ans. Il voulait être peintre, ou robot, il ne savait pas encore. Depuis la rentrée des classes, chaque jeudi, au retour de l'école, il dessinait pour moi. Peinture, craie, feutre, il remplissait le côté gauche d'une feuille et je coloriais le droit. Le vendredi matin, je trouvais son dessin dans la cuisine, à côté de mon bol. Dessus, il avait posé un crayon ou un pinceau. C'est lui qui décidait de mon matériel. Lorsqu'il rentrait le soir, notre dessin était terminé, mais je ne lui donnais que le lendemain, lorsqu'il venait nous réveiller en se glissant entre sa mère et moi.

« *Je t'aime papa* », avait écrit Clément.

Son robot avait les bras levés, avec des boules à la place des mains. Sur la feuille, il avait laissé un feutre rouge, un crayon vert et une gomme.

J'ai écouté le deuxième message. Mon père, encore. Ce même effroi.

— *C'est terrible ! La folle, là... Tu es son fils... Émile est son fils... C'est vraiment effrayant... Il faudrait que tu viennes ici, parce que...* (Mots incompréhensibles. Longue hésitation.) *Elle... Elle est complètement ravagée... On a vraiment peur... Il faudrait que tu viennes ici...*

Voix de la mère, derrière.

— *Arrête... Arrête...*

Mon père :

— *Elle... Elle va... Elle va te parler.*

Combiné raccroché.

J'ai pris le feutre rouge. J'ai rajouté un cœur à côté du premier. Et j'ai dessiné une rose en bouton. Avec ses pétales, ses aiguillons et ses feuilles à dents. J'ai légèrement gommé une jambe de son robot, pour l'enlacer avec la tige de la rose. Comme si sa progression était entravée par une fleur. À côté de « *Clément* », sa signature, j'ai écrit « *Émile* ». Lui horizontal, moi vertical, avec un seul « *e* » pour deux. Et puis « *Je t'aime, mon garçon* », comme d'habitude.

Le troisième appel avait été passé à 8 h 35. Ma mère, cette fois.

— *Excuse-nous de tous ces coups de téléphone, mon fils. Mais tu sais, je n'en peux plus. Ton père ne croit pas que tu es mon fils... Je ne sais plus quoi penser, moi. Je n'en sais rien. Je crois qu'il devient fou. Je n'en peux*

229

plus... Je n'en peux plus... Je n'en peux plus... Bon, je raccroche, maintenant ? Je raccroche, André ?

Craquements de combiné. Mon père a repris le téléphone. Voix abattue.

— *Non, non... Elle est complètement folle. On ne sait plus d'où elle sort, d'où elle vient... Elle a tous les papiers... Non, non, on est vraiment effrayés, il faut que tu viennes, hein ? Ou qu'on fasse quelque chose. C'est pour ça que je téléphone si tôt... Alors voilà, elle connaît Émile... Tu es son enfant... C'est vraiment effrayant... Allez, bonne nuit... Terriblement ennuyé.*

J'ai bu mon café, les yeux sur le portable. Un autre message avait été laissé à 10 h 23. Ma mère, j'en étais sûr. Pour me dire de ne pas m'en faire. Je recevais les mêmes appels depuis des mois. Habituellement, mon père expliquait qu'une inconnue voulait lui prendre son argent. Qu'elle errait dans l'appartement avec un regard mauvais. Il m'avait aussi appelé pour m'annoncer que je n'étais pas son fils. Que mon père s'était pendu. Que de Gaulle n'était pas mort et qu'il le cachait sous l'évier de la cuisine. Que ma mère l'avait trompé avec François Mitterrand. Il ne finissait pas ses phrases, patinait sur les mots, les idées. Quand je décrochais, il me demandait qui j'étais et pourquoi je lui téléphonais. Il m'appelait Picasso. Il dessinait mieux que moi, mais les Beaux-Arts l'avaient rejeté. Il avait trop de talent et ça dérangeait « ces connards à Paris ». Il y avait même une toile de lui au Louvre, que le musée avait signée d'un autre nom.

— Tu connais ton père, disait ma mère en rac-
crochant.

Mais ce jour-là, quelque chose avait changé. Il avait
peur. Mon père avait rarement eu peur. Une fois,
peut-être, face à la gueule de son pistolet. Mais plus
jamais de sa vie, avec moi, sans moi, après mon départ.
La peur lui était étrangère, dégoûtante. Il avait de
l'aversion pour les faibles, pour tous ceux qui baissaient les yeux. Et voilà que ses mots transpiraient
l'épouvante. Quelque chose était en train de naître,
qui ressemblait à sa fin.
Je me suis rasé. J'ai pris une douche, longuement.
Je suis retourné à la cuisine pour ajouter un deuxième
bouton à la rose. Elle m'avait semblé famélique. Je la
voulais gorgée de soleil.

J'ai écouté le dernier message. Ma mère. Une voix
sans ombre. Je le savais.
— *Bon. Émile ? C'est maman, mon fils. Alors, papa
vient de me dire de t'appeler et de te dire qu'il regrettait
tout ce qu'il avait fait parce que, vraiment, il ne sait pas
ce qui lui est arrivé. Maintenant, ça va nettement mieux.
Il sait très bien que tu es mon fils, que tu es son fils, que
j'ai eu un enfant. Il a tout à fait compris. Alors je ne sais
pas si demain j'appelle le docteur Helguers, je ne sais pas du
tout quoi faire. Voilà. Je te fais de gros bisous. Au revoir.*

*

Le Dr Honoré Helguers venait de Picardie. Il soignait mon père depuis trente ans. Je ne l'avais jamais vu, ma mère m'a raconté. Qu'il soit malade ou en bonne santé, pour une grippe ou une visite de routine, il se déplaçait. Mon père l'appelait « Noré ».

— Ce con de Noré ! me disait-il au téléphone.

Le pouls, la gorge, les yeux, jamais grand-chose à dire. À partir de cinquante-cinq ans, il lui avait conseillé de s'intéresser à sa prostate et à ses reins, mais mon père ne se souciait pas de ces broutilles. Il était persuadé d'avoir une maladie grave. Personne ne l'avait encore diagnostiquée. Pas même le Dr Helguers, alors qu'il s'en plaignait sans cesse.

Des angoisses, des vertiges, un mal de ventre, un pincement du sternum, des fièvres subites, de la sueur en pluie dans le dos, des taches noires devant les yeux, une impression de dégoût, une grande fatigue, la perte de certains goûts, certaines couleurs, des sifflements dans l'oreille gauche, des douleurs aux articulations, l'impression de flotter, l'éblouissement sans soleil, le nez qui coule, la gorge qui enfle, des ganglions aux bras, aux aines, un mal de tempes, la nuque raide, la bouche pâteuse, la langue inflammée, les gencives enflées, du sang rouge sur le papier-toilette, le dedans des oreilles qui gratte, des quintes de toux, les lèvres qui enflent au contact des fruits, l'intolérance à la poussière, des diarrhées, la respiration courte, le ventre gonflé, des sifflements dans le thorax, l'impression de tomber en dormant, le manque de sommeil, d'appétit, de joie.

À chaque visite, le Dr Helguers séparait ces symptômes et les expliquait. Un peu de tension, de stress, un rhume, une inflammation gingivale, une inflammation intestinale, le manque d'exercice, l'appartement pas assez aéré. Mais mon père l'écoutait à peine. Il jetait à ma mère des regards entendus.

— J'ouvre la fenêtre et je suis guéri ? C'est ça ?

Il riait. Ce médecin était un charlatan. Incompétent comme tous les médecins, menteur comme les journalistes, voleur comme les ministres.

En 1966, mon père avait acheté un dictionnaire Vidal, édité par l'Office de vulgarisation pharmaceutique. Et aussi une introduction à la pathologie médicale, et une étude de médecine expérimentale. Avant chaque visite du Dr Helguers, mon père exposait les trois livres sur la table basse. Il avait corné certaines pages, en avait marqué d'autres en glissant des bandes de papier.

— Égalité de savoirs, disait-il au médecin.

Ensuite, il remontait sa manche pour la tension en souriant :

— Je vous ai à l'œil, cher confrère.

15.

L'abandon

Après le bac, j'ai travaillé. Serveur de restaurant, préparateur en pharmacie. En 1969, j'ai été embauché comme apprenti chez un ébéniste. Avec son fils et lui, nous étions trois à l'atelier. Des tables basses en orme et des commodes en merisier arrivaient en pièces détachées. Sur les portes des meubles et le plateau des tables, il y avait un croquis imprimé. Blanc, très fin, comme un dessin d'enfant à colorier. C'était toujours le même. Un rocher libérait une mince cascade, au milieu des cerisiers et des bambous. Au centre, une grue prenait son envol. Le père assemblait les meubles à l'ancienne. Il taillait la mortaise au ciseau à bois, ajustait le tenon traversant et enfonçait les chevilles. Ensuite, le fils laquait. Trois fines couches de rouge de Chine, mélangé avec un peu de pigment noir, avant de recouvrir d'un léger glacis brun. Ensuite, c'était à moi.

La laque recouvrait l'esquisse mais ne la cachait pas. Malgré la couleur, elle s'offrait. J'avais mes pinceaux, mes peintures, mes torchons, une table ou une commode. Quelques heures plus tard, je leur livrais un vieux meuble chinois.

La première chose à peindre était la grue, le vermillon de sa calotte. Son bec gris, son cou immense, le bout de ses ailes, sa queue et ses pattes noires. Je travaillais les couleurs comme un lavis. Une brume blanche et légère enveloppait ses plumes. Ensuite, le rose fragile des fleurs de cerisier, une ombre à peine, entourant l'étamine. Les bambous, d'un vert sombre, chaque feuille argent n'étant qu'une bavure de pinceau. Le rocher, enfin, bleu et noir, avec de l'eau en mousse. Et le reste suivait. Le tracé des contours, le plus émouvant à travailler. La peinture était noire, grasse comme du fioul. Suivant les lignes imprimées, je jouais. J'appuyais le pinceau, le relevais, appuyais encore. Pleins, déliés, contours suppliciés de la roche. Pour chaque meuble, j'avais droit à un carré de feuille d'or. Pour les reflets de la cascade et l'œil de l'oiseau.

Ensuite, je passais un vernis craquelant, puis une cire, et cassais le brillant avec un ponçage à la poudre d'émeri, avant de le frotter à la mèche de coton.

— Il doit avoir l'air ancien, disait l'ébéniste.

Je n'ai jamais su s'il le vendait pour une antiquité. Chaque fin de semaine, un camion parisien venait chercher notre travail. Et personne n'en parlait plus.

*

En décembre 1970, j'ai appris que nous allions déménager.

J'avais vingt et un ans. Je gagnais 3,27 francs de l'heure et mon père m'en prenait un peu plus de la moitié. Pour le lit occupé, les repas, le linge lavé et repassé, l'eau et l'électricité. Je n'ai jamais parlé argent avec mes parents. Lorsque j'étais enfant, ma mère me donnait un franc par mois, en cachette. Et dès que j'ai eu un travail, il m'a demandé de participer à la bonne tenue de la maison.

— Ce n'est pas l'Armée du Salut ici !

Ce soir-là nous étions à table, mon père, ma mère et moi. Depuis que je lui payais un loyer, il comptait les tranches de pain. Et fermait le radiateur de ma chambre dans la journée. Il m'appelait « l'incapable ». J'avais le bac, et rien de plus. Ni médaille d'or de judo, ni médecin, ni maréchal de France mais décorateur de meubles. Ouvrier, il disait.

— Mon fils est manœuvre chez un minable qui vend des chaises.

Et il me faisait payer ce que je n'étais pas.

J'avais grandi. Je n'étais pas encore un homme, plus tout à fait un enfant. Je faisais sa taille, presque. Il ne me regardait plus de haut. Je ne marchais plus sur la pointe des pieds. Je claquais la porte de ma chambre. J'écoutais de la musique qu'il ne comprenait pas. Mes cheveux avaient poussé. Il n'aimait pas mes vêtements. Jamais il ne me demandait ce que je faisais. Ou comment s'était passée ma journée. Un jour, ma mère est venue me voir à l'atelier. Il a refusé de l'accompagner.

Elle lui a raconté la laque, le cerisier, la grue. Il a haussé les épaules en mangeant bruyamment.

— Connard de Picasso !

Il se levait tard et se couchait tôt. Sur la plage arrière de sa voiture, il n'y avait plus rien. Ni le béret de para, ni le kimono. Il ne parlait plus de l'Algérie. Un peu de De Gaulle, qui était mort dans son lit un mois plus tôt.

Nous en étions au dessert. Une portion de fromage fondu chacun. Il a dit à ma mère que les déménageurs seraient là lundi. Elle avait quatre jours pour faire les cartons. Ils se chargeraient du reste.

— Quels déménageurs ? j'ai demandé.

Aujourd'hui encore, je me souviens de cet instant. Je tirais la languette rouge de mon fromage. J'avais de la peinture noire et bleue sur les doigts.

— On déménage, a répondu ma mère.

Je n'ai pas aimé ses yeux. Elle passait de mon père à son assiette sans un regard pour moi. J'ai fait une petite boule avec le papier cristal qui protégeait le fromage. Mon père non plus ne me regardait pas. Il se servait un verre d'eau, les sourcils froncés. Deux silences de mort. Personne ne m'avait jamais parlé de ce déménagement. Je partais le matin, je rentrais le soir. Ils ne m'avaient pas dit que nous allions vivre ailleurs.

— Et on va où ?

J'ai demandé ça comme ça. Presque par politesse.

— Nous ? On va quai Montpinçon, a dit mon père.

Ma mère a débarrassé nos assiettes et nos couverts.

— Vous ? j'ai demandé.

Mon père a plié sa serviette.

— Oui, nous. Et toi tu te débrouilles.

Il a quitté la table en se raclant la gorge. Bruit de savates dans le couloir. Puis la porte de chambre fermée. Les ressorts du lit. La radio.

Ma mère était de dos, penchée sur son évier.

— Maman ?

Elle ne s'est pas retournée.

— Ne rends pas les choses plus difficiles qu'elles ne le sont.

Bruit de l'eau, de la vaisselle heurtée.

Je me suis levé. Mes jambes étaient sans force.

— Vous m'abandonnez ?

Elle s'est retournée, une vilaine moue sur le visage.

— Pas de grands mots, s'il te plaît.

— Mais je vais aller où ? Je vais faire quoi, moi ?

Elle a essuyé ses mains sur son tablier.

— Tu as plus de vingt ans, Émile. À cet âge-là, les garçons vivent leur vie.

Et elle s'est retournée pour frotter sa casserole.

Elle aurait pu m'en parler. Me prévenir. Comment voulait-elle que je trouve une chambre en cinq jours ?

— Tu pourras rester ici jusqu'à la fin du mois, elle a dit.

— Ici ? Sans vous ? Sans meubles ? Sans rien ?

Elle s'est tassée. Elle a rincé la casserole, les couverts, nos trois verres.

— Tu auras tout ton argent, maintenant.

Je n'ai pas répondu. J'ai quitté la cuisine pour ma chambre. Je me suis assis sur mon lit. Quatre jours. Mon enfance en éclats. Avant de me coucher, j'ai rassemblé mes carnets de croquis, mes peintures, mes pinceaux dans un sac. Pour la première fois, j'ai fait l'inventaire de ma petite vie. Mes vêtements tenaient dans une penderie et trois tiroirs. J'avais deux paires de chaussures, un manteau, quelques livres et une valise. Je n'avais plus rien, ni personne.

Ma mère n'est pas venue me voir. Elle et lui chuchotaient, porte close. J'ai cru entendre un rire. Je ne sais pas. Je me suis couché habillé sur mon lit, avec mes chaussures.

Le lundi, l'appartement était vide. Je suis rentré à la nuit, il n'y avait plus rien. Seul l'écho de mes pas. Le salon, la salle à manger, la cuisine, leur chambre. Vides, tout. De ma chambre, il restait le lit, le tabouret et une étagère. Ils avaient emporté l'armoire, la petite commode et ma lampe de chevet. Ma mère avait laissé un mot sur mon oreiller.

« Mon fils, tu peux garder le lit, les draps, la couverture et le tabouret pour ta nouvelle maison. Papa a laissé une ampoule électrique dans ta chambre, dans le couloir, la salle de bains, la cuisine et le salon. Il faudra rendre l'appartement avant le 1ᵉʳ janvier. Tu fermeras bien la porte et tu laisseras la clef dans la boîte aux lettres.

À bientôt mon grand.

Ta maman qui t'aime. »

240

J'ai éteint la lumière dans ma chambre. Puis dans les autres pièces. Je n'ai laissé allumée que l'ampoule de la cuisine, au-dessus de l'évier. J'ai marché dans l'appartement, pieds nus. Chaque pièce l'une après l'autre, suivant les murs du plat de la main. Les traces d'hier. Un tableau manquant, une rayure, des taches d'encre, poussière passée. La chambre de mes parents m'a semblé minuscule. L'armoire qu'il appelait « maison de correction » avait laissé son empreinte sur le parquet. Et les poings de mon père, des marques dans le mur de ma chambre et la porte d'entrée.

— Maman ?

Comme ça. Pour entendre ma voix en écho. Le vide était sonore. Le silence bourdonnait à mes oreilles. Je me suis assis par terre, dans un angle du salon, adossé au mur. Le ciel était un clair de lune. Ma tête tournait. J'ai eu peur, la clef serrée entre mes doigts. Pour respirer, je m'étais acheté un inhalateur de poudre sèche. Un tube gris, qu'on pouvait garder dans la poche. C'était nouveau. Il fallait le glisser entre ses lèvres, appuyer, inspirer fortement, compter jusqu'à dix dans sa tête, comme je le faisais avec mon sirop d'enfance, puis expirer lentement. J'ai appuyé trois fois, les yeux fermés.

Ils m'avaient oublié. Ils avaient laissé ma vie derrière eux. Ils avaient mis une autre clef dans une autre porte. Il avait installé nos meubles, leur lit, notre table à manger, nos chaises, notre table basse. Mon père avait arrangé ses petites bouteilles dans un coin du salon. Et ma mère, ses poupées dans la vitrine du meuble de télévision. Ils avaient accroché le tableau aux tournesols dans l'entrée, le clown triste dans le salon, la biche aux abois dans leur chambre. Ils avaient ouvert une fenêtre pour voir la rivière. Ils m'avaient abandonné.

J'ai dormi neuf jours dans l'appartement vide. Le chauffage avait été coupé. Il y avait de la buée sur les vitres. Je grelottais. Un matin, j'ai décidé de partir. Dans ma valise, j'ai rangé des restes d'enfance. La tête de mon parachutiste, le drapeau américain de ma carte d'espion et le timbre que m'avait envoyé Ted, il y avait bien longtemps. Avant que mon parrain ne donne plus de nouvelles.

*

Je suis retourné chez mes parents au début du mois de janvier 1971. Avec mon sac, ma valise et un début de grippe qui brûlait mes poumons. Je n'avais pas trouvé de logement. Je n'avais rien avoué à personne. Sans le dire au patron, j'avais dormi trois nuits dans l'atelier. Mais j'avais peur que la lumière me trahisse. Alors j'ai passé six nuits dans sa camionnette glacée, garée le long du trottoir. C'est moi qui avais les clefs. Je couchais sur la banquette arrière, des bâches coincées contre les vitres pour ne pas être vu.

D'abord, mon père n'avait pas voulu me recevoir.

— Il repart d'où il vient !

Ma mère a insisté. C'était la première fois que je la voyais lui tenir tête. Il avait vieilli. Il a accepté que je dorme sur son canapé. J'ai frissonné. Depuis la veille, j'avais mal à la tête, de la fièvre et le corps douloureux. Il m'a observé, chancelant sur le seuil, les yeux brûlants et la peau grise.

— Ton fils a une sale gueule de fêtard, dis donc !

J'avais envie de pleurer. J'ai souri. J'ai menti. Oui, je faisais la fête. Je sortais beaucoup. J'étais invité partout. Et aussi, j'avais trouvé un studio dans la vieille ville, près de la cathédrale. C'est pour ça que je les dérangeais aujourd'hui. Je leur demandais de m'accueillir, quelques jours seulement. Le temps de signer le bail et d'obtenir les clefs. Tout était mensonge.

— Près de la cathédrale ? Il ne se fait pas chier, a grogné mon père.

Ma mère a déplié le canapé-lit installé dans le salon. Je la regardais, sans un mot. Je toussais, mon haleine violente, mon torse en sueur. Je tremblais. J'ai regardé leur nouveau monde. Sur la commode, il y avait des photos d'elle et de lui. Pas une seule de moi.

— Ça va aller, mon fils ?

J'ai dit oui. Elle a touché mon front étoilé de sueur. Sous sa main froide, j'ai frissonné. Je claquais des dents. Je rêvais d'un endroit pour mourir.

— Tu as pris des médicaments ?

Oui. De l'aspirine. Ça irait mieux demain, certainement. C'était un samedi, je ne travaillais pas. Si je pouvais rester coucher le matin ? Elle a hésité. Oui. Bien sûr. Il faudrait qu'elle referme le canapé pour ne pas faire désordre. Elle m'installerait sur les coussins. J'ai fermé les yeux. Elle est allée à la salle de bains. Puis dans sa chambre. La voix de mon père, qui venait aux nouvelles.

— De la fièvre ? Tu parles !

Sa voix à elle. Plus douce, sans rien de trop. Pour dire que j'étais en feu.

— Merde ! On ne pourra jamais s'en débarrasser de celui-là ! a crié son mari.

Je ne sais pas où j'ai trouvé la force. Je me suis relevé. Sur les coudes, d'abord, puis assis. Les draps étaient humides, le sol glacé. Je me suis habillé dans l'obscurité, respirant à peine. J'ai bu le verre d'eau que ma mère avait posé sur la chaise. J'ai traversé leur appartement sur la pointe des pieds. J'ai refermé la porte. Sur le trottoir, j'ai regardé la façade de l'immeuble, leur étage désert, leurs fenêtres noires. Je suis retourné à la camionnette. Je me suis couché en boule, recouvert par du papier journal. J'ai eu peur du sommeil. Peur de fermer les yeux. Peur de ne pas me réveiller. De mourir là, dans une rue en hiver.

Et personne, jamais, ne m'a consolé de ces nuits.

16.

L'espion FX-14

Ma mère a attendu quinze ans avant de me téléphoner en cachette. Lui a mis vingt ans pour m'écrire. Des lettres difficiles, avec des phrases qui quittaient les lignes pour couler dans les marges, et des mots soulignés de plume grasse. Il m'en envoyait deux par an. Une pour Noël, une pour mon anniversaire. Des pages enfournées dans l'enveloppe, sans se soucier des cornes et des mauvais plis. Je les ouvrais. Je les lisais avec tristesse. Elles racontaient toujours la même histoire. l'Algérie, les forces obscures qui lui en voulaient. *« Maintenant, il faut que tu saches toute la vérité »*, avait-il écrit dans son tout premier message. À l'intérieur, il avait glissé son diplôme de pasteur pentecôtiste, *« pour que le gouvernement socialo-communiste ne mette pas la main dessus »*.

« À titre de documentation, j'ai célébré 17 mariages. 15 aux States, 1 en Angleterre et 1 en Suisse. Connerie humaine ! », avait écrit mon père.

Je l'imaginais à la table de la cuisine, courbé sur son papier, stylo en main. Comme lorsqu'il écrivait au député Plevy, à Édith Piaf ou à Charles de Gaulle.

« À la DGSE, j'étais mon propre officier traitant. C'est pour ça que la CIA m'avait demandé de surveiller Elvis Presley. Je m'en suis occupé à Memphis, mais surtout à Miracle Valley (Arizona). C'est là que j'ai bien connu Bush (oui, le Président) et un autre trafiquant de drogue très connu, qui infiltrait le SAC et le SDECE. Mais je ne peux pas te dire son nom. Cette lettre peut être lue ! »

Je n'ai jamais montré ces mots à personne, pas même à ma femme. Je les rangeais dans un classeur marqué « papa », pour plus tard. Le 23 décembre 1994, la lettre de Noël est arrivée. Mon nom et mon adresse sur l'enveloppe, dessinés à la règle à tracer, comme une lettre anonyme.

— Comme ça, leurs experts de merde n'ont aucune chance de me retrouver.

« Maintenant que ce con de Pinay est mort, je vais être enfin reconnu. Tu vas voir ! Le Nouveau Franc, c'était mon idée. Il y a cinq ans, je suis allé à Saint-Chamond pour lui secouer les puces. Et à Sainte-Maxime l'été dernier. Il m'a juré qu'il avouerait tout. Qu'il m'avait tout piqué ! Tout ! Même le nom de Franc Lourd. Je vais exiger de Balladur qu'il me dédommage. Parce que sans moi, jamais la DST n'aurait arrêté Carlos à Khartoum. Et ça commence à bien faire, leurs histoires de sectes,

Jéhovah, Mormons et le reste. La CIA coiffe tout. Moon et les groupes de psychohypnotiseurs. C'est eux qui me doivent le pognon. Le Franc, c'est mon pognon. Balladur a tout intérêt à me le rendre ou je passe à l'acte. Ce salaud va crever. Je suis né pour tuer. »

Le message se terminait par une phrase encadrée de noir : « *Je n'ai jamais accepté de faire un livre car je connais les risques.* »

D'année en année, ses courriers avaient de moins en moins de sens. Son écriture devenait douloureuse. Il copiait des noms de personnalités volés dans le journal ou dans le dictionnaire et les mettait en scène à ses côtés. Il passait d'une idée à l'autre, d'une couleur d'encre à l'autre, des lettres minuscules aux lettres majuscules, soulignait beaucoup, trois, quatre traits de colère, s'exclamait en alignant les points par dizaines. Mais cette fois, il menaçait de tuer un homme.

J'ai appelé ma mère le soir même. Mon père dormait. Je lui ai dit qu'il m'écrivait des lettres folles. Elle ne savait pas que nous correspondions. C'était un secret que je venais de trahir. Tant pis. Il était trop lourd pour moi. Je lui ai conseillé de l'emmener voir le Dr Helguers.

— Ne t'inquiète pas. Tu connais ton père, m'a-t-elle dit.

J'ai insisté. J'ai même employé le mot « malade ». Elle a marqué un temps. Malade ? Non. Elle ne voyait pas. Il avait bien eu un rhume en début de mois mais

Helguers lui avait donné des pastilles et il était debout le lendemain. Son cœur était bon, son pouls un peu rapide. Il était fatigué le matin, très fatigué le soir, mais rien que l'habitude. Ses yeux, peut-être ?

J'ai proposé de lui envoyer la photocopie des trois dernières lettres, les plus saisissantes, pour qu'elle les montre au médecin.

— Tu veux qu'il lise le courrier que papa t'envoie ?

Elle ne comprenait pas.

— Je ne veux pas d'ennuis, mon fils.

Elle a entendu les ressorts du lit. Il se réveillait. Elle voulait en finir avec mes questions.

— Est-ce qu'il te touche, maman ?

— Comment ça ?

— Il te frappe ?

Voix effrayée.

— Il se lève. Il faut que je raccroche.

— Réponds-moi. Il te frappe ?

— Tu connais ton père.

Et elle a raccroché.

*

Alors j'ai décidé de faire le voyage. J'y suis allé comme ça, trois mois plus tard, sans prévenir. J'ai pris le train en sens inverse, une boule d'enfance dans le ventre. Et je me suis assis sur le banc, en face de leur immeuble.

C'était en mars 1995, pour mon quarante-sixième anniversaire. J'avais acheté des gâteaux et une bougie.

J'attendais ma mère. C'était son heure. Elle revenait de courses, avec un demi-pain, du jambon et des tomates dans son cabas.

— Je peux t'aider ?

Elle a sursauté. Elle m'a regardé. Elle n'a pas compris. Et puis elle a retrouvé son enfant dans cet homme. Je lui ai pris son cabas du bras.

— Ça alors, elle a dit.

Et aussi :

— Tu as de la chance, il ne pleut pas.

Arrivée à sa porte, elle m'a demandé si je voulais entrer.

— Tu crois que j'ai pris le train pour voir la rivière ?

Elle était soucieuse.

— C'est mon anniversaire, tu sais ?

— Ça va faire une drôle de surprise à papa.

Nous avons pris l'ascenseur, sans un mot. Elle a tourné la clef, essuyé ses chaussures et lancé par la porte :

— C'est Émile qui nous fait une surprise.

Je suis entré. Les volets étaient fermés, les fenêtres aussi. Obscurité, poussière, aigre de la vieillesse. Mon cœur est remonté.

— Émile ?

Une voix, de la chambre.

— Ton fils. Émile, ton fils.

Silence.

Ma mère m'a ouvert la porte du salon. Ténèbres, odeur. Vomir.

— Assieds-toi, je vais le chercher.

J'ai regretté d'être là. Dès le couloir, j'ai regretté. La dernière fois que j'étais entré dans cet appartement, quand j'avais imploré l'asile pour la nuit, il était encombré de cartons de déménagement. Vingt ans plus tard, il empestait le caveau. De pièce en pièce, tout avait été aménagé à l'image de mon appartement d'enfant. Les meubles d'avant, les tableaux imprimés, les napperons sur les fauteuils, la nappe de table, les poupées, le bar à mignonnettes. Ils avaient changé de murs mais gardé tout le triste. Pas une chaise en plus, pas une horloge nouvelle. Ils avaient emmuré le nouveau dans l'ancien.

Lorsque mon père est entré, j'ai cessé de respirer. Le gaillard était devenu vieux. Bien plus vieux que son âge. Un géant voûté aux yeux mornes. Il avait passé une robe de chambre, des pantoufles en laine. Il n'était pas rasé, pas coiffé. Ses lunettes étaient grasses. Ses lèvres mangées, comme un homme sans dents. J'étais assis sur mon canapé-lit. Je me suis levé avec un faux sourire.

— Eh bien ! Ça fait bien plaisir, il a dit.

Ma mère l'a aidé à s'asseoir dans son fauteuil. Il regardait ses mains sur les accoudoirs, ses pieds sur le sol, il s'inquiétait de tout.

— Ça va ?

Il a levé les yeux. Son sourire. Un sourire qui le plissait. Ses yeux, son front, tout était rides. Il avait maigri. Et une mousse jaunâtre au coin de la lèvre.

— Désolé de te recevoir comme ça.

Bouillie de mots. Les médicaments. Il a regardé ma mère.

— Ça nous fait bien plaisir, hein ?

Elle était restée debout à côté de lui.

— Tu parles ! Sacré Émile, va !

— Pour une surprise, c'est une surprise, a murmuré son mari.

Quelque chose le gênait. Une tache sur son pantalon de pyjama. Il l'a grattée avec son ongle. Puis mouillé son doigt pour l'enlever.

— Et vous, ça va ?

Ma mère a enlevé son manteau de printemps.

— Oh nous, tu sais...

Elle est allée l'accrocher dans l'entrée.

Mon père frottait la tache avec sa manche.

— Tu dessines toujours bien ?

La voix de ma mère, passée à la cuisine.

— Je restaure les peintures des autres, surtout.

Mon père a levé la tête.

— Tu restaures quoi ?

Alors je lui ai expliqué, une fois encore. Mon travail avec les musées nationaux, les Monuments historiques, les institutions, les particuliers.

— Tu repeins sur les tableaux des autres, quoi.

Ma mère est entrée.

— Mais non, il les répare. Tu te souviens ? Il nous avait envoyé la photo d'un tableau, avant et après. Avant, c'était tout sombre, on n'y voyait rien. Et après c'était comme neuf.

Mon père, avec sa tache. Bref regard.

— Mais c'est pas lui qui l'avait peint, ce tableau.

— Non. Lui, il redessine quand on n'y voit plus rien.

J'ai respiré en grand. L'air était lourd, malade. J'étais à leur chevet.

— Je suis comme un docteur, tu vois ? On m'apporte des toiles souffrantes, et moi, je fais un diagnostic. Le vernis peut être oxydé, ou la couche picturale abîmée. Ou même...

Il a levé la tête.

— La toile peut être déchirée. Et moi, je panse les plaies, je cicatrise.

— Tu redonnes des couleurs, a tenté ma mère.

— Pas exactement. Je les retrouve.

Mon père a croisé ses mains sur ses genoux.

— En fait, tu ne peins pas de tableaux.

J'ai souri.

— C'est plus beau que ça : je suis au service d'un peintre.

— T'es un grouillot, quoi !

Je me suis retenu. Je voulais me lever, ouvrir la fenêtre en grand, respirer le vent de la rivière. Vider mon inhalateur tout entier. Le printemps n'entrait pas ici. La lumière restait à la porte, épuisée par les volets clos. Ils avaient allumé un lampadaire ocre sale. Nous étions en novembre, juste avant la mort du jour.

— Comment je peux t'expliquer ça ?

Il était retourné à sa tache de gras.

— Écoute, André, ton fils te parle.

Geste brusque.

— J'écoute ! C'est pas le Messie, quand même !

Je me suis penché vers lui. Je cherchais son regard.

— En ce moment, par exemple, je travaille sur un tableau de Konrad Witz.

Mon père a fait la moue.

— C'est boche ça, non ?

— De Souabe, oui, mais il est devenu suisse. Peu importe.

Ma mère s'est assise à côté de moi.

— Le tableau n'est pas très grand.

Mon père a écarté les bras.

— Comme ça ?

Je me suis penché un peu plus. À le toucher. J'ai posé mes mains sur les siennes pour les rapprocher.

— Plus petit. Comme ça, tu vois ?

Il m'a repoussé. Geste brusque.

— C'est nul ! Petit comme ça, il vaut rien ton tableau !

Ma mère, voix ferme :

— Mais laisse-le parler !

J'ai été surpris. Jamais elle n'avait eu ces mots pendant mon enfance. Elle s'était endurcie. Et il avait vieilli. Elle ne prenait pas sa revanche, mais un peu de sa place. Il n'a pas répondu.

— Ce tableau représente saint Christophe traversant une rivière avec Jésus sur son dos. Il est enveloppé dans une cape rouge, et il s'aide d'une canne de bois noueux.

— Et alors ? s'impatientait mon père.

253

— Et alors la toile est extrêmement fatiguée. Il a fallu que je retire de la crasse, des surpeints faits par de mauvais retoucheurs, que j'allège le vernis. C'est un travail passionnant.

Mon père avait faim. Ma mère est allée préparer le déjeuner.

— En quoi c'est passionnant de repeindre ce que d'autres ont déjà fait ?

Il était retourné à sa tache, sur son pantalon de pyjama. Ses doigts fripés, le dos de sa main étoilée de brun.

— Depuis deux mois, je travaille sur une œuvre qui a été exécutée en 1435.

Il a haussé les épaules. Mon regard sur son crâne. Je ne le lâchais pas.

— Tu te rends compte ? Moi, Émile Choulans, ton fils, je suis l'assistant d'un peintre gothique du xvᵉ siècle. Ce n'est pas passionnant, ça ?

Mon père a fait la moue.

— De mon temps, ça s'appelait un manœuvre.

— Un manœuvre ?

— Un ouvrier sans qualification. Incapable de faire les choses par lui-même.

Ma mère est revenue au salon. Ses yeux me suppliaient de ne pas répondre.

— Et tu travailles avec quel instrument ?

Sa voix était passée à autre chose.

Elle a aidé mon père à se relever.

— Avec des cotons-tiges.

Il s'est appuyé sur elle, lui a pris le bras. Il a grogné.

— Des cotons pour les oreilles ? C'est vraiment n'importe quoi.

Regard dur de ma mère. Elle avait cru à une provocation.

— Le coton-tige permet de nettoyer en douceur...

Mes parents n'écoutaient plus. Ils avaient quitté mes explications. De dos, soudés l'un à l'autre, ils claudiquaient vers autre chose.

— On a quoi ? il a demandé.

— Jambon tomates, elle a répondu.

— Et des gâteaux, j'ai ajouté.

Ma mère s'est retournée. Même regard effrayé.

— Des gâteaux ? Pourquoi des gâteaux ?

Coup au cœur. Mes mots en désordre.

— Mais pour moi... Je veux dire, pour vous... Pour mon anniversaire.

— Il n'a qu'à les remporter chez lui, a lâché mon père.

— On ne supporte plus la crème, a ajouté ma mère.

J'étais resté assis, sur le canapé, la boîte de gâteaux à côté de moi. Je me suis levé. Je n'osais pas faire les quinze pas menant à la cuisine. Bruits de chaises, de couverts. J'ai traversé le couloir. Je suis entré. Mon père, ma mère, attablés face à face sur la table rouge. Leurs deux assiettes, leurs deux serviettes, leurs deux verres. Je n'ai rien dit. Je me suis adossé au mur, mains dans les poches.

Mon père a levé les yeux vers ma mère. De l'huile coulait sur son menton.

— Il repart à quelle heure ?

— À quelle heure est ton train ? m'a-t-elle demandé.

— Quand je veux. Il y en a un toutes les heures.

— C'est bien pratique, elle a dit.

Je suis retourné au salon. Ma veste, mon sac. Je les ai embrassés l'un après l'autre. J'étais sans pensées. Ni surprise, ni colère. Je flottais.

— Ça nous a fait bien plaisir, a dit ma mère.

— On s'attendait vraiment pas à ça, a ajouté mon père.

Il sauçait la vinaigrette avec son pain.

Ma mère, fourchette levée.

— Tu déjeunes où ?

— Dans le train, il y a un bar.

Elle a hoché la tête.

— On bouffe mal dans les trains, a mâché mon père.

J'ai hoché la tête.

J'avais le paquet de gâteaux au creux de mon index, pendu à son ruban rouge.

J'ai observé leur silence une dernière fois.

— Bon appétit, j'ai dit avant de partir.

— Merci mon fils, a répondu ma mère.

Elle ne semblait ni gênée, ni mal à l'aise, ni triste, ni inquiète, ni soucieuse de rien. Comme lui, elle a saucé son assiette avec application.

*

Je n'ai pas ouvert la lettre qu'il m'a envoyée neuf mois plus tard, pour Noël. Mon nom, mon adresse sur l'enveloppe, avec le mot France souligné de rouge. Ni celle reçue pour mes quarante-sept ans. Je rangeais désormais les enveloppes fermées. J'avais peur de lire. Mal, aussi. Je savais que chacun de ses mots hantait la vie de ma mère. Le matin, le soir, à table ou dans la rue, il parlait. Elle ne l'écoutait plus mais il parlait. Ses lettres avaient infusé de longs mois. Il testait chaque idée sur sa femme. Elle était au premier rang de sa colère, de son impatience, de ses fantômes. Je l'appelais parfois, j'avais peur pour elle. Elle me désarmait. Malade, ton père ? Elle ne voyait toujours pas. Elle ne voyait rien. Jamais elle n'avait rien vu. Elle trottinait dans la vie avec son cabas de ménagère, préparait les repas pour l'homme qui vivait là, faisait les vitres pour qu'un peu de lumière entre dans l'appartement. Du trottoir, elle observait la façade grise de leur immeuble, pas les arbres des quais. Pas un regard pour la rivière non plus, pour la mouette, pour le ciel. Le ciel ? Il n'était pour elle que la couleur du temps. Soleil, nuages. Au téléphone, j'essayais de parler d'elle, mais elle réduisait sa vie au parapluie qu'elle n'aurait pas dû prendre ou qu'elle avait bien fait d'emporter.

— Il fait chaud, chaud, chaud ! On n'a pas ouvert les volets aujourd'hui.

Trois fois, chaud. Tout répéter pour souligner davantage. Jamais elle n'avait prononcé un seul « non » dans une phrase, ou un seul « oui ». Pour nier ou admettre, il lui fallait mitrailler les adverbes en enfilade. Je l'imaginais, secouant la tête ou la hochant en regardant le combiné. Et puis, lorsqu'elle ne pouvait plus reculer, lorsque je lui disais encore et encore mon inquiétude, elle répétait de ne pas m'en faire.

— Tu connais ton père.

Oui, je connaissais mon père. Bien sûr, je le connaissais.

*

Je suis revenu les voir sept ans plus tard, en juillet 2002. Clément était né en mars, comme moi. Je voulais qu'ils le rencontrent. Nous sommes arrivés en ville par le train de midi. Je ne leur avais pas donné notre heure d'arrivée. Ils ne l'avaient pas demandée. Avant d'aller chez eux, j'ai emmené Fadila et mon fils dans un restaurant de la rue Belgeard.

— Tu viens avec ton bébé ?

Oui, j'avais répondu au téléphone. Bien sûr, évidemment. C'est même pour cela que nous venions. Ma mère avait posé la question avec sa voix soucieuse.

— Vous allez manger où ?

— Déjeuner où ? Nous trouverons.

Elle avait semblé soulagée.

— Dans le train ?

— Non, dans la vieille ville, je pense.

Mon père écoutait tout. Je sentais sa présence autour d'elle, j'entendais son silence. Il regardait ma mère, la fenêtre, elle encore, le plafond.

— Il vient avec son Arabe ?

Elle ne lui répondait pas. Elle s'inquiétait du métro bondé.

— On prendra un taxi à la gare, ne t'inquiète
de rien.

— Ça fait des frais, a dit ma mère.

— De quoi ? il a demandé au loin.

— Ils vont aller au restaurant, ça fait des frais,
a répété ma mère.

Il pleuvait. Une pluie fine et légère, que nous ne
sentions pas. Lorsque nous sommes arrivés dans leur
rue, ma mère était à la fenêtre. Elle attendait, penchée,
mains jointes. Elle surveillait les taxis. Nous sommes
arrivés à pied. Je portais le couffin d'osier, Fadila avait
le sac. Du trottoir, j'ai fait un geste de la main. Trop
grand, le geste. J'ai agité mon inhalateur, aspiré trois
doses violentes, comme en présence d'un chat.

Leur appartement sentait toujours la poussière, les
ténèbres et le rance. Mon père était assis dans son
fauteuil, en pantalon de velours trop court. Il avait une
chemise bleu nuit, des chaussettes blanches à motifs
rouges et des pantoufles de laine noire et jaune. Lorsque
nous sommes entrés, la pluie avait cessé. Le soleil d'été
labourait les nuages. L'appartement était un four.

— Il va sûrement repleuvoir, a soupiré ma mère.

— Ici on ne craint rien, a souri Fadila.

Ma mère l'a regardée.

— Oui, mais s'il pleut quand vous repartez...

Ma femme avait du mal avec mes parents. Elle les
reniflait comme une louve inquiète. Jamais je ne lui

259

avais parlé de mon enfance. Ni de la violence, ni de la folie. Surtout pas de l'OAS. Des mots, ici ou là. Rien de plus, mais elle devinait. Elle m'observait en secret. Une tristesse, une pluie d'automne, une colère brutale, une émotion trop vive, une larme de Noël, un regard battu. Elle leur en voulait de m'avoir abîmé.

— Je suis soulagé, vous n'avez pas trop le type algérien, lui avait dit mon père lors de leur première rencontre.

Il la déshabillait du regard. J'ai manqué d'air.

Ma femme a souri. Elle a pris mon bras.

— Je crois que c'est un compliment, mon chéri.

Ma mère a hoché la tête.

— Fatma ? C'est ça ?

— Fadila, je préfère, a répondu ma femme.

Elle a ri. Ma mère aussi.

— C'est mieux que Fatma. Ça fait bonniche, Fatma, a jeté mon père.

Fadila était française. Mère bretonne, père kabyle, née à Rosporden.

J'ai déposé le couffin sur le tapis, dans l'obscurité de leur caveau.

— Le soleil est revenu, vous savez, a encore essayé ma femme.

— C'est pour ça qu'on ferme les volets, a répondu ma mère.

Clément dormait. Je l'enviais. Sur le dos, poings serrés sous sa gorge, bouche ouverte, il dormait. Ma mère s'est penchée sur le couffin.

— Il n'est pas serré là-dedans ?

Fadila l'a rassurée. Mais elle m'a reposé la question. À moi, son fils qui savait. Non, maman. Pas serré. Il est bien, à la fois au chaud et au frais. Il dort. Il rêve. Il profite de votre obscurité. J'avais soif. J'avais demandé au taxi de nous laisser à quelques rues de chez eux. Marcher les derniers mètres sous la pluie, plutôt que d'être livrés à leur porte. Nous avions longé les quais sans un mot.

Depuis Paris, j'étais mal. Dans le train, je me suis endormi. À 10 heures du matin, épuisé comme à minuit. Je me suis réveillé lorsque nous avons traversé la rivière. Réveillé par la voix du chef de bord. Depuis, je sommeillais. Au restaurant, mes yeux se fermaient. Je sentais dans la rue tout le poids de la nuit. Et encore après, dans cette chaleur d'août, ces relents de tombeau. Ma mère est allée à la cuisine. Elle est revenue, un verre d'eau pour elle seule. Elle a bu.

— Qu'est-ce qu'il fait chaud.

Fadila m'a regardé. J'ai évité ses yeux. Un instant, j'ai voulu prendre mon fils, ma femme, et les sauver. J'ai passé un peu de lait sur les lèvres de notre enfant. J'ai sorti son brumisateur d'eau minérale. Je l'ai vaporisé de loin. Il a grimacé. Je me suis mouillé le visage.

— Ça, c'est drôlement pratique, a lancé ma mère.

— Lorsqu'on a soif ? C'est formidable ! a répondu Fadila.

Elle était à bout. Nous étions là depuis quinze minutes et elle n'en pouvait plus. Sans un mot de

261

moi, sans un regard, elle savait, elle sentait, elle devinait. Elle était gagnée par le dégoût. Elle tenait son sac contre elle, regardait la porte d'entrée comme un naufragé surveille le canot.

— Qu'est-ce qui est formidable ?

Mon père. Sa voix faible, sa langue de bois, ses lèvres molles.

Depuis que nous étions entrés, il était tassé dans son fauteuil, silencieux. Il regardait Fadila, ma mère, moi. Il n'avait pas remarqué le couffin.

— Émile a un vaporisateur avec de l'eau, je n'avais jamais vu ça.

Mon père a regardé ma mère. Son visage étonné.

— Pour son asthme ?

— Non, pour se rafraîchir, elle a répondu.

Il a sifflé entre ses dents. Ou expiré, je ne sais pas. Son bruit de père qui n'a pas entendu, ne s'intéresse à rien, rattaché à la vie par un chuintement de bouche. Après, généralement, il lâchait : « Eh ben dis donc ! »

— Eh ben dis donc ! a lâché mon père.

Et puis le silence. Je l'ai laissé entrer, avec sa sale gueule. Comme ça, pour voir ce qu'il adviendrait de nous. Un silence de poisse, de glu. Un silence de gêne, de honte, de rien à se dire. Un silence de bout de table, de fin du jour, un silence d'après nuit, un silence de regard baissé. Fadila m'a aidé. Assise sur le tapis, elle caressait sans un mot la joue de notre fils. Ma mère comptait ses doigts, posés en oiseaux morts sur son tablier à fleurs. Mon père avait les yeux mi-clos. Je les ai regardés, tous. C'est comme si l'un de nous venait d'avouer le pire. Comme si le sort cognait. Un drame muet s'abattait sur nous. Des images me hantaient. Un gendarme à la porte, qui annonce le décès du jeune fils. Un médecin à mallette, accablé de cancers. Nous étions là, sans regards et sans vie. À attendre la fin du monde, la vague géante, la comète qui fonce vers la Terre. Nous venions d'apprendre que le soleil ne serait plus jamais. C'était le dernier jour, avant la dernière nuit.

— On y va ?

Fadila. Debout devant le couffin.

— Ça nous a fait bien plaisir de vous voir, a dit ma mère.

Mon père a ouvert les yeux.

— Tu y comprends quelque chose à l'euro ?

Depuis six mois, il avait des pièces inconnues dans sa poche.

— Il faut multiplier par sept, j'ai dit.

Mon père a désigné la commode du doigt.

— Montre-lui ce que j'ai découvert.

Une pièce de deux euros était posée sur le bois. Elle venait d'Allemagne. Ma mère me l'a tendue. Mon père a ri.

— Tu vois ? Tu vois ça ?

J'ai regardé la pièce.

— De Gaulle et tous ces cons, ça a servi à quoi ?

Je ne comprenais pas.

— Mais la guerre, bordel ! Toutes leurs conneries ! Ça a servi à quoi ?

Fadila s'était levée. Tranquille, impolie, hautaine, superbe. Elle avait soulevé le couffin. Elle s'est avancée vers ma mère. Trois baisers.

— Chez nous, c'est deux, a expliqué maman avant de se dégager.

Il n'y avait jamais eu de baisers chez nous.

— Ton père a découvert qu'il y avait un aigle sur l'euro.

Je l'ai regardée. Elle a eu un geste embarrassé.

— Un aigle, tu te rends compte ? a continué mon père.

Il a toussé.

— Toutes ces conneries de Résistance pour se retrouver avec un aigle nazi sur nos pièces françaises !

Fadila était dans le couloir.

— Si tu as un copain journaliste, donne-lui le scoop !

Mon père a levé la main.

— Mais sans raconter que c'est moi qui ai découvert le truc. Tu vois ce que je veux dire ? Silence radio. Secret secret. Tu lui dis de me laisser dans l'ombre.

Je me suis levé à mon tour.

— Tu as vu Clément ? j'ai demandé.

Il m'a regardé sans comprendre. Son front de rides, ses yeux transparents.

— Émile te demande si tu as vu son fils.

Mon père a haussé les épaules.

— Oui. Il était là, non ?

Son doigt vers le tapis, dessinant le couffin manquant.

Je l'ai embrassé. Sans savoir pourquoi, j'ai placé ma main derrière sa nuque, sur ses cheveux mouillés de sueur.

— Tu connais ton père, a dit ma mère.

Fadila lui a souri, comme un avocat encourage un condamné.

— Tout va bien se passer.

Clément dormait toujours. Il n'avait rien vu, rien entendu, ne saurait jamais rien d'eux. Quand la porte s'est refermée, j'ai pris les escaliers, seul. Cinq étages pas à pas pour retrouver de l'air.

— Plus jamais, a dit ma femme lorsque nous sommes sortis.

Comme moi, elle s'est retournée. Geste de la main, à la vieille dame penchée à sa fenêtre. Un dernier regard en cadeau d'adieu.

— Plus jamais, a-t-elle répété.

Nous avons longé la rivière, les grandes avenues du dimanche sans personne. Et puis elle m'a pris la main.

— Je ne veux plus jamais les voir, parce qu'ils te font encore du mal.

À la gare, j'ai acheté de l'eau. Nous avons repassé la rivière. Au loin, la petite église carrée de mon enfance, la colline, le ciel retourné en été. J'ai posé mon front contre la vitre. Clément dormait toujours. Fadila sommeillait.

Et alors j'ai pleuré.

*

265

J'ai vu mon père pour la dernière fois le 17 novembre 2010. Je leur avais apporté du cidre et une brioche bretonne. J'étais seul.

— Pour une surprise, c'est une surprise, a-t-il souri.

Ma mère m'a débarrassé du gâteau, du cidre.

— Ça se met au frigo ?

Non. C'était pour maintenant, pour nous trois. J'étais arrivé à seize heures, exprès pour le goûter et je n'ai pas osé le dire.

— Le cidre, oui. Mais pas le kouign-amann.

Ma mère s'est retournée.

— Comment tu appelles ça ?

— Kouign-amann. C'est sans crème et ça vient de Douarnenez.

— Toi, alors, sacré Émile !

Elle a ri de bon cœur.

— Je croyais que tu nous apportais une galette des Rois en avance.

Mon père, perdu dans son fauteuil.

— Il nous a apporté quoi ?

— Du sucre, a répondu ma mère.

Je me suis assis face à lui. Il ouvrait et refermait les branches de ses lunettes, posées sur ses cuisses. Ma mère était à la cuisine. J'ai cru qu'elle préparait la brioche, mais elle râpait des carottes pour leur soupe du soir.

J'étais seul avec lui. Je le regardais, il observait ses montures. Plier, déplier. Il levait ses lunettes à hauteur de ses yeux, regardait le gras du verre. Les rangeait dans la pochette de sa robe de chambre. Surveillait ses mains, ses doigts. S'inquiétait. Geignait.

— Tu as vu mes lunettes ?

— Dans ta poche du haut, répondait ma mère sans passer la porte.

Il les cherchait en tremblant. Posait la main dessus. Soupirait. Les posait sur ses genoux. Ouvrait et fermait les branches.

J'ai murmuré :

— Papa ?

Il continuait.

— Papa ?

Il a levé les yeux. Il a ouvert la bouche.

— Ça va papa ?

Il a fait la moue. Laissé couler ses lèvres, son menton, son corps tout entier. Il a haussé les épaules comme on chasse une douleur. Et puis il a posé son regard sur moi. C'était doux, calme, étrange. Il m'a observé. Comme lorsque nous étions espions, dans les rues de mon enfance. Chacun derrière son mur, complices, porteurs de secrets, nos talkies-walkies à l'oreille. Il m'a contemplé, lèvres closes. Son silence sur nous, en voile de crêpe noir. Personne d'autre que le père et le fils. Le chef et son soldat à l'heure de la défaite. Ma mère était ailleurs, et les odeurs sombres, et le froid du dehors, et Noël bientôt. Nous nous tenions par les yeux. Nos vies, nos peaux, nos cœurs. Il venait d'avoir quatre-vingt-dix ans. J'en avais soixante et un. Son vieux fils. Nous avions les mêmes paupières tombées, la même bouche amère. Mon père sommeillait en moi.

Il m'a dévisagé une dernière fois. Nous nous sommes croisés. Deux regards mouillés, immenses, un quai de gare désert, une étreinte, un adieu. Puis il a lâché prise. Ses yeux se sont perdus. Ils clignotaient ailleurs, derrière moi, plus loin. Lui qui les essuyait sans cesse, les a laissés couler. Il a baissé la tête. Il a ouvert sa main et inspecté ses lunettes, comme il véri-fiait la porte bien fermée avant de se coucher. Il ne me regardait plus. Il ne me regarderait jamais plus.

— Ça va mon fils ?

Ma mère, de sa cuisine.

— Je ne vais pas tarder.

Elle n'a pas répondu. Le raclement de l'économe, l'eau dans l'évier. J'ai sorti mon carnet de ma poche, mon crayon. Mon père. Une dernière fois. Son corps massif, ses cheveux en arrière, ses yeux presque clos. J'ai dessiné sa façon de se taire. Le voûté de son dos, ses jambes ouvertes, ses mains, ses lunettes. J'ai ombré son pull marron, plissé ses chaussettes piquetées de bleu. J'ai tracé les contours du fauteuil, son coussin de laine, le rideau derrière lui, les fleurs en tissu dans le vase sans eau. Je crayonnais vite. Je capturais tout ce qui pouvait encore l'être. Je griffonnais un homme faible, seul, désorienté. Je cherchais son regard baissé. Rien ne m'habitait plus. Aucune colère. Pas de dou-leur. Mon corps avait survécu à ses poings. Ma tête était sauve. La « maison de correction » n'était plus qu'une armoire de bois. Alors j'ai ébauché le reste. La plinthe le long du mur, le pied de table moulé, la gravure derrière lui. Mon silence ne l'a pas dérangé. Le sien ne m'a pas troublé. J'ai refermé mon carnet. Je me suis levé lourdement. Depuis quelques années, mes jambes me faisaient mal, mes genoux, les articulations de mes doigts. Mes yeux étaient en train de renoncer. Surtout le droit, épuisé de taches sombres.

Avant de quitter la pièce, je me suis penché sur mon père. J'ai embrassé ses cheveux. Eau de Cologne. Il n'a pas sursauté.

— Ton train est à quelle heure ?

— Maintenant, j'ai dit.

J'ai menti. Je suis resté en ville pour la nuit. J'ai marché dans les rues de mon enfance. J'ai bu dans les cafés ouverts. J'ai choisi un hôtel de rien, près de la gare. Fadila m'avait laissé quatre messages. Je n'ai pas répondu.

Je ne pouvais pas dormir. Une petite télévision était encastrée dans le mur, au-dessus du lit. La chambre faisait hôpital. C'était exactement ce qu'il me fallait. Alors j'ai joué avec la télécommande. J'avais acheté trois cannettes de bière chez un Marocain, en bas. Elles étaient fraîches, écœurantes. Je n'avais pas mangé. À deux heures du matin, je suis tombé sur un vieux film français. Noir et blanc, avec des voix de radio ancienne. Une histoire d'espionnage, avec les méchants soviétiques, les gentils Américains et un agent français qui ressemblait à l'acteur Dominique

Paturel. Je buvais ma bière sur le lit, habillé, avec mes chaussures, couché sur la couverture, un oreiller calé sous la nuque.

Et brusquement, je me suis assis.

L'espion français entrait dans une base aérienne. Un grand gaillard venait à sa rencontre. Un roux immense, en uniforme américain, calot penché sur la tête.

— Hello Ted ! a salué le Français.

— Mon vieux Frenchie ! a rigolé l'ami américain.

Il marchait en cow-boy, jambes arquées. Il lui manquait le bras gauche. Sa manche était passée dans sa ceinture, comme un pistolet. Le Français a étreint l'Américain. L'autre lui a tapé dans le dos en riant.

La boîte de bière est tombée de mes mains sur le lit. Elle était vide.

Ted était sorti de ma vie quarante-sept ans plus tôt, le 23 novembre 1963, au lendemain de l'assassinat de John Fitzgerald Kennedy. Il courait derrière la voiture du Président. C'est lui qu'on a vu à la télévision, grimper à genoux sur le capot arrière, et tendre sa main valide à Jackie pour la protéger.

Ce soir-là, mon père était allé dans sa chambre avec la radio, sans un mot.

Ma mère et moi avons débarrassé la table.

— Ted a deux bras ? je lui ai demandé.

Elle m'a regardé sans comprendre.

À l'écran, nous avions vu Ted sauter sur la voiture, une main tendue, l'autre en arrière, le maintenant en équilibre. Ma mère rangeait les assiettes avec précaution, les verres.

— C'est peut-être une prothèse, elle a dit.

Une prothèse. Évidemment. Ted était appareillé. Il ne pouvait se promener sans bras. La CIA avait dû lui fabriquer une main de robot.

— C'est quand la dernière fois que tu as vu Ted ? je lui ai demandé.

Elle posait la soupière au-dessus du meuble. Son geste s'est arrêté. Elle est descendue de sa chaise, a passé l'éponge sur la table de la cuisine. J'étais assis en face, j'attendais.

— C'était quand, maman ?

Elle a roulé des yeux en soupirant.

— Il y a un an ou deux.

J'avais les coudes sur la table et la tête dans mes mains.

— Il est comment, mon parrain ?

Elle m'a souri.

— Il ressemble à un acteur de cinéma, a dit ma mère.

Un acteur de cinéma. J'aimais l'image. Je l'avais tellement imaginé.

Le lendemain, un dimanche, mon père est sorti de sa chambre sans un mot. Il a bu le café préparé par ma mère, mangé sa tartine et longuement observé la ville par la fenêtre.

— La France ne se doute de rien, il a dit.

J'ai hoché la tête.

Il est resté en pyjama toute la journée. Errant de son lit au canapé. Pas un mot à ma mère ou à moi. Pas de colère non plus. Au repas du soir, il nous a demandé de lever notre verre d'eau, tous ensemble. De trinquer.

— À Ted ! a lancé mon père, visage grave.

— Il a été blessé ? j'ai demandé.

Ma mère m'a donné un coup de pied sous la table.

Mon père n'a pas répondu. Il a regardé son verre levé.

— À toi, mon frère. Et mort aux cons !

Je n'ai plus jamais entendu parler de notre ami américain.

J'ai ouvert ma dernière bière, appuyé sur la touche MENU. Le film s'appelait *L'espion FX-14 tombe dans un piège*. Il était sorti en 1961. J'avais douze ans.

— À cause de ce satané accident de Jeep, disait l'acteur américain.

J'ai allongé mes jambes. J'ai souri. J'ai vu mon père, bouche ouverte dans la salle obscure. Il regardait FX-14, Ted, les uniformes. Il entendait les balles qui sifflaient.

— À la vie à la mort, mon vieux Frenchie !

L'espion avait une gabardine comme celle de notre enfance. Et aussi des jumelles. Il parlait à ses chefs dans un talkie-walkie. En rentrant chez lui, il vérifiait que le cheveu témoin était bien en place sur la poignée de porte, inspectait la rue et entrait à reculons.

J'ai vu mon père.

À la fin du film, il n'a pas bougé. Il a attendu le générique, la fin de la musique, les lumières. Et puis il s'est levé, main glissée dans la poche intérieure de son blouson, comme un policier vérifie la présence de son arme. Il est sorti de la salle. Il a marché dans la rue. Il avait un visage dur, le regard soupçonneux. Ce jour-là, il est remonté à pied. FX-14 ne prend pas le bus. Il est arrivé au bas de notre immeuble. Il a respiré le mystère en grand. Puis le danger. Il s'est retourné. Il a inspecté les immeubles, le bac à sable, les derniers passants du soir. Il est entré dans l'allée à reculons. Il a gravi les marches sans se presser, une à une, écoutant les murmures de nos voisins, une voix de radio. Il est arrivé à notre porte. Il a inspecté les étages, comme il le faisait chaque soir depuis le putsch des généraux. Il a tourné la clef et n'a rien dit jusqu'au repas.

À table, il a déroulé sa serviette et l'a claquée sur sa cuisse.

— Ted rentre en France pour rejoindre l'Organisation, a dit mon père.

Ma mère plongeait sa louche dans un plat de lentilles. Moi, j'observais avec crainte une tache blanche sous l'ongle de mon pouce.

— Les taches blanches, c'est lorsqu'on a menti. Une tache, un mensonge, m'avait expliqué ma grand-mère.

Ma mère avait servi son mari en premier. Œuf, lentilles, fromage blanc, lui d'abord. Il mangeait en faisant du bruit.

— Ted ? avait interrogé ma mère.

Mon père avait levé les yeux. Il lapait son assiette. Haussement d'épaules.

— Ben oui, mon ami américain. Émile a l'âge de savoir, maintenant, non ?

J'ai éteint la télévision. Je suis allé à la fenêtre. La gare déserte, la rue. Deux jours plus tard, le 19 novembre, mon père me téléphonerait au matin en traitant ma mère de folle. Ne sachant plus qui était cette femme qui rôdait. Cette inconnue qui me prétendait son fils. Il aurait peur. Ne comprendrait plus rien. Il m'appellerait au secours. Moi, le rebelle, le petit Frenchie, le prisonnier de son placard. Je serais triste et seul. Infiniment seul. Je serais malheureux. Tout chagrin de lui. Et je m'en voudrais tellement de toujours l'aimer.

17.

Le Dr Helguers

(Samedi 20 novembre 2010)

J'ai téléphoné à ma mère. Oui, il allait mieux. Il ne fallait pas m'en faire. Oui, il avait dormi. Très bien, même, avec le livret de famille prisonnier de ses mains. Il l'avait relu au matin, répétant à ma mère que c'étaient bien leurs noms, là. Et le mien, sur la page de droite. Il se souvenait de tous. Il s'était excusé. Il lui avait demandé ce que j'avais pensé de tout cela. Il était inquiet de ma réaction. Au petit déjeuner, elle avait voulu lui reprendre le livret, mais il avait refusé. Il préférait le garder près de lui, pour que personne ne le rature, ne rajoute des noms ou en retire. Il n'avait ni soif ni faim. Il m'avait demandé de venir et il guettait la porte. Alors ma mère avait appelé le Dr Helguers.

— Et qu'est-ce qu'il a dit ?

— Il est toujours là. Tu veux lui parler ? a demandé ma mère.

Oui, bien sûr.

— Monsieur Choulans ? Docteur Helguers.

L'accent picard.

Un « r » sourd, pharyngal, des voyelles finales abrégées.

— Je peux vous parler librement ?

Le médecin m'a répondu oui. Je lui expliquais et il m'écoutait. Les lettres folles, les coups de téléphone, le manque d'attention, les propos délirants, les branches de lunettes qu'il ouvrait et refermait de manière compulsive. J'avais peur pour ma mère, pour lui, pour nous tous. Il avait toujours été étrange, mais cette fois, il délirait.

— Pour ma mère, ce n'est plus tenable, docteur.

— Elle écoute, m'a-t-il répondu. Et elle n'a pas l'air d'accord.

Coup de couteau.

— Comment ça, elle écoute ?

— Oui, et votre papa aussi. J'ai mis le haut-parleur pour qu'ils entendent. Parce que je veux que tout soit bien clair entre nous.

— Clair ?

— Je suis médecin depuis cinquante ans, monsieur Choulans. Je connais mes malades, je connais bien la vie aussi.

— Je vous avais demandé de vous éloigner.

— Pourquoi ? Vous leur cachez quelque chose ?

J'entendais vaguement la voix de ma mère.

— Je n'ai aucun secret pour votre père, monsieur Choulans. Voyez-vous, je le suis depuis vingt-neuf ans. Et je ne crois pas vous avoir déjà rencontré.

Je lui ai demandé de couper le haut-parleur. Il a refusé.

— Si votre idée est de le mettre dans un établissement, je refuse. En revanche, votre maman pourrait se faire aider par un tiers, une auxiliaire de vie, une aide-soignante, mais je m'opposerai à tout placement.

— Je vais raccrocher, docteur. Cette conversation aurait dû rester entre nous.

— Veuillez m'excuser, monsieur Choulans, mais j'en ai vu, des enfants qui souhaitaient se débarrasser de leurs vieux parents. Je connais cette musique par cœur. On ne met pas un père en institution parce qu'il a le pouls un peu rapide et des absences. C'est inhumain. Et je ne souhaite pas être complice de...

J'ai raccroché.

Je tremblais.

— Quel con, ce Helguers !

Je suis sorti de mon atelier. J'ai marché longtemps, jusqu'à la Seine. L'hiver faisait soleil. Je n'avais envie que de silence. Dans un café, j'ai acheté une carte postale, la tour Eiffel sous la neige. J'ai cherché l'adresse du médecin sur mon portable. Il fallait que je lui écrive vite.

Docteur,
Mon père est dangereux pour lui-même et pour autrui. Vous et moi portons la responsabilité de ce qui va advenir. Le problème aujourd'hui n'est plus de savoir s'il va passer à l'acte, mais quand il va le faire...
Respectueusement.
Émile Choulans

J'ai envoyé la carte. Puis j'ai regretté de l'avoir écrite. Elle était théâtrale, idiote. Mon père était peut-être calmé. Il avait eu une bouffée délirante, une de plus. Il était fragile, pas dangereux. Je confondais le bourreau d'enfance et le vieil homme craintif. J'ai marché jusqu'à la maison. Une longue heure en automne.

18.

La police

Je travaillais sur *Les remords d'Oreste*, une ébauche signée Philippe-Auguste Hennequin, qu'un antiquaire m'avait confiée deux mois plus tôt. Le tableau terminé, monumental, avait été oublié dans les réserves du Louvre. Personne ne l'avait admiré depuis vingt ans, mais j'avais eu une autorisation particulière pour le voir deux fois, avant qu'il ne soit accroché salle Daru, pour l'exposition néoclassique ouverte le 2 décembre. La toile était immense, peinte en 1800, mais l'ébauche n'était ni datée ni signée. Posée sur mon vieux chevalet, elle faisait cinquante centimètres de haut pour moins d'un mètre de large.

Oreste l'Atride, fils d'Agamemnon et de Clytemnestre, vient de tuer sa mère. Elle gît sur la dalle, un poignard dans le sein. Devant lui, surgissant des ténèbres infernales et retenant son bras coupable, les Érinyes nues. Les déesses de la vengeance, de la persécution. Les compagnes mortelles du remords.

J'aimais cette œuvre préparatoire. « Émouvante », c'est comme ça qu'elle m'avait été confiée par son

279

propriétaire. J'ai enfilé mes gants, mis ma loupe frontale, allumé sa lampe. Sous la mise en couleur, plus claire que l'œuvre finale, la peinture laissait apparaître ici et là le crayonné du croquis. À gauche de la toile, la toge des endeuillés était de simples griffures de fusain. L'artiste avait travaillé au pinceau la lumière crépusculaire, les drapés et les peaux. Pour la tunique de l'homme penché sur la mère morte, il avait hésité. Un brun, un pourpre, un carmin, il avait dégradé ses nuances pour en voir l'effet. Au-delà des larges fenêtres, les paysages n'étaient qu'esquissés. Une impression de ciel, quelques couches vertes et bleues, un mouvement de nuages lourds, un toit lointain, un péristyle.

Les restaurations précédentes n'avaient pas été rigoureuses. Une déchirure de la toile, au revers du tableau, avait été recollée avec un mélange de mastic et de papier. Il fallait tout recommencer. Mettre le châssis en tension, renforcer la toile par un pontage, des fils de lin juxtaposés incrustés dans la déchirure au fer chaud. Il fallait aussi faire des retouches picturales. Le carrelage du temple était écaillé, le pied droit d'Oreste abîmé, le visage de sa mère griffé par un transport et constellé de piqûres sombres. Mais avant tout, il fallait nettoyer. Les vernis s'étaient accumulés. Ils étouffaient les couleurs. Il fallait les alléger, les retirer, peut-être. Mettre la toile à nu. Et surtout, que mon travail soit réversible. Qu'un autre puisse me corriger, plus tard, et remonter au cœur des premiers pigments.

Pour l'instant, j'éclaircissais des petits morceaux de toile à l'aide d'un coton-tige imbibé de solvant. Un coton-tige. Je n'avais pas menti à mon père. Je les fabriquais moi-même, enroulant le coton de chaque côté d'un bâtonnet de buis, avant de jeter les fibres usagées dans un bocal. J'avais commencé par des essais. Les blancs, les couches claires, celles qui parlent le mieux du vernis et de la crasse. Ensuite, j'ai contrôlé les couleurs, le rouge, les bruns, le sombre enfin. Et puis j'ai commencé le travail, de gauche à droite en partant du haut. Je nettoyais des fenêtres minuscules, des carrés de deux centimètres de côté, en ligne, d'un bord à l'autre de la toile. Je passais ensuite à la ligne du dessous, rattrapant les coulures à l'aide d'un tampon sec.

Je notais tout. Les résultats de l'examen à l'ultra-violet, la nature des peintures, des résines, la puissance des solvants utilisés sur les cotons-tests, les cires, les mastics, les colles. Chacune de mes interventions devait laisser sa trace. L'antiquaire n'était pas pressé. Il me donnait le temps, je le prenais.

Ce tableau était un fait divers. Agamemnon, le père. Clytemnestre, la mère. Oreste, le fils. Iphigénie, la fille. Le fils vient de tuer sa mère, parce que la mère avait assassiné le père après qu'il eut tué leur fille. C'était aussi une allégorie des temps révolutionnaires. L'esprit du peuple martyrisé par la contre-révolution.

Je passais doucement le coton sur le front d'Oreste. Téléphone. Ma mère.

Je ne voulais pas lui parler. J'ai terminé mon carré. Puis jeté le coton dans le bocal en frottant la baguette contre le trou dans le couvercle. J'ai attendu que le message s'inscrive sur l'écran de mon portable, penché sur mon téléphone, les mains entre les cuisses.

— *C'est moi, mon fils...*

Ma mère, voix blanche.

— *Papa a été emmené à l'hôpital cette nuit. Il a fallu appeler la police. Il cassait des choses dans la maison. Je ne sais pas ce qui lui a pris. Je vais aller le voir cet après-midi. Ne viens pas, mon fils, ce n'est pas la peine. Ça va aller, tu sais. Tu connais ton père. Je te téléphonerai pour te donner des nouvelles.*

J'ai cessé de respirer. Oreste se débattait, ou s'offrait, je ne sais pas. Il venait de tuer sa mère qui avait tué son père. Mon père à moi était seul à l'hôpital. Et ma mère, seule chez lui. La lumière apparaissait peu à peu sur le tableau. J'ai décidé de ne pas prendre le train tout de suite. Je lui laissais une semaine pour reprendre ses esprits, son sac, rentrer, s'asseoir dans son fauteuil et jouer avec ses lunettes en regardant ses mains. Une semaine, une seule. Le temps de nettoyer Oreste jusqu'au torse. J'ai bu un grand verre d'eau. Le solvant me brûlait les yeux, les larmes. Je lui laissais quatre jours. Pas un de plus. Je voulais être aux côtés de ma mère, qui serait à ses côtés.

Mon père dormait, accablé de tranquillisants.

— Il va bien, il dort, disait ma mère.

Elle pleurait au téléphone.

Le lendemain, il dormait toujours. Et le jour suivant. Et le jour d'après. Le jeudi, j'ai reçu une lettre du Dr Helguers. Il répondait à ma carte, et aussi à l'internement de mon père.

« Comment pouvais-je faire interner le bras droit du général de Gaulle, qui avait eu pour tâche d'infiltrer l'armée SS ? », avait écrit le bon docteur.

J'ai relu la lettre. J'ai souri. Sur scène, il y avait mon père. Contorsionniste de music-hall, transformiste, clown, jongleur, équilibriste, bateleur de foire, vendeur de contes pour enfants. Dans la salle, il y avait ma mère, moi, Legris le carrossier, Alonso le coiffeur, Helguers le médecin, et tous les autres. La dame du judo, la dentiste, le marchand de vélos, les passants du dimanche.

« ... infiltrer l'armée SS... »

Les nerfs, l'émotion, la tension, l'accablement soudain, le silence de mon atelier, les odeurs de vernis, l'épouvante d'Oreste, le cadavre de sa mère, les mots du médecin. J'ai ri. J'ai ri à en avoir mal au ventre, au cœur, à en perdre le souffle. Mon père dormait, ma mère pleurait, je riais.

Jamais notre famille n'avait été aussi désolée.

19.

L'internement

(Vendredi 24 décembre 2010)

J'ai mis tout ce temps avant de prendre le train. L'angoisse, la fatigue, le refus d'entendre, de dire, de voir, de savoir. Mon père était interné en psychiatrie. Il occupait un lit depuis presque vingt jours. Et ma mère avait rendez-vous avec les médecins.

— Je serais plus tranquille si tu étais là.

Alors je l'ai pris, ce train. Je l'ai pris seul. J'ai confié ma femme et mon fils au monde des vivants.

L'hôpital était en travaux, le personnel s'est excusé. Nous avons été reçus dans une pièce sans fenêtre. Une chaise pour ma mère, une chaise pour moi. En face, assis derrière une table, un médecin, une assistante sociale et un psychiatre. L'infirmière de mon père était adossée au mur, et une jeune stagiaire prenait des notes, debout contre la porte. Cinq personnes, qui écoutaient maman.

— Quand cela a-t-il commencé ?

Elle a réfléchi. S'est tournée vers moi.

— Quel jour il t'a appelé, papa ?

— Le 19 novembre.

Le médecin avait les coudes sur le bureau, ses mains croisées sous le menton.

— Le 19 novembre... Il y a à peine plus d'un mois, donc.

— C'est ça, a répondu ma mère.

Il consultait ses notes, mais n'écrivait pas. Devant chacun, des feuilles de papier, des fiches, des observations manuscrites.

— Et rien avant cette date ?

Ma mère, un peu perdue.

— Rien quoi ?

— Vous n'avez rien remarqué d'étrange chez lui ?

— Il avait eu un peu de fièvre, elle a répondu.

Le psychiatre tapotait ses feuilles du bout de son stylo.

— Mais pas de propos délirants, de violence, de colère ?

Ma mère m'a regardé. Les a regardés. Elle cherchait.

— Non, rien. À part sa fièvre.

— Vous dites qu'un jour, il vous a traitée de folle en ne sachant plus qui vous étiez, c'est ça ? Et rien avant ? Même il y a des semaines ou des mois ?

— Ou des années ? a ajouté le médecin.

Ma mère a secoué la tête. Elle s'inquiétait. Son regard, son vieux corps usé, ses épaules tombées, ses mains jointes, ses pieds en dedans. Elle avait adopté la position de l'interpellé. Elle avait la police en face. Elle avait fait du mal à son mari. Elle était accusée. Elle avait peur.

— Vous pouvez parler librement, madame, a murmuré l'assistante sociale.

Elle a regardé cette femme brune, son sourire très doux.

— À part sa fièvre, son rhume, il était normal.

Le médecin était embarrassé.

— Le problème, c'est que cela ne correspond pas du tout à son attitude.

Il a regardé l'infirmière.

— Des accès de violence ?

Elle a hoché la tête. Elle semblait triste pour nous.

— Nous sommes obligés de le sangler. Il frappe, il jette son plateau, il nous insulte. Il est extrêmement délicat à gérer.

Ma mère ne semblait pas comprendre.

— Des gestes déplacés, aussi ? a demandé le médecin.

L'infirmière a levé les yeux. Son silence disait oui.

— Je suis désolée, madame, a-t-elle dit à ma mère.

— Ce que nous n'arrivons pas à comprendre, c'est que les radios sont bonnes, le cerveau ne présente rien d'anormal. Pas de tumeur, pas de compression. Votre mari a les symptômes d'un homme souffrant d'une affection psychiatrique ancienne. Un dérèglement que l'âge a simplement rendu plus aigu. Cela ne vous dit rien ?

Ma mère se noyait. Me regardait, cherchait une réponse dans mon silence.

— À aucun moment de votre vie, vous ne vous êtes dit que votre mari souffrait ? Ou qu'il avait un problème comportemental ?

Elle s'est tournée vers moi.

— Émile, dis-leur toi, qu'il n'avait pas de problèmes.

Un jour, un ami m'a raconté ses parents. Ils étaient juifs. Pendant la guerre, son père cousait à la machine, un vieux pistolet anglais caché sous un tas de linge. Et sa mère se promenait avec une lame de rasoir dans son sac, pour ne pas parler si elle était prise. Elle avait dix-huit ans, et lui à peine plus.

— Ils étaient prêts à mourir ? je lui avais demandé.

Il avait souri. Non. Bien sûr que non. Ils étaient prêts à vivre.

Longtemps, j'ai pensé à cette phrase. Prêts à vivre. Et ce jour-là, devenu adulte et revenu près de mon père, j'ai su qu'il ne m'avait pas vaincu. Je n'avais été abîmé ni par la haine ni par la rancœur.

J'avais rangé mon pistolet et ma lame de rasoir. J'étais prêt à vivre.

J'ai levé les yeux sur l'assemblée des juges. Ils étaient bienveillants, humains. Ils essayaient de comprendre comment un homme normal, sans antécédents, ni histoire, ni pulsion, ni folie d'aucune sorte, un homme n'ayant subi aucun choc ancien ou récent, pouvait se retrouver nu dans la rue, titubant, hurlant, comme ivre de rage ou d'alcool sans avoir bu, insultant les fenêtres et frappant les passants avec ses dernières forces.

— Monsieur Choulans ? a interrogé le psychiatre.

J'ai regardé ma mère, inquiète pour elle, pour son mari, pour moi.

— Désolé, maman.

Et puis j'ai raconté. Les coups, les mensonges, l'Algérie, Ted, les lettres anonymes, la peur. J'ai raconté l'angoisse d'un enfant. J'ai raconté l'armoire, la maison de correction. J'ai raconté le pistolet, le béret, Biglioni. J'ai raconté ma mère en épouvante et son fils en effroi.

Ma mère me regardait. Elle ne disait rien. Elle écoutait le drame de sa vie comme on assiste à l'accident d'une autre. Elle n'était pas surprise, pas étonnée, pas en colère. Elle regardait son fils sans l'entendre. Derrière la table, les médecins étaient sidérés.

J'ai raconté le déménagement. J'ai raconté leur isolement, notre solitude. Pas un ami, pas un, jamais. Personne pour sonner à notre porte, personne pour s'asseoir à leur table à manger. Pas de copain non plus. Aucune connaissance. Rien de ce qui fait une vie, une rumeur, les rires dans la maison. Mon père avait brisé chaque proche un à un. Legris et les autres n'étaient que des ombres, son public de loin. Ceux qui l'applaudissaient en espérant qu'il s'en aille. Pas de famille non plus. Des grands-parents morts, venus d'on ne sait où et enterrés nulle part. Pas une photo d'eux. Pas de trace, rien. Pas de cousin, d'oncle, de tante, de ce qui fait les repas du dimanche, les anniversaires, les Noëls, les baptêmes, les mariages et les deuils. Mon père, ma mère et moi. Juste nous trois. Une secte minuscule avec son chef et ses disciples, ses codes, ses règlements, ses lois brutales, ses punitions.

Un royaume de trois pièces aux volets clos, poussié-reux, aigre et fermé. Un enfer.

Les cinq me regardaient. Ils n'avaient pris aucune note. Le psychiatre hochait la tête. Le médecin ressemblait à un homme qui avait retrouvé ses clefs. L'infirmière avait baissé les yeux. La stagiaire n'osait pas lever les siens.

— Désolé, maman, j'ai répété.

Elle m'a regardé, comme absente. Je venais de parler d'une autre femme qu'elle, d'une autre famille que la sienne, d'un autre enfant que moi.

— Tu connais ton père, elle a simplement répété.

— Que voulez-vous dire, madame ? a insisté le psychiatre.

— Son père n'en fait qu'à sa tête, elle a répondu.

Quelque chose avait changé dans la pièce, dans mon cœur. Une fenêtre invisible s'était ouverte, lais-sant entrer le vent, l'hiver, le froid, le soulagement, surtout. J'avais la main sur mon inhalateur, mais je respirais normalement. J'avais enfin mis des mots sur mon silence. Et j'avais été entendu.

Nous avons écouté l'assistante sociale, le médecin, le psychiatre. Ils ne pouvaient pas garder mon père. Il n'y avait pas de place dans cet hôpital, ni dans la ville non plus. En attendant un lit, il faudrait lui trouver un établissement ailleurs. Un lieu spécialisé dans les troubles sévères. Il nous faudrait trouver quelque chose autre part, peut-être loin d'ici.

— Même si c'est loin, ça n'a pas d'importance, a répondu ma mère.

— Ça veut dire que vous ne pourrez pas aller le voir souvent, a expliqué l'assistante sociale.

— Ça n'a pas d'importance, elle a répété.

Un temps. Elle s'est penchée vers la table.

— Mais je ne veux pas qu'il revienne à la maison.

L'assistante sociale a regardé ma mère.

— Nous avons deux certificats médicaux qui vous autorisent à le demander.

Ma mère s'est tournée vers moi.

— Il ne reviendra pas, hein ?

Elle tremblait.

— S'il apprend que nous vous avons raconté tout ça, il deviendra fou.

— Il ne l'apprendra pas, madame, a dit le docteur.

Il a regardé son dossier.

— Il était suivi par qui, jusqu'à présent ?

— Par le Dr Honoré Helguers.

Le psychiatre a regardé son confrère.

— Helguers ? Ça ne me dit rien.

— Il exerce dans quel hôpital ?

Ma mère a eu un geste de la main.

— Non ! Non ! Il n'est pas dans un hôpital, il vient le voir à la maison.

Le médecin, sourcils levés.

— Il n'est pas psychiatre ?

Même geste de ma mère.

— Mais non ! C'est pas un médecin pour les fous. C'est notre médecin depuis trente ans. Il lui soigne ses grippes, des choses comme ça.

Le psychiatre s'est raidi. Il a regardé les autres.

— Vous voulez dire que votre mari n'a jamais été suivi pour des problèmes de comportement ?

— Ah ! mais non ! Jamais, jamais, a répliqué ma mère avec fierté.

La réunion s'est terminée comme ça.

Le médecin s'est levé, le psychiatre, l'assistante sociale. La stagiaire nous a salués, avant de vite quitter la pièce.

— Ne vous inquiétez pas, nous prenons soin de lui, a murmuré l'infirmière.

— Il ne rentrera pas, hein ?

— Il ne rentrera pas, lui a répondu doucement le médecin.

Je suis sorti de la pièce le premier.

— Ça va aller ? m'a demandé le psychiatre.

J'ai haussé les épaules.

— Vous voyez quelqu'un ?

Non. Je ne voyais personne.

— Il n'y a pas de honte à se faire aider, a-t-il dit.

Ma mère arrivait dans le couloir, tous les autres à sa suite.

— Vous avez des enfants ?

— Clément, un fils.

— Clément, c'est un joli mot pour tout recommencer, a souri le médecin.

J'ai répété le prénom.

— Voulez-vous voir votre père ?

J'ai refusé d'un geste. J'étouffais.

— Il est arrivé tout au bout, vous savez ?

J'ai tourné le dos au médecin. J'ai inhalé mon médicament.

— Vous ne vous en voudrez pas ?

Non. J'ai secoué la tête, observant ma mère qui
regardait le ciel.

— Si vous en êtes sûr, c'est bien.

— Je ne suis sûr de rien, j'ai répondu.

— Je parle à votre père, vous savez ?

Le médecin lui racontait ses journées, main posée
sur son front. C'était devenu une habitude. Mon père
avait les yeux clos. Jamais le médecin n'avait fait cela
auparavant. Et il ne l'avait dit à personne. À moi, seul.

Et puis il m'a offert sa main. Je l'ai gardée longtemps, les yeux fermés.

— Je me charge de lui dire, a souri le psychiatre.

Il a rejoint mon père, mes derniers mots enfouis
dans la paume de sa main.

Nous avons marché vers la sortie. Ma mère, traversant le grand parc, appuyée sur mon bras. Elle
regardait les arbres, lisait le nom des bâtiments à voix
haute.

— Tu savais que c'était un hôpital de fous ?

Je l'ai regardée. Ses petits pas inquiets.

— Je le savais, oui.

Puis elle s'est arrêtée au milieu de l'allée, fragile
sur le gravier.

— Et c'est quoi cette histoire ? Tu étais malheureux quand tu étais enfant ?

20.

La fin

(Samedi 16 avril 2011)

Fadila riait. Malgré le vent du large, sa coiffure tenait bon. Elle avait piqué deux barrettes dans ses cheveux mouillés, au-dessus de ses oreilles, et aucune brise marine n'osait la dépeigner. Clément courait sur la plage. Lui et moi tenions ensemble la ligne du cerf-volant. Il volait haut. Vingt, vingt-cinq mètres, peut-être. Un losange de papier rouge, jaune et bleu qui luttait contre le souffle.

Mon fils était au vent, dos à la mer. Lentement, il ramenait le combattant à lui. C'était son jeu. Tenir bon, résister, refuser de sacrifier notre insecte fragile. Une fois au plus haut, à un souffle de le perdre, il le rappelait lentement, par à-coups. Il enroulait la ligne autour du dévidoir, jusqu'à ce que le cerf-volant touche le sol. Presque, à peine, à un frôlement de s'abattre. Puis il faisait un loop magnifique avant de caper et de l'offrir au vent.

Pendant des années, je lui avais montré les figures. Il courait derrière moi, devant moi, sautait mains tendues pour attraper le fil. Puis je lui avais confié la voilure. Depuis, c'était moi qui courais, mains levées. Fadila marchait sur la plage, pieds nus. Elle regardait ses hommes et les encourageait. Je l'avais rencontrée à la fac, en cours d'histoire de l'art. Elle était brune, et donc je l'ai aimée. Elle était régisseuse d'œuvres d'art. Lorsqu'un tableau quittait un musée pour être exposé hors ses murs, elle le prenait en charge. Elle gérait les entrées et les sorties. Constat préalable, accord de prêt, conditions d'exposition, emballage, assurances, autorisations douanières pour un voyage à l'étranger. Je réparais les œuvres, et elle les déplaçait.

Le cerf-volant était au-dessus de nos têtes, très haut, luttant contre les turbulences. Mon fils avait du mal. Il tenait le dévidoir à deux mains, rabattant la ligne à grands gestes. Le vent forçait. Le cerf-volant plongeait, se relevait, piquait avant de filer vers les nuages sombres.

D'une main, je mimais la danse folle.

— Parallèle à la piste, vent de face !

Clément ramenait la voile. Il riait dans le vent.

— Gaz au maximum ! j'ai hurlé.

— Tu parles à qui ? a demandé mon fils.

— À Ted, j'ai répondu.

Un instant d'inattention. Une faiblesse de la main. Le cerf-volant a piqué vers le sol. Tombé comme un avion touché par la mitraille. Clément a crié. J'ai saisi le dévidoir. Mes mains sur les siennes, ensemble. Nous avons brutalement ondulé la ligne. Un coup de fouet. Un lasso pour capturer la brise.

Le losange est remonté. Il s'est échappé vers le ciel.

— C'est qui, Ted ? a demandé mon fils.

— Le nom qu'on donne au vent, j'ai répondu.

Clément a ri. Il a hurlé.

— Viens te battre, Ted ! Tu crois quoi ? Que mon cerf-volant a peur de toi ?

— Allez, cerf-volant, tu es le plus fort ! j'ai crié avec lui.

Il faisait froid. Le jour n'en pouvait plus. Fadila m'a fait un geste. Elle voulait rentrer à l'hôtel. Clément devait prendre son bain. Puis nous irions dîner dans une crêperie du port et repartirions le dimanche pour Paris.

Lundi, je rendrais Oreste à son propriétaire. Restauré, lumineux, superbe. Pas traduit, pas changé, sans interprétation, ni rajout ni orgueil, mais tel qu'il était lorsque Philippe-Auguste Hennequin avait posé son pinceau pour l'admirer. Et Fadila s'embarquerait pour la Corée, négocier le prêt de la statue Ugolin, pour l'exposition *« Auguste et Camille »*, à la Galerie Rodin de Séoul.

Clément a abattu le cerf-volant aux premières gouttes de pluie. Fadila tournoyait sur la plage, bras écartés en chantant. J'ai envié son bonheur, relevé mon col de veste. Elle a couru vers moi, passé son bras autour de mon épaule. Notre fils jouait avec les vagues, évitant l'eau, la mousse, courant sur les galets.

Et puis ma mère a appelé. « Parents », inscrit sur l'écran de mon téléphone.

— Tu ne réponds pas ?

Non. Je savais. Depuis le matin, je savais. J'avais dormi avec la peur. Je n'avais pas aimé l'aube. Toute la journée, j'ai attendu un mot d'elle. Je n'avais pas appelé la semaine dernière.

— *Il dort toujours.*

M'avait-elle dit sur le répondeur.

Il refusait de s'alimenter, de boire. Il était nourri par sonde, attaché toutes les nuits. Il avait maigri. Cheveux plaqués par la sueur, mauvaise barbe blanche.

— *Affreux, affreux...*

Disait ma mère.

Je lui ai laissé quelques minutes pour délivrer son message. Lorsque nous sommes arrivés sur le trottoir, ma femme m'a regardé.

— Prends ton temps, m'a-t-elle dit.

J'avais le téléphone à la main. Je n'osais ni appuyer sur la touche ni le porter à mon oreille. Je savais la voix fébrile qui m'attendait.

Clément était fatigué et heureux. Le vent avait fouetté ses joues. Il est entré dans l'hôtel avec sa mère, est ressorti en courant. J'étais resté sur le trottoir.

— Clément, laisse papa. Il nous rejoindra, a lancé Fadila.

Mon fils m'a regardé. Il a hésité un instant. Sa mère, son père ? Il a couru vers moi, cerf-volant dans les bras. Il m'a embrassé, dressé sur ses pointes de pieds.

— Je t'aime, a murmuré mon fils.

Son petit mot du soir. Celui que je lui répète trois fois chaque nuit depuis qu'il est né, avant que ses yeux ne se ferment.

J'ai sorti mon inhalateur de mon blouson. J'ai aspiré un grand coup.

— Mon fils, c'est moi. Je viens de recevoir un coup de fil de l'hôpital. Ils m'ont demandé d'apporter un pantalon et une chemise, alors je comprends très bien que c'est la fin. Voilà, c'était pour te dire ça.

Il était 18 h 41.

À 23 h 31, mon père a réclamé la présence du général de Gaulle.

Il a aussi demandé qu'on lui retire ses sangles.

Il a juré qu'il serait sage.

L'infirmière a libéré ses poignets et ses chevilles pour la nuit.

Il est parti le lendemain, à 6 h 20.

Mort de rien, comme ça.

Le cœur qui renonce.

21.

Recueillement

(Samedi 23 avril 2011)

Les hommes raides étaient debout, nous étions assis. Maman et moi, comme au spectacle, bien placés, au premier rang. Nous ne nous étions pas levés à l'entrée du cadavre. Nous ne savions rien du cérémonial.

Ils ont attendu. Nous attendions. Si l'un d'eux n'avait pas brisé le silence, nous aurions pu rester comme ça, mains posées sur nos cuisses. L'été serait venu, avec le soleil, les oiseaux, la sueur en perles dans le dos. Et l'automne, un novembre de plus. Et puis l'hiver de glace. Et encore le printemps.

— Un geste pour le défunt, peut-être ?

L'homme me regardait. Je ne comprenais pas cette phrase.

Un geste. Mais bien sûr, un geste. On embrasse sur un quai de gare, on serre une main dans la rue, mais que fait-on devant un cercueil ?

L'homme m'a désigné la boîte d'un geste large. Comme s'il m'invitait à passer à table. Alors je me suis levé, lentement. Cinq pas funèbres. Le chemin qui mène un fils au corps de son père.

Les planches étaient clouées grossièrement. J'ai posé ma paume sur le bois rêche. J'ai relu son nom dans le silence.

Ma mère ne m'avait pas suivi.

Elle était restée là, sur son banc de spectacle.

— Tu viens ? j'ai dit.

— Pour quoi faire ?

Ses yeux sans regard. Elle pensait que ma présence comptait pour deux. J'ai insisté. Elle était embarrassée. Et puis elle s'est levée. Elle a fait mes cinq pas. Elle boitillait. Elle s'est approchée. Elle, mon père, moi, notre famille de rien. Nous étions réunis pour la dernière fois. Elle a regardé le cercueil.

— Tu es sûr que c'est lui ?

*

À l'hôpital, le soir de son décès, elle avait cru le voir bouger. Un froissement de drap du côté du pied.

— Vous croyez qu'il est mort ?

Les infirmières ont hoché la tête. Elle s'est penchée, prise d'un doute.

— Parce qu'il arrive que les médecins se trompent. Alors, ils se réveillent. Et puis après, ils sont obligés de taper sur le cercueil pour sortir.

Les narines de mon père étaient closes, ses lèvres noires. Depuis décembre, il avait beaucoup maigri. Elle a posé la main sur son front.

— Il a froid, leur a dit ma mère.

*

— Oui. C'est lui, maman.

Elle a mis ses lunettes.

— Mais quand même, je le voyais plus grand.

Elle allait repartir. Je lui ai pris la main. Je voulais réunir la peau de ma mère et le bois de mon père. Elle a posé trois doigts sur un coin du cercueil.

Puis elle est retournée sur sa chaise.

Les hommes gris m'ont regardé. C'est fini ? C'était fini. Voulions-nous être présents pour l'incinération ? Ma mère a secoué la tête. Pour la dispersion des cendres, peut-être ? Pas plus. Elle ne comprenait toujours pas que son mari ait été si petit. Et répétait en boucle cette phrase dérisoire.

Les hommes ont poussé le chariot.

Mon père s'en est allé comme ça, par la porte de service.

Après, nous sommes sortis. J'ai signé deux papiers pour dire que c'était fait. Autour de la fontaine, de la carpe, des arbres sombres, sous ce ciel chagrin, un autre adieu se rassemblait. Femmes, hommes, enfants, venus se souvenir de Jean Vial. Ils étaient trente. Ils étaient toute sa vie.

Nous avons appelé le taxi du retour. Ma mère ne voyait rien. Ni la route, ni les trottoirs. Simplement, elle gardait les yeux entrouverts.

— Je peux te demander quelque chose ?

303

Elle m'a observé.

— Depuis que papa est entré à l'hôpital, tu ne m'as plus téléphoné.

Haussement d'épaules.

— Mais si, on s'est parlé au téléphone, depuis.

— Oui, mais c'est moi qui t'appelle, jamais toi. Pourquoi ?

Elle a ouvert son sac. Elle a pris son mouchoir dans une poche intérieure et l'a glissé dans sa manche.

— Il y a une raison, maman ?

Ses sourcils froncés, comme devant le cercueil.

— L'abonnement du téléphone est au nom de ton père.

Je me suis penché.

— Et alors ?

— Et alors il est à son nom, pas au mien. C'est son téléphone.

Mon Dieu.

J'ai inspiré en grand.

— Je ne veux pas d'ennuis, a-t-elle dit simplement.

Je l'ai regardée. Son mouvement de menton, de lèvres. Pas d'ennuis. Elle répétait ces mots pour elle, dodelinant la tête en tous sens, comme un chiot de feutrine sur la plage arrière d'une voiture.

Et puis, respectueusement :

— Il était comment, Ted ?

Elle a sursauté.

— Qui ?

— Ted, l'ami de papa.

Elle a soupiré. Remonté son sac à deux mains sur ses genoux.

— Ted ?

Je l'ai regardée. Nous n'étions plus que deux.

— Pourquoi me demandes-tu ça ?

J'ai souri.

— Pour savoir.

Sa bouche sans lèvres.

— C'était mon parrain, quand même.

Sa tête qui ondulait.

— Tu te rends compte que je ne l'ai jamais vu ?

Elle a lissé ses mains, comme on retire des gants de soie.

— Il était comment, Ted, maman ?

Elle a posé son front contre la vitre. Suivant de l'ongle une larme de pluie.

— Il était beau. Un peu comme ton père quand je l'ai rencontré.

Des ongles dans mon ventre.

— Un jour tu m'avais dit qu'il ressemblait à un acteur de cinéma.

Elle s'est tournée vers moi, surprise, m'a offert son sourire.

— Je t'ai dit ça ?

— Il y a longtemps, oui.

Elle est retournée à sa vitre, à sa pluie.

— C'est exactement ça. Un acteur de cinéma.

Deux fois, elle a répété le mot.

— C'est bizarre qu'il ne soit pas venu, non ?

— C'est tellement loin, l'Amérique, a murmuré
ma mère.

Et puis nous nous sommes tus.

Elle regardait la ville, les toits, les quais, la rivière
noire.

Arrivé à la porte de son immeuble, j'ai eu froid.

— Je peux monter boire quelque chose ?

Mais elle a secoué la tête, essuyé une goutte de
pluie sur sa manche.

— Non. Je n'ai pas soif, a répondu ma mère.

Elle était de dos, composant le code d'entrée. Et
puis elle s'est figée, s'est retournée en fouillant son sac.

— J'ai oublié de te donner ça.

Elle m'a tendu un sac plastique chiffonné.

— C'est son enregistreur... Tu sais, sa machine
pour se souvenir des choses.

Un vieux microcassette Olympus S921 recouvert
de poussière.

— C'est pour moi ?

Ma mère a eu un geste d'évidence. Pour toi, oui. Il
y avait près de vingt ans, mon père m'avait enregistré
un message. Il m'avait prévenu de son existence dans
une lettre de Noël, avant que je cesse de les ouvrir.
Il disait y parler de « vérité » et de « révélations ». Il
m'annonçait aussi que je ne pourrais entendre sa voix
qu'après sa mort. Mais pas avant. Et aussi que j'aurais
des surprises.

J'ai cru que c'était une autre lettre pour rien, avec
ses mots soulignés, ses encadrés de couleur et ses points

d'exclamation par dizaines. Puis le temps a passé. Et je n'y ai plus pensé. Ni pendant son agonie, ni après sa mort.

J'ai tendu la main. J'ai pris le petit appareil. J'avais le cœur serré. Il y avait vingt ans, la voix de mon père était profonde. Ses phrases se perdaient mais aucun remède n'abîmait ses mots.

— Merci, maman.

— Mais ne t'attends pas à apprendre des choses, hein ?

J'ai été stupéfait.

— Tu l'as écouté ?

Elle cherchait ses clefs. Elle a relevé la tête.

— Oh tu sais, il n'y a rien de bien nouveau là-dessus.

— Maman, je te demande si tu as écouté cette cassette.

Elle a semblé surprise par la question.

— Oui, bien sûr. Pourquoi ?

— Mais parce que c'est pour moi qu'il l'a enregistrée. C'est comme s'il m'avait écrit une lettre.

Elle a haussé les épaules, serré son sac contre elle.

— Les lettres de ton père, on n'y comprend pas grand-chose.

Elle avait retrouvé sa clef.

— Mais ne t'inquiète pas, j'ai tout bien rembobiné.

Elle m'a regardé, vaguement embarrassée.

— Et puis pardon, mon fils. Je me suis un peu moquée de toi, tout à l'heure.

J'ai caché mes mains dans mes poches. Je tremblais.

— Pour Ted ? j'ai demandé.

Elle a haussé les épaules.

— Mais non, pour le poisson !

Il avait recommencé à pleuvoir. Une pluie de printemps, fine et légère comme une brume marine.

— Le poisson ?

— Au crématorium. Je l'avais bien vu ton poisson. Il y en avait même deux dans le bassin. Des carpes japonaises, tu le savais ?

Elle avait dans les yeux une lueur nouvelle.

— Alors pourquoi tu m'as dit que tu ne voyais rien ?

— Parce que ça te faisait plaisir. Et tu me serrais tellement fort contre toi.

Elle a eu un geste élégant de la main, puis m'a tourné le dos.

22.

Le testament

En rentrant du crématorium, j'ai pris le train et suis allé à mon atelier. J'avais besoin de silence et de pénombre. À la nuit, j'ai allumé le projecteur qui caresse le chêne de mon vieux chevalet. Seule cette lumière dorée. J'ai enfilé mes gants et installé un petit tableau contre la crémaillère. C'était une huile sur bois, une miniature du XIXe, copie d'une œuvre d'Andrea Appiani. Elle représentait une femme, belle, drapée à la romaine. J'ai tourné la manivelle, lentement, pour élever le plateau à hauteur de mes yeux. La peinture avait été soigneusement restaurée, avant d'être endommagée par un dégât des eaux. Le cadre avait joué, le bois était fendu. Je n'y ai pas touché. Observer d'abord, effleurer, respecter. Reculer de quelques pas. Puis se rapprocher et l'étudier encore. Avant de redonner ses couleurs à cette femme, je devais écouter ce qu'elle avait à dire.

« Vendredi 18 décembre 1992 / Noël.
Émile, ça faisait longtemps que je voulais te dire ces choses. Mais tu sais comment est la vie, on repousse,

on repousse. Cette nuit, je t'ai enregistré une sorte de testament. Je ne suis pas mort, heureusement (même si cela ne déplairait pas à tous ces salauds). Mais c'est un testament quand même, que tu pourras écouter quand je serai parti. Le plus tard possible, donc. J'avais des choses à te dire, des révélations sur toi, sur moi et ta mère. Des vérités que ni elle ni moi n'avons jamais eu le courage de t'avouer. Certaines te feront plaisir, d'autres moins. C'est la vie. Je n'ai pas enregistré ça pour te ménager, je ne l'ai jamais fait. Je veux juste que tu saches qui je suis vraiment. Et aussi que je regrette des choses, même si je suis très fier d'autres. Et aussi que je t'aime. »

J'ai retrouvé la lettre de mon père. Elle était classée dans mon armoire à vernis, avec tous les messages ouverts.

Sur l'enveloppe, il avait écrit :

« Testament / Confidentiel / Personnel / Privé / Urgent »

Je l'ai lue, posée sous le dictaphone. Puis j'ai ouvert une bouteille de vin. Et installé mon inhalateur sur l'accoudoir de mon fauteuil.

Mon regard hésitait. Le drapé de la femme en bleu, les couleurs vives de Clément. Tous deux m'observaient. J'avais peint mon fils en Arlequin. C'était un portrait, une copie trait pour trait de l'œuvre de Picasso. Chapeau de torero, costume à losanges jaunes et bleus, collerette et dentelle aux manches. Comme l'avait fait le peintre, j'avais esquissé le bas du fauteuil et les chaussures de mon enfant. Mais lui avais offert un immense sourire et les yeux du bonheur.

— Ce tableau te protège, m'avait dit Fadila.

*

Au début de l'année, Clément était rentré de l'école avec son carnet de correspondance à signer. Les horaires de cantine, de sortie, les jours fériés, les vacances. Sur sa fiche de classe, son nom à écrire en attaché, ses prénoms, son adresse. J'étais assis à table, il était sur mes genoux.

— Et là j'écris quoi ? m'a demandé mon fils.

« Profession du père. »

Sur la fiche de Clément, profession de la mère n'était pas demandée.

Il s'est retourné, a enlacé ma nuque, frottant son nez contre le mien. Ma façon de le quitter, dans l'obscurité, avant qu'il ne s'endorme.

J'ai dégagé ses bras, ses mains, je l'ai soulevé et assis sur son tabouret.

— Quel est mon métier, Clément ?

— Tu es peintre ?

J'ai agité la main comme un bateau qui tangue.

— Pas exactement.

Il réfléchissait. Il savait. Il avait oublié le mot dans la cour de récréation, entre Clarisse son amoureuse et Tristan son rival.

— Tu es un peintre de tableaux ?

311

J'ai ri.

— Je suis restaurateur de tableaux. C'est ça, mon métier.

Clément m'a regardé.

— Réparateur de tableaux ?

Son visage, ses cheveux en épis, son regard, sa fragilité. J'ai inspiré doucement.

— Tu pleures, papa ?

J'ai souri.

— Réparateur de tableaux, c'est joli.

Il a regardé son carnet de correspondance, un stylo à la main.

— J'écris ça ?

Je ne savais pas. Restaurateur était un mot austère, complexe, entre la table de l'aubergiste et la palette du barbouilleur. Réparateur sonnait mieux.

— Je répare la beauté.

Clément m'a encore observé.

— Alors je vais dire que tu es peintre sur des tableaux malades.

J'ai hoché la tête.

— Peintre sur des tableaux malades. C'est bien, ça.

Alors ensemble, nous avons écrit :

« *Peintre sur des tableaux malades.* »

Demain, à l'école, Clément Choulans poserait son carnet de correspondance sur le bureau de son institutrice. Entre le fils d'un fonctionnaire, la fille d'un employé de banque et celle d'un opérateur téléphonique, il y aurait l'enfant d'un soigneur de tableaux.

Et j'en serai fier.

*

J'ai retiré le magnétophone du sac plastique. J'ai épousseté le haut-parleur avec un pinceau-brosse, comme je l'aurais fait pour un cadre ancien. J'ai appuyé sur la touche noire « PLAY ». La cassette s'est mise en route. J'ai éteint brusquement, reposé l'appareil sur la table. Je l'ai regardé, caressé de la paume. J'ai nettoyé les poils de martre entre mes doigts.

Je n'étais pas prêt.

« J'avais des choses à te dire, des révélations sur toi, sur moi et ta mère. »

Je me suis servi un verre. Un saint-joseph profond, ample et lourd.

« Des vérités que ni elle ni moi n'avons jamais eu le courage de t'avouer. »

Je n'avais rien mangé depuis la veille. Le vin est parti à l'assaut de mon cœur. Je respirais difficilement. Asthme de peur. Mes voix lointaines se réveillaient, mes légions de douleurs. Elles commençaient à geindre. J'ai inhalé une dose de médicament, inondant le feu de mes poumons. J'ai fermé les yeux.

« Je veux juste que tu saches qui je suis vraiment. »

J'ai appuyé sur la touche du dictaphone.

— Oh tu sais, il n'y a rien de bien nouveau là-dessus, avait dit ma mère.

Bruit de vagues. De vent. De ferraille. J'ai avancé un peu. Toujours ce même grincement. L'appareil crissait, comme le sable sous les dents. Il peinait. La bande était hantée de cris anciens, de bruissements. Un instant, les pleurs de mon asthme et les lamentations de l'appareil se sont emmêlés. Je suis allé au bout de la bande. J'ai retourné la cassette, pour rien.

Et puis, au milieu du tumulte mécanique, la voix de ma mère. Claire, limpide, son souffle énervé des matins d'enfance.

« Mais enfin ! Comment ça s'arrête ce machin, à la fin ? »

J'ai été sidéré.

Elle n'avait pas tout bien rembobiné, comme elle disait. Elle avait écouté le début, assise dans son salon, découvert la touche PAUSE le temps de sa vaisselle, puis remis le magnétophone en marche. Elle avait dû le poser sur la table de cuisine, en épluchant deux pommes de terre et une carotte pour la soupe. La voix de mon père mort, revenue la hanter. Je l'ai imaginée. Aux phrases de son mari, elle a haussé les épaules, levé les yeux au ciel. Elle ne le craignait plus.

Elle a surveillé la bande qui défilait et l'eau qui chauffait. Longtemps, probablement. Mon père répétait ses phrases deux fois, comme sa femme. Qu'il parle ou qu'il écrive, il soulignait les mots. Pour lui, redire avait valeur de preuve.

Je l'ai imaginée. Au déclic de fin, elle a retourné la minicassette. Mon père lui avait expliqué comment le couvercle s'ouvrait. De ce côté-là, la bande était muette. Elle a appuyé sur un autre bouton, et tout s'est emballé. La bande a défilé comme une folle, jusqu'à frapper dans le vide. Alors, voilà. Elle l'a retournée encore. Et au lieu de ne plus toucher à rien, elle s'est mis en tête de rembobiner une nouvelle fois. Mais comment faire ? Avance rapide ? Retour rapide ? Des mystères à jamais. Elle a hésité. Touche noire ? Touche rouge ? Dans le doute, elle a appuyé sur les deux. Et elle s'est enregistrée.

Je l'ai entendue froisser le papier journal aux épluchures. Le bruit du vide-ordures. La casserole qui a heurté l'évier. J'ai reconnu la porte du placard. Elle a mis la table. Une assiette, deux couverts. Elle s'est servi un verre d'eau au robinet. Elle a tiré sa chaise. Elle s'est penchée sur le dictaphone.

« Il y a la lumière rouge. Donc ça marche. Mais qu'est-ce que c'est long ! »

Elle parlait seule. Même lorsque j'étais enfant, elle pensait ses gestes à voix haute. Elle a coupé une tranche de pain au couteau. Bruit de l'acier sur la planche. Je l'ai entendue manger.

315

« *Et voilà ! Ça pleut encore !* »

Elle devait regarder par la fenêtre. Sa fourchette dans l'assiette, son verre reposé.

« *Eh ben, j'ai bien mangé, moi.* »

Et puis plus rien. Elle avait quitté la pièce. Ses pas au loin. Une porte a grincé, une autre, l'armoire de leur chambre. Son silence recouvrait les mots défunts.

L'appareil s'est arrêté. J'ai revu ma mère, tout à l'heure sur le pas de sa porte. Sa silhouette fragile, ses cheveux gris sans apprêt, son manteau rouge vie.

Ma mère, rescapée sans colère, sans aigreur, sans rancune.

Elle avait tranquillement effacé son mari.

Table

Cet ouvrage a été imprimé
par CPI BRODARD ET TAUPIN
72200 La Flèche

pour le compte des Éditions Grasset
en août 2015

Mise en pages PCA
44400 Rezé

Grasset s'engage pour
l'environnement en réduisant
l'empreinte carbone de ses livres.
Celle de cet exemplaire est de :
900 g Éq. CO₂
Rendez-vous sur
www.grasset-durable.fr

PAPIER À BASE DE
FIBRES CERTIFIÉES

Nº d'édition : 18939 – Nº d'impression : 3012067
Dépôt légal : août 2015
Imprimé en France